就活闘争

20XX

JOB
HUNTING
STRUGGLE
20XX

佐川恭一

就活闘争２０ＸＸ

佐川恭一

太田出版

目次

装画　サイトウユウスケ

プロローグ

九〇年代に始まる「失われた二十年」を経てすっかり経済大国の地位から陥落し、後は沈み続けるばかりかと思われていた日本。しかしある年、時の政権によってヤケクソで打ち出された「超次元的少子化対策」が意味不明の大成功を収め、ありえないほど子供が生まれる「ウルトラベビーブーム」が到来した。それからさらに約二十年が経過した20XX年現在、日本は再び世界での地位を回復しつつあったが、一方で人口減とともにゆるやかになっていた国内での競争が、個人レベルでもかつてないほど激化していた。特に就職率の悪化は大きな社会問題となっており、ウルトラベビーブーム世代と呼ばれる世代の就職活動では、血で血を洗う争いとしか言いようのない惨劇が繰り広げられていた。

超次元的少子化対策が炸裂して以降、日本の「就職偏差値ランキング」も過去に類を見ない大変動を見せたが、その争いを勝ち抜いたのは多角的な事業を展開する「Z社」だった。現在では家族で一人でもZ社に入りさえすればその前後三代は安泰とされるほどで、みなZ社内定に有利である「高学歴」を得るために狂奔し、受験戦争も過熱の一途をたどっている。もちろん、多くの識者たちが「こんな社会はおかしい」と異を唱えてきた。長きにわたって価値観の多様化を推し進めてきたにもかかわらず、「成功」の形が画一化し、ほとんどの者が難関大受験→Z社コースを志願する、あるいは親に志願させられる状況は、人間の自由と尊厳を奪っているのではないか？　しかし、国がこのいびつな状況になってからというもの、人々の幸福度は年々上昇していた。日本の「復活」を見たアメリカの社会学者ポール・J・ウダンは、自らの著書において次のような分析を行っている。

権力が分散し価値観が多様化するところには、避けがたく「内面」が出現する。言うまでもないことだが、社会的人間は純粋な生理的欲求ではなく、他者に媒介された欲望によって突き動かされている。それは例外なく他者＝外部によって規定されたものであり、その限りにおいて「内面」は非常に限定された領域を安全に跳ね回るだけで済む。しかし、価値観の多様性は人間に無際限の「内面」と向き合うことを強いる。それを真に突き詰めること、つまり「内面」との対話に取り組み続けることは、実のところ現実の人間の精神に長く耐えられる営為ではない。それは若者の輝ける青春時代のように期間限定のものだ。そんな悲しい限界を自覚した時――あるいは自覚させられた時――、他者＝外部に媒介された強大で支配的な価値観が抗えない求心力をもって再興してくる。いわばその「逆行」こそが日本を「復活」させたのだ。（ポール・Ｊ・ウダン『ＰＡＲＴＹが始まるよ――伝説の死闘・キリストVS前田敦子』より抜粋）

右のようにポールは日本の「復活」をひとまず礼賛しているが、分析の結論は曖昧である。この日本の祭りのような状況もまた「期間限定」のものにすぎない、いや、すべての現象はある限界のなかで、終わりのある長さをしか持つことができないのだ、という諦念が彼の論の通奏低音をなしているのだ。このことは文字にしてみれば至極当然のことのように思える。しかし人間という未熟な生物は、ひとつの祭りを理性とは異なる部分で永遠のようにとらえてしまう。二、三日たてば誰も覚えていないようなネット上の炎上、終わってしまえばすっかり興奮のさめてしまうオリンピックやW杯、そういった刹那的なものが、そのさなかでは永遠のように感じられてしまうという経験を、誰しも持っているだろう。それらすべてをつねに冷笑するポジションを取ることなど誰にもできない。人間は社会的生物であり、全員に何らかの祭りが用意されている。そしてその祭りは永遠を仮構し、私たちはその終焉にきわめて長い間気づくことができないのだ。

２０ＸＸ年現在の日本における狂騒が、一体いつまで続くものなのかはわからない。だが、その時代を生きる者が時代と一体化した狂騒を避けて通ることは、究極的には不可能である。時代の中心的価値から距離を取ろうとする者も、その価値を基準に自らを位置づけざるをえない。この先に書かれるものは、強大な価値基準の打ち立てられたひとつの時代を象徴する、「就職活動」にまつわる詳細な記録である。

第一章　合同企業説明会

京都大学三回生の太田亮介《おおたりょうすけ》は、迫りくる就職活動に対してそれほど身が入っていなかった。もともと太田はのんびりした性格で、人と争うことがあまり好きではなかった。小学生の時にはリレーの選手に選ばれて目立つのが嫌でわざと遅く走ったし、サッカーやバスケでは人に強く当たれず、逆に転ばされてばかりだった。社会情勢も相まって競争、競争とうるさい世間からは、どちらかと言えば浮いた存在だった。太田の両親は息子のそうした性質を快く思っていなかった。きちんと周囲に対して競争意識を持ち、「勝利」を目指す気概を見せてほしかった。

もともと太田の両親は田舎生まれでおおらかな家庭に育ったが、二人が十代を過ごしたのはまだウルトラベビーブームなどは予測できない時期で、田舎暮らしを称揚するような、終わりのない社会の競争から降りるという価値観がまだ力を持っていた。二人は豊かではなくともゆったりした自分たちの暮らしを悪くないものだと考えていたが、社会情勢の激変を受け、自分たちは大きな過ちを犯していたのだと深く反省した。「ゆったり」している間に周囲に思い切り差をつけられ、それはもはや取り返しのつかないレベルにまで広がった。周囲がギラギラと目を血走らせて過酷な競争に身をさらし、自らの社会的地位を上昇させていくにつれ、二人のゆったりした暮らしはだんだん逼迫していった。「俺は努力すべき時期に努力してこなかった」と太田の父は悔いている。

「俺はずっとほどほどの人生が良いと思って生きてきた。なにごとも中庸が大事、それが俺の考えで、たぶん俺の先祖たちの考えだった。アリストテレスもそう言っていた。だがこの現実を見ると、ほどほどを目指して歩くことは後退に等しい。まるでムービングウォークを逆走するような現代では、走って走って走り続けなければ、その場に留まっていることさえできないのだ。『こんな時代は長くは続かないだろう』と言う奴もいる。だが、その実際の長さを明言できる奴は一人もいない。ある時代の長さを予見することは不可能なのだ。俺たちの子供が、この時代性の中で最後まで生涯を過ごすということだって十分にありうる。そんなとき、『いつかこの時代は終わる』なんてうそぶいてほどほどに生きていれば、結局俺たちみたいにズルズルと下層民へと堕ちていくしかなくなってしまう。今与えられた時代の条件にしたがって戦う道を選ぶことこそが、限られた生しか与えられていない人間としての正しい生き方だったのだ!」

太田の両親はぬるい仕事からきつめの仕事に変え、何とか国の平均給与がもらえるところまでは持ち直したが、この先大きな成功を望むことは到底できない状態だった。

こうして思想的な「転向」を経た太田の両親は、子供を競争社会で意欲的に戦うデュエリストにし、国を統《す》べる巨大企業「Z社」に就職させ一発逆転で一族を繁栄させるため、さまざまな方策を尽くした。まず、Z社の選考に引っかかるには、一定以上の学歴がなくてはお話にならない。両親は、子供がお腹にいる頃からモーツァルトなどのクラシック音楽を聴かせ、生まれてからは無数の絵本を読み無数の童謡を歌わせ、また英語教材を執拗に聞かせたり高額な教材を買ってやらせたりした。テレビ視聴は禁止し、ゲームなどはもってのほか、小学校に入るとすぐに地元で一番大きな塾に通わせ、その順位の向上に家族をあげて全力を尽くした。しかし、当の太田はやはり両親のもともとの性質を受け継いだのか生来がのんびり屋であり、必死になっている両親の期待をそれほど重く受け止めていなかった。両親が劇画風漫画なら、太田は日常系ほのぼの漫画のような雰囲気で、ひとつの家に別の漫画が同居しているようなちぐはぐさがあった。だが、両親が生活を切り詰めて多額の教育費を太田にぶちこんだおかげで、そしてその教育方針が——少なくとも受験方面では——奏功したおかげで、太田本人にはそれほど頑張ったという感覚がないまま自然とそれなりの努力を積み上げることができ、京都大学合格という結果を手にすることができたのである。Z社に入るためには東京大学がもっとも理想的であることは間違いなかったが、滋賀に住む太田家の収入では高騰し切った東京での生活費が出せなかったため、これは太田家にとって最善の結果だった。

京都大学の合格発表はインターネットで見ることもできたが、現地の掲示板で見たほうが少し早く結果を知ることができたため、太田の両親は「ネットでいい」という太田を家から引っ張り出して京都大学に見に行った。京都大学に向かうあいだ、太田の両親は「お前、自信はどうなんや?」「できたんよね? できたんよね?」としつこく聞いてきて、もうそんなことは受験が終わった日から何度も答えてきたことだったが、太田は「五分五分や」と言い続けた。じっさいのところ、五分五分であることは間違いなかった。開始早々に廃止された「共通テスト」に代わる「第一能力テスト」での点数も微妙だったし、二次試験でも体調が悪く、初日一発目の国語は何を書いたかすら覚えていなかった。そもそも、太田は模試でC判定やD判定ばかり取っていたから、まったく合格安全圏というわけでもなかった。太田は両親にそういうことも丁寧に説明してきたつもりだったが、あまり伝わっている様子はなかった。幼少期こそ両親に勉強を教わっていたが、中学あたりではもう太田に両親がついて来られなくなっていたし、二人とも大学を出ていないこともあり、大学受験の話をしても今ひとつイメージできていないようだった。それでも父はひたすら「京大やぞ、京大」と繰り返し続けるルーティンを崩さなかった。太田はそれに苛立つこともあったが、京大卒でもないのに「京大ニキ」と名付けたくなるほどの京大狂と化した父を、どこか面白がってもいたのだった。

合格発表で太田の受験番号を見つけたとき、両親は太田そっちのけでハグし合って喜び、涙さえ流した。というか大泣きしていた。泣きまくりすぎて目立ち、アメフト部が一気に寄ってきて、なんと太田ではなく両親のほうが胴上げされて、そのインタビューまでがテレビに映った。当の太田は胴上げもインタビューも固辞し、帰りの電車では「あんな恥ずかしいことやめろや」と呆れていた。しかし両親は「今日喜ばんでいつ喜ぶんや！」「あんた甲子園優勝したようなもんやで！」と興奮冷めやらぬ様子で、太田ももちろんうれしかったのだが、半狂乱の両親を見ると逆にしらけた気持ちになり、「まあ、オトンとオカンが喜んでるならよかったな」と思う程度だった。自宅に帰る電車の中で、少し落ち着きを取り戻した両親は「次は就職活動やな」「うん、Z社に向けた戦いが始まるんや」などと言ってきて、太田は「そうやなあ」と曖昧に返事した。この京都大学合格がその先のZ社入社のための手段であるということは両親から口酸っぱく聞かされていたが、正直なところ、太田にその実感はなかった。ていうかしばらくはゆっくりさせてくれや、と思っていた。さすがに受験疲れしていた太田は、これからは人並みにゲームやスマホ、テレビやYouTubeやSNS、そして何より恋愛を楽しむぞ、という気分で、いわば浮かれポンチ状態だったのだ。太田はどちらかと言えば数学が苦手で、数学の配点の低い文学部に出願したのだったが、友人の証言によると受験翌日には積分の仕方を忘れていたという。

さらに、太田は両親の敷いたレールにしたがって生きてきたため、将来の夢というものを持っていなかった。やりたいこともまったくなかった。大学受験の先のことを何も考えていなかったのだ。当然、就職活動の具体的なイメージを持ってもいなかった。そしてさらに、太田の両親も「Z社Z社！」というわりに、現代の就職活動がどういったものかという知識を持っておらず、何をさせればいいのかわかっていなかった。とにかく一族で四年制大学に入ったのは太田だけで、しかも日本で東京大学に次ぐ京都大学に入ったのだから、これはもうZ社もかなり近づいただろう、という程度のあやふやな感覚しか、太田の両親は持っていなかったのだ。太田自身もまた、「まあ今は相当な学歴社会なんやから、Z社とかいうとこの選考も有利やろ」と楽観的だった。

そういうわけで、太田は三回生になるまで普通の大学生活を送った。「普通」という言葉が何を指すのかは人それぞれだが、講義に出たり友人とサボったり、単位を取ったり落としたり、飲みに行ったりカラオケに行ったり、車の免許を取ったりアルバイトをしたり、観光旅行に出かけたり自転車で琵琶湖一周しようとして挫折したりと、まあそんな感じだった。ただ、彼女だけはできなかった。恋愛は大学で楽しみにしていたことナンバーワンだったが、それだけは叶わなかった。好きになった女の子は何人かいたが、誰も太田には見向きもしなかった。みんな、太田よりもしっかりとした将来設計を持つ者や、大きな夢を語る者に惹かれていった。太田からは「将来」の匂いがしなかったのだ。のんびり屋で楽観的な太田だが、この冷酷な事実にはさすがに傷つけられた。しかし大学には他にも似たような非モテがわんさかいて、彼女ができない者で集まってくだを巻いているのも楽しかった。彼らと鴨川に並んで酒を飲んだりもしたし、不条理系のサブカル映画や学生演劇を観て熱い議論を交わしたりもした。だが、そういう彼らにも、映画監督になりたいとか劇作家になりたいとか、そんな夢を持つ者が多かった。バンドを組んで音楽で食べていこうと本気で考えている者もいたし、現代アートでやっていくという者もいた。太田は映画監督やら劇作家なんかになって役者にバーバー文句を言われたり現場スタッフに舌打ちされたりするのは嫌だったし、音楽のセンスは壊滅的だったし、現代アートに対する理解も、いくら話を聞いても深まらなかった。太田は、大学でもやりたいことが見つからなかったのである。

＊

そうこうしているうちに就職活動が始まった。就活がはちゃめちゃに激化した20XX年現在において、就職活動は三回生になる直前の三月、説明会から始まるのが原則となっている。太田はまだまだのんびり構えていたが、その頃になると周囲の様相がガラリと変わった。突然幼少期からの自分の膨大な体験を書き出して自己分析を始めたり、将来のビジョンを詳細にデザインし始めたり、卒業論文と見紛うようなレベルの業界研究に精を出したりする同級生が増えた。その中には、映画監督になりたいとか劇作家になりたいとかバンドをやりたいとか現代アートをやりたいとか言っていたはずの人間も含まれていて、太田はショックを受けた。映画監督になりたいとか劇作家になりたいとかバンドをやりたいとか現代アートをやりたいとか言っていた人間に聞いてみると、「あの頃はまだ若かったから」などとわずか二年前の話を大昔のことのように語り、当然のような顔で企業に就職しようとしているのである。太田のようにやりたいことのない人間ならまだしも、あれだけ熱く夢を語っていた人間までもが「企業就職」のほうへと吸い寄せられてしまう、その求心力の強さに太田は驚かざるをえなかった。現代日本で就職以外の道を選ぶには、とにかく就職活動が始まるまでに大きな結果を残しておかなければならないのだ。映画やらアートやらの道へ進んで食べていくには、運不運にかかわらず若くして成功するぐらいの圧倒的才能がなければならないのだ……そういうムードが大学中に、いや国中に蔓延していた。三十代、四十代から新しいことにチャレンジして、それで成功することもあるんじゃないか、と太田は思っていたし、同級生たちにもそう言ってみたが、無駄だった。みんながみんな就活就活で、太田のようにぼんやりしている人間はいないのだった。

もともとはっきりした目標を持っていなかった太田は、両親が就活の時期になってまたZ社Z社と言い出したのもあり、そろそろ周りと同じように就活を始めようかと考えた。しかし、就活のことを少し想像してみるだけで憂鬱な気分になるのだった。周りの人間は早くも自己PRを作成し始め、所かまわず「ちょっと聞いてみてくれ」などと言って内容を暗唱し始めたりしている。それでダメ出しを受けたところを直し、どんどんブラッシュアップしていくようなのである。太田はそれを見て到底かなわないと思った。自己PRなんて面接官相手ならまだしも、友人相手に披露するなんて恥ずかしすぎてできない。家族相手になんてなおさらだ。だが、周りの同級生はそういうことを平然とやっていて、太田が同じ学部の友人に「ようそんなんできるな」と言うと、彼は「しょうもない会社に入るわけにいかんからな」と答えた。しょうもない会社という表現もなかなか失礼だなと太田は思ったが、やはり周りもとりあえずはZ社を目指している様子だった。とにかくZ社対策を真剣にして、内定が取れれば万々歳、仮にダメでもZ社対策を応用すれば他の一流どころに引っかかるだろうという、あたかも受験進学校が軒並み採用している「東大目指しとけば早慶楽勝」作戦のようなスタイルで、みながみな自己をPRし、内面を分析し尽くし、会社員としてのすばらしい夢を創作していた。太田にはその大きな流れに誰も逆らわないのが気持ち悪く思えた。どうにもまともに話せる人間が周りにいないような気がして、高校時代からの親友で、京大に落ちて同志社に入った小寺《こでら》に電話してみると、小寺もまた「同志社大学経済学部ぅ！　小寺正紀《まさき》ィ！」などと叫び出したので、太田はため息をついた。

「おい小寺、お前こんなんおかしいと思わん？　みんながみんな狂ったみたいに就活始めてさ」

　太田がそう聞くと、小寺は「お前はまたそんなこと言うんやな」と呆れたような声で言った。

「お前はいっつもそうや。みんなが真剣にやっとるのをどっか俯瞰《ふかん》して見て、ほんで偉そうに余裕ぶっこいてんねん。受験は確かにそれで成功したかもしれんで？　お前は京大に受かって俺は落ちたわけやからな。でもな、そのやり方が通用するのはここまで、受験まででで終わりや。今の就活ではな、いくら高学歴でもそんな風に余裕ぶっこいてたら即無い内定や。昔、俺らの二世代前ぐらいのときかな、空前の売り手市場の時代があって、そのときは東大京大いうたら大企業入り放題って状況やったらしいけど、もう全然違うフェイズに入っとるからな。まだまだまさか日本が中国に抜かれるなんて思ってもなかった時代やから。お前『先行者』って知ってるか？　二〇〇〇年ぐらいに中国が作った二足歩行ロボットやねんけどな、めっちゃ造形とかショボくて日本のテキストサイトやらでボロカスに馬鹿にされとったんや。そこから二十年もせんうちに中国に経済大国のお株奪われて、今またこうやって日本がなんとか差し返そうとしてるわけやんか。つまり時代っていうのはめまぐるしく変わっていくんや。その都度時代に対応していくっていうのは、見方によってはダサいことかもしれん。でもな、俺は時代への適応をあきらめて、そうやって必死の人間を笑って冷めとる奴の方が最後には敗北すると思うで」

「わかったわかった」

「いや、わかってない。お前は昔から何もわかってない。なまじ勉強ができて京大にも受かってしもたから、お前は自分にホンマに疑問を持つ機会がなかったんや。まずお前は自分がどれだけ恵まれた環境におったかわかってない、親にもめちゃくちゃ金かけてもらって、思いっきり勉強させてもらって、それが当然のことじゃないってことがわかってないわ。俺はな、確かに受験ではお前に負けた。せやからお前に何を言っても説得力がないかもしれん、でもな、お前がそんなんやったら、就活では逆転するで。お前は同志社ごときにやられるわけないいって思ってるかもしれんけどな、何もしてない京大野郎に俺は負けへんで！」

小寺の熱量に太田は「お、おう……」と返すのが精いっぱいだったが、よく考えてみれば親も最難関のZ社に入れとうるさい（そのための京大合格だったわけでもある）し、自分もZ社に入れればいいなあとは思っているのだから、小寺と一緒に就活の流れに乗るのがいいかもしれない、という考えが頭に浮かんだ。

「た、確かにな、俺はちょっと社会をナメすぎとるかもしれん。就活のこともっと真剣に考えるべきやったわ。よかったらさ、一緒に就活やらん？　自己分析とか業界研究とか情報交換とか、そういうのって仲間がいたほうがええと思うし」

「仲間っつってもなあ。お前やる気なさそうやし、俺が一方的にアレすることにならん？」

「ならんならん。ならんようにするから。今から本腰入れて動き始めるわ。それに、お前も同志社の友達と就活するより俺とした方がいいって。会社によって大学ごとの採用枠決まってるって噂もあるし、俺と組んだ方が純粋に協力し合えるって」

「うーん……」

「な？　筆記試験とかは俺の方が絶対できるし、教えたるから」

「なんか腹立つな……まあわかったわ。ほな来週京セラドームで企業の合同説明会あるから、それ一緒に行こうや」

「よっしゃ！　これで契約成立やな」

「契約っつってもお前、お互い利益がある限りのアレやぞ。俺も人生かかっとるんやから」

「オーケーオーケー。それは重々わかったから」

「ホンマかいな……とりあえずこの説明会、絶対寝坊すんなよ。もうこの時点で名簿が置いてあって、その名簿も採用終わるまでしっかり保管されとるって噂や。そうやって学生の志望度を測るんやな」

「えっ、もうそんなん見られるわけ？」

「まあ不思議じゃないやろ。企業側としては内定出した学生に蹴られるのが一番痛いわけやから、同評価で並んだら説明会からちゃんと来てるほう採るわな」

太田はそれを聞いただけでもうウンザリという気分だった。大体、学生の中に一体どれだけ本気で働きたい人間がいるのだろう？　働かなくて済むのなら働きたくないという人間が大半ではないのか？　自分の自己分析なんて、突き詰めたら「働きたくない」という結果になるのは目に見えている。努力せず働かず金がほしい、そしてかわいい彼女がほしい、という程度の情けない願望が自分のコアであり、何かしらの仕事はしていないと世間体が悪すぎるから、まがりなりにも人より多く詰め込んできたはずの受験の知識をそのまま使える塾講のバイトなんかを適度にやっていたい、というのが現実的なところだ。「働かなければならない」という前提からスタートする時点で、その自己分析は嘘になる。

と思ったが、小寺にそんなことを言おうものなら協力関係を即切られそうなので黙っておいた。そもそも、働かなければならないという前提を覆すには、内的あるいは外的な「革命」が必要なのだ。それはほとんどコントロールできないがゆえに革命と名指される。いまの時代条件に適応する道を避けることは、楽なようでいて茨の道なのだ。とにかく合同説明会に行って、そこで就職活動とは何なのか、その相貌だけでもつかむことにしよう……太田は頭の中でごちゃごちゃ考えつつ、「ほな、また説明会で」と言って電話を切った。静まり返った部屋で、太田は不安と興奮の入り混じった感情が自分の中に渦巻いているのを感じた。やれるわけがないという気持ちと、もしかしたらやれるかもしれないという気持ち。何かに挑戦しようとしている、あるいは挑戦せざるをえない状況にある人間の誰もが味わったことのある気持ち。太田は、自分はこれまでそういう感情を経験してこなかったのだと思った。ふと部屋の本棚を見ると、大学に入ってから読み漁った小説、特に古い文学ばかりが並んでいる。そこには就活対策の本もビジネス本も、一冊たりとも混ざっていなかった。さすがにこの状態は就活生としてはまずいと太田は思ったが、そこに一冊の就活本を加えることで、自分なりに充実させてきた本棚が二度と癒えない傷を負うような気もした。しかしその危惧は一瞬の風のように過ぎ去り、太田はベッドに横たわって十分もしないうちにぐうぐうと寝息を立てていた。

*

待ち合わせていた大阪環状線の大正駅で会った小寺は、四か月前に高校の同級生で集まって飲んだ時とは雰囲気が変わっていた。長めに伸ばしていた髪は短髪になり、心なしか目つきが鋭くなっている。服装は濃紺のスーツに黒の革靴、鞄もビジネスバッグを用意してきたようだった。対する太田はいつも着ているシャツに紺のカーディガン、ズボンはチノパン、靴はスニーカー、鞄はリュックだった。

「お前、服装自由って書いてたけどそんなバチバチでいくん?」

「当たり前や。もう戦いは始まってるんやからな。合説ぐらいって気ぃ抜いたらあかんぞ」

「すごい気合やな……」

「ただ、お前みたいにあえてラフな格好を選ぶっていう戦略もあるやろうな。初期段階ではそうやってリラックスしてますよっていう大物ぶりを見せていくのも手かもしれん。お前も考えたな」

「いや、何も考えてへんねんけど……まあ行こうか」

会場に着くと、その周囲に就活生らしき人間がウヨウヨしていた。するとその一部から大きな歓声が上がった。そこを見に行くと、なんと火のついた棒と球を高速回転させながらブンブン振り回すパフォーマンスをしているスーツ姿の男がおり、太田も小寺も思わず見入ってしまった。五分ほどしてパフォーマンスが終わると大きな拍手が起きて、男は「ありがとうございました！」とニコリと笑い、まだ熱そうなその道具を黒い袋に入れて、ビジネスバッグに突っ込んだ。太田が「すごい奴もいるもんやな、何がしたいんかわからんけど。とにかく目立ちたいだけか？　動画でも撮ってたんかな？」と疑問を投げかけると、小寺は「やられた！」と叫んだ。

「何がやられてん？」

「今の盛り上がりで、ドームから各企業の採用担当がチョロチョロ出てきてチェックしとるぞ。あいつ、最初からそれ狙いやったんや。僕はこんな大勢の前で難易度の高いパフォーマンスを平常心でやれますっていうアピール、つまりパワポでプレゼンなんてお茶の子さいさいですという暗黙のメッセージやったんや！」

「そうなんかなあ……」

首を傾げる太田に小寺は突然バッグを預け、「同志社大学、小寺正紀！　シャドーボクシングします！」と言い放った。小寺は同志社でボクシング部に入っていて公式戦では八戦八敗だったが、まあそのへんの素人に喧嘩で負けることはないぐらいにはちゃんと練習していた。しかし小寺が「シッ、シッ！」と言いながらパンチを出したりダッキングやウェービングといったボクシングの動きをやってみせても、それに注目する人間は皆無だった。まあ普通よりはすごいのかもしれないが、正直インパクトはなかった。周りを見てみると、企業の採用担当らしき人たちも姿を消している。

パシィ!!

そのとき、破裂するような音がして振り返ると、太田のシャドーを素手で止めているガタイの良い男がいた。見ると「10」と書かれたシンプルなラガーシャツを着ている。

「なんだテメェ？」

小寺が凄んだが、男はそれを見てフッと笑った。

「こんなところで貧弱なシャドーをやっても何のアピールにもならん。他の就活生の邪魔になるだけだ」

「なんだとコラ？　てめぇ誰なんだよ？」

「早稲田大学スポーツ科学部三年生、ラグビー部の松尾剛《まつおつよし》だ」

「早稲田のラグビー⁉」

「ああ。もうこんなとこでチョロチョロするんじゃねえぞ」

松尾はそう言って会場の中へ入っていった。太田はその剣闘士スパルタクスを思わせる大きな背中を見て、もはや逆に笑ってしまいそうだった。

「いや、あれすごい背中しとんな。ていうか早稲田って、わざわざ東京からこっち来とるん？」

「アホかお前は。もう東京は人口過密で大気汚染やら物価高騰やらですっかりダメになって、大企業の本社はだいたい大阪に移転しとる。何年も前から就活の中心地は大阪やねんぞ」

「え、そうなん⁉」

「そうや、せやから昔ならＭＡＲＣＨ（注・受験においてだいたい同格とされる明治大学・青山学院大学・立教大学・中央大学・法政大学を指す。私立大学では早慶上智の次のラインに来る大学群。諸説あり）

に行ってたような関東人が、就活を睨んでわざわざこっちの関関同立（注・受験においてだいたい同格とされる関西学院大学・関西大学・同志社大学・立命館大学を指す。レベル感はMARCHと同程度である。諸説あり）に来るようになってるんや。そんくらい調べとけ。しかしあいつ、早稲田のラグビーとなると強敵やぞ。結局仕事っていうのはな、体力があるやつが勝つ。多少事務処理能力やら頭のキレで劣ってても、ほんまに過酷なデスマーチを乗り切らなあかんって時に、最後に勝つのは体力のあるやつなんや。ああいう見るからに体力のあるラグビー部、しかも早稲田ときたら相当レベル高いぞ」

「へー……」

太田は受験時代の名残で、京大が早稲田に負けることはまずないだろうなどと思っていたが、頭の中で集団面接を思い浮かべ、松尾と自分が並んでいるところを想像すると、どう考えても松尾を採用するだろうと思った。小寺にしても、同志社でのしっかりとしたボクシング経験がある。それに対し、自分は京大合格に照準を絞り他のことをしなかったのでスポーツ経験もなく、大学に入ってからも漫然と日々を過ごしてきた。アピールするポイントも何もない。これは相当がんばって戦略を練らなければお話にならないかもしれない……

太田と小寺が会場内に入ると各企業のブースがずらりと並んでおり、そのほとんどが活気にあふれている。太田は思わずしり込みし、あまり学生の来ていない不人気企業で肩慣らしをしようと提案したが、小寺は「そんなとこ行ってる時間ないぞ。ほんまに入る気のある一定レベル以上の企業の名簿に名前書いていかなあかん」と言い、まずZ社のブースへ行こうとしたが、あまりにも混み合っているのでギガバンクと呼ばれる大銀行のブースへと向かった。20XX年では銀行の統廃合がさらに進んで、小さな銀行は大きな銀行にどんどん吸収され、メガバンクが二行、ギガバンクが二行という体制になっている。ギガバンク二行が合併しテラバンクができるという噂も絶えない。

ギガバンクのブースではテーブルの向こうに採用担当が座っており、「灰皿チャレンジ」という催しが行われていた。ギガバンクでは富裕層に金融商品を売りつけまくるノルマがめちゃくちゃに課されるということが明らかになっており、ギガバンク側でももはやそれを隠していない。客に灰皿を投げつけられることもよくあるのだ。ちなみに20XX年には電子タバコから紙タバコへの逆行が起きており、また喫煙率も上がってきているため、昔ながらの灰皿が置いてある家庭も多い。「灰皿チャレンジ」は、就活生が灰皿を投げて、百戦錬磨の行員に当てることができるかというものだった。ここで少しでもインパクトを残そうと、就活生たちは次々に灰皿を投げるが、行員はおそろしいほどの反応速度でそれをかわし続ける。しかも、かわしながらしゃべり続けている。

「いいですか、灰皿を投げてくる客というのは、良い客です！　想像してください、もしあなたが頭に血が上って灰皿を投げてしまった後、どう感じるか？　ああ、灰皿を投げてしまったなあ、悪いことをしたかもしれないなあ、という反省の念が湧いてくるでしょう。そこがビジネスチャンスなのです！　このチャンスをいかすためには、灰皿に当たってしまってはいけません。なかには大きなガラス製の、非常に危険な灰皿を投げてくる客もいますから、それに当たって大けがをしてしまっては、その後の商談はままなりません！　軽い灰皿ならけがをしない程度に当たりに行く、というテクニックも使えますが、基本的にはかわすこと。それも、大外しではない程度の、当たるか当たらないかというところでかわすことが重要です。大外しは、相手に恥をかかせてしまいますから。とんでもないノーコンでないかぎりは、当たるかどうかぎりぎりのところを見極めて身体をすばやく動かしてください！」

もはや行員の動きは人間のものとは思えない。まるで流れる水のようになめらかな動きで、すべての灰皿を面白いようにかわしていく。その姿に就活生たちは沸き立つ。「ギガバンクヤバすぎるやろ！」「人間は訓練次第であれほどまでに成長できるのか……！」「内部で勝ち組と負け組に激しく分かれるっていうけど、挑戦する価値はあるかもな……」

そうして無数の灰皿が飛び交う中、銀色の簡素な灰皿がひとつ、宙に舞った。それは綺麗な放物線を描き、ちょうど行員が他の灰皿をかわした瞬間、頭のてっぺんにカーンと当たって、そのまま転がり落ちた。

行員はニヤリと笑いながら、「一人、私に見事灰皿を当てた人がいるようですね。今この灰皿を投げた人は挙手してください」と言った。

すると、太田と小寺のすぐ後ろにいた男がスッと手を挙げた。メガネをかけ、細身のスーツを着こなしていかにも知的なオーラを噴出させている。

「君、名前を聞いてもいいかな?」

行員がそう言うと、男は「東京大学法学部三年生、清水晃一郎《しみずこういちろう》です」と静かに答えた。

「チッ、東大か……」

太田は思わず声を漏らしていた。京大生の太田に学歴コンプレックスはほとんどないが、家に金さえあれば東大に挑戦してみたかったというかすかな思いがあったことは否定できず、クイズ番組などで東大がフィーチャーされていると胸がムカムカしてくる程度には東大を意識してしまっていた。

「君はどうやって私に灰皿を当てたのかな?」

「簡単なことです。あなたは次々に飛んでくる灰皿を不規則に避けているようでいて、ある中心点を決めてサインカーブを描きながら、必ずそこに十秒に一度戻ってくるように計算していた。私はその点に向けて、タイミングを計って灰皿を投げただけです」

するとと行員は拍手をしながら「ご名答」と言った。

「君は見込みがあるね。どうだろう、うちの名簿にぜひ名前を残しておいてもらいたいのだが」

行員はそう言うと、普通の名簿とは明らかに異なるバインダーに挟まれた真っ黒の紙と、金色のサインペンを清水に手渡そうとした。周囲の就活生たちは歯噛みしていた。あいつ、合説でもうギガバンクの内定を取りやがった……

しかし、清水は「結構です」と言ってその紙とペンを受け取らなかった。

「私はZ社以外に興味はありません。Z社のブースが混み合っているので、ひまつぶしに寄っただけです」

その言葉に周囲はざわついた。小寺は「ギガバンクの内定をこんなに簡単に蹴る奴がいるなんて……」と震えていた。

「しかも、あんな言い方したらもう絶対に内定はもらえへん。Z社に落ちた時の滑り止めにする気すらないってことか……」

「まあ落ちる気がせんのやろな。そういう奴もおるってことや。でもそんなん、東大の中でもかなり上位層なんちゃうか？　俺らは俺らで地道にやっていこうや」

「お、おう……」

半ば戦意喪失した小寺を太田が励ます形になり、「何やねんコイツ……」と太田が思いながら他の企業を回っていくと、何十年も前にやっていた『学校へ行こう!』という番組の「未成年の主張」コーナーのように、就活生を集めて大声で何かを主張させている企業や、用意されたむちゃくちゃな内容の資料を元に、いかにももっともらしくプレゼンできるかという虚無プレゼン体験を実施している企業などがあり、太田はそれを見て小寺に「やってみるか?」と聞くものの、小寺は「いや、いい……」と元気がない。だんだん腹が立ってきて、「お前なあ、東大みたいなもんに何ビビらされてんねん!」と怒鳴った。

「東大ってお前、年間何千人受かってんねん! 昔人気があったらしい、半分金髪半分黒髪のYouTuberがなあ、早稲田とか東大とか何万人もおるようなとこに行ってるやつを『すごい』なんて言うとるのは本物のアホやって言ったらしいわ。俺はその通りやと思うで、大学名だけでそんなビビる必要あるかい!!」

「でも、俺は真剣にやったけど東大より劣る京大にも落ちて、こうやって同志社行くはめになってしもたんや。やっぱり俺、根本的に間違ってるんちゃうやろか?」

「間違ってるって何が?」

「いや、もう受験のことはあきらめて同志社に通い続けてるわけやけど、やっぱこういうのって、なんぼ忘れようとしても一生消えへん傷として残ると思うねんな。今から仮面浪人して東大なり京大なり受けてみたほうがええかな？」

「アホかって！　お前そんなんしとったら卒業する時何歳やねん！　大体ほんまに受かるかどうかもわからんし。何十年か前の人も『置かれた場所で咲きなさい』とか言うてたらしいし、今の自分の環境を受け入れた上で最善を尽くせよ」

「うーん……」

「な？　お前、仮面なんかして結局どこも受からんくて同志社留年してみ？　もう手の施しようがないで。おっ、あそこ何かやってるぞ」

太田はへこんだ小寺への対応がだるくなって目についたブースを指差した。そこにはボクシングのリングが用意されており、その上でスーツ姿の男たちがヘッドギアもつけずに殴り合っていた。近寄ってその企業を見てみると、超巨大商社W商事である。一体超巨大商社が何をしているのか？　場を仕切っている商社マンはマイクを持って叫んでいる。

「お前ら、この大舞台で相手をブチのめしたら筆記は免除したる！　うちの筆記は東大レベルや！　その時点で八割の学生が落ちる！　それを免除したる言うとんやから、どんどん参加してこんかい！」

そうしてデカい声で学生を煽りまくる仕切り役商社マンの様子を、何やら別の商社マンが真剣なまなざしで撮影している。この映像を自社の宣伝にでも使うのだろうか、あるいは研修にでも使うのか？　いずれにせよ逆効果にしか思えないが、ボクシングといえば小寺の出番である。

「お前、ボクシングでW商事の筆記免除やったら願ったり叶ったりやんけ！　やってこいよ！」

「いや、でも俺公式戦は八戦八敗やし……どうせ勝てへんわ。それに、情けない負け方したらマイナス評価になるかもしれんしな……」

「アホかって！　そもそもボクシング部入ってるってだけで素人には負けへんやろ？　絶好のアピールチャンスやんけ！」

「お前なあ、よくわかってないかもしれんけど、ボクシングってプロやと十七階級あって、大体が二、三キロ刻みで分かれてんねん。それがどういうことかわかるか？　わずか二、三キロ違うだけで、強さがまったく変わってくるっていうことやねん。俺は今六十キロしかない、減量とかはおいといて、単純に言えばこれはライト級ってことなんやな。そこに素人とはいえ多少動けるウェルター級とかミドル級のちょっと重い奴が来たら、苦戦必至や。しかも『ボクシング部です！』とか言いながら出て行って負けてみ？　印象悪なって大減点やろ」

「ごちゃごちゃ抜かすなって！　お前あんだけ意気込んどいてそれかい！　ほなもうええわ。俺が出るわ」

「ハァ!?　お前、運動経験まったくないやんけ！」

「知らんがな。もしかしたらめちゃくちゃボクシングセンスあるかもしれんやろが。もしそうやったら就活なんかやめて格闘家に転向するわ。ほんで動画投稿とかも始めて企画いっぱい作って億万長者になって女優かアイドルと結婚するわ！」

「やめとけってお前！」

小寺が止めるのも聞かず、太田は「はい！　次やります！　やらせてください！」と手を挙げた。すると商社マンは、太田の貧弱な身体を見てそれまでの勢いを一転して失い、

「君、ほんま？　大丈夫？」と聞いた。

「大丈夫です、やらせてください！」

「君、大学どこ？」

「京都大学です。文学部三回生です」

「京大？　それやったら筆記受けたらまあいけると思うで。ていうか、筆記のほうがいけると思う。今日はやめとき？」

「いや、やります。やらせてください！」

なぜか熱くなって引き下がらない太田。商社マンもその謎の熱意を否定するわけにもいかず、念入りなドクターチェックの後に太田はリングに上がった。その相手に選ばれたのは慶應大学のイケメンだった。

「僕は慶應義塾大学経済学部の三年生・風間亮《かざまりょう》です。去年ミスター慶應にも選ばれてます。格闘技経験はありませんが、まあがんばります」

「なんや、慶應か。もう一回言っといたるわ、俺は京大や。五教科七科目のな！」

「へえ。京大って慶應より賢いんですか？」

「は？」

「いや、僕ずっと東京にいて。なんか、京大って言われてもピンとこないんですよね。ちょっとダサいイメージがあるっていうか。普通に慶應のほうがカッコよくないですか？」

「……ええわ。お前殺したるわ。早く試合始めてください！」

すっかりスイッチの入ってしまった太田。小寺がこんな太田を見るのは、京大二次試験直前に高校の教室で自習していた鬼気迫る姿を見て以来のことだった。

ゴングが鳴って試合が始まるとともに、太田は猛ラッシュをかける。まったく基礎のなっていないケンカスタイルのパンチで、小寺は自分なら余裕で避けられると思うが、慶應の風間にはヒットしていた。風間にもまた格闘技経験がないのが見て取れた。風間はスタンディングでガードをしたままダウンを取られる。

「コラテメェ！　そんなもんか東京モンちゅうんは！　ガンガン殴ってこいや！　殺し合いしようや！」

風間がファイティングポーズを取って試合が再開されると、太田はまたラッシュをかけようとする。しかしそのとき、リングに黒服の男が三人上がってきて、太田を羽交い締めにした。

「な、なんやお前ら!?」

すると、身動きの取れなくなった太田を風間がボッコボコに殴りまくる。

「あぶぶぶぶ！　おぶぶ！」

「ほらほら、さっきまでの威勢はどうしたんですか？」

「どうしたんですかってお前……おぶぶぶ！」

風間のパンチ連打で太田の顔がみるみる腫れ上がる。そこでレフェリーストップがかかり、リング上でレフェリーが風間の腕を高々と突き上げた。

「勝者、慶應大学・風間亮！」

太田は文句を言う前に黒服たちにリングから引きずり出された。風間の横にはバニースーツを着た胸と尻丸出しの激エロラウンドガールが立っており、楽しそうに記念撮影している。

「勝者には賞金十万円と、筆記試験免除特典が贈られます」

そのアナウンスを聞きながらもう一度リングに上がってブチギレてやろうと思っていると、ラウンドガールが太田に寄ってきて、リングの上からニコリと笑って言った。

「無駄よ、相手が悪かったわね。あの子は内閣官房長官の息子なの。さっきの黒服は首相官邸に常駐しているSPの中でも選りすぐりの精鋭たち。今回はあきらめたほうがいいわ。それに、あなたなら筆記試験は楽勝でしょう？」

激エロラウンドガールにそう言われると、太田もなんだか怒りの気持ちが収まってきて
「わかりました……」と引き下がった。それにしても官房長官とは……そんな凄まじいコネ持ちとも戦わなければいけないなんて、就活とはどれほど恐ろしい世界なのだろうか？

「おい太田、お前すごかったわ。よくがんばった。パンチとか動きめちゃくちゃやったけど、やっぱ一番大事なのは気合やってことがよくわかったわ。俺もチャレンジしてみるわ！」

「おう小寺、その意気や！　お前ならいけるわ。あの商社、筆記試験さえなくなったらライバルはぐんと減るやろ？　やったらんかい！」

小寺はリングに上がる。そこで準備運動をしている姿もやはり慣れているからかサマに

なっている。その相手としてリングに上がってきたのは、小寺と同じぐらいの体格の男だった。

「あ、法政大学三年生、岩井守《いわいまもる》です。よろしくお願いします！」

礼儀正しく礼をし、小寺もそれに礼を返す。雰囲気からするとかなりの好青年で、就活でも爽やかに面接をクリアしていきそうな印象だ。太田はそういう爽やかで人から好かれそうでモテそうな人間が嫌いだったので、「足腰立たんようにしたらんかい！」と思っていた。

ゴングとともに試合が始まると、岩井が始まりの挨拶としてか右手を伸ばしてきたので、小寺はそれに応えて左手を伸ばした。その瞬間、岩井はスッと身体を沈めて小寺の下腹部を強打した。

「ウゥッ!!」

小寺からうめき声が漏れる。腹を効かされたというよりはローブロー、つまり股間をしばかれたのに近い感じだったので、小寺は試合中断をアピールしようとしたが、岩井はその前に猛ラッシュをかけて小寺をダウンさせてしまった。その時点でレフェリーは試合終了を宣言し、岩井のTKO勝ちとなった。

「ちょ、ローブロー入ってるって！」

と小寺は抗議したが、W商事としてもこの規模の合説で一試合の判定にそれほど時間をかけている余裕はない。抗議はあっさり却下され、小寺はそのまま負けとなった。

「あの岩井って野郎、わざと反則してきやがった……ああ見えて手段を選ばへんタイプや。俺はちょっと就活をナメすぎてたかもしれん。何が何でも勝ち切るっていう強い意志が足りひんかった。自分がボクシング部やしいけるやろっていう気の緩みもあった。改めて、就活は気を引き締めていかなあかんって気付かされたわ……」

リングを降りた小寺がそんなことを言うので、太田は「いやいや、反則する方が悪いやろ！」と言ったが、小寺はそれほど腹を立てていない様子である。

「あいつにはいいこと教えてもらった。就活の心構えを変えるきっかけをもらった。それだけでもリングに上がった意味はあったわ」

それを聞いた太田はふと、小寺が京大に落ちた時にも似たようなことを言っていたのを思い出した。

「大学には落ちたけど、京大受験には大きな意味があった。自分の限界と、今後の人生における戦い方の示唆を得た気がするわ」

どうも小寺は、自分が傷つかないように現状を肯定する思考に流れる傾向があるな、と太田は思った。それは負け犬の考え方だ、受験は受かった方がいいし、就活だって内定した方がいい。太田とてそれほど勝ちにこだわるタイプではなかったが、小寺の態度、受験にせよ就活にせよ威勢よく首を突っ込んでおきながら、肝心なところで言い訳を用意して日和るというスタイルに苛立ちを感じた。

「いや、やっぱお前、負けたら意味ないで。『結果よりプロセスが大事』って言っとくほうが何か立派な人間って感じするけど、やっぱ負けたら意味ないんよ。だって、この就活で負けたらもう将来の年収も限られてくるやんか。小さい会社に入ってそこでメキメキ成長したって、大企業の窓際族に年収は負ける、そういう仕組みになってるわけやんか。俺はそれが正しい社会の在り方やとは思わんし、ここに来るまで就活なんてもんはアホらしいと思ってたけど、就活が大きな分水嶺《ぶんすいれい》として存在する現実が変えられへんのやったら、ここは一発、本気出して取り組むしかないんちゃうか?」

「うーん、まあ、確かに……」

「一緒にがんばっていこうや。俺も親からZ社受けろって言われてんねん。受かるわけないしどうでもいいと思ってたけど、とりあえず腹くくって本気で目指してみる気になってきたわ。お前もZ社は受けるんやろ?」

「受ける」

小寺は顔を上げて、太田の目をまっすぐ見て言った。

「そうや、俺はZ社に入って、大学受験で俺を置き去りにしていったやつらを抜き返すんや。そう思ってたのに、いつの間にか俺は安全な道を行こうとしてた。いや、何か目が覚めたわ。お前とか就活じゃ役立たんと思ってたけど、連れてきてほんまよかった。改めてよろしくな！」

小寺が太田に手を差し出す。太田が「なんやそれ」と恥ずかしがりながらも、その手を一応握ろうかと思った瞬間、ドームの照明が消えて真っ暗になった。

「停電か？」

「なんやろな」

小寺と太田が戸惑っていると、突然爆発音が鳴り響き、ドームの奥で火柱が上がった。そちらを見るといつの間にかステージが組み上がっている。その中央がライトアップされると、昨年グラミー賞を八部門受賞した誰もが知る世界的アーティスト、レディー・ビビが立っていた。

「Hello everyone in Japan! I love Japan. As you are right in the midst of job hunting, I'd like to offer my support. I would be delighted if my song could bring a little bit of energy and positivity to you!」

レディー・ビビがそう言い終えると、ド派手な衣装を着たダンサーたちが次々に登場し、世界でMVが五百億回再生されたというキラーチューンのパフォーマンスが始まる。会場は熱狂の渦となり、小寺も思わず「スゲー！」と興奮していたが、音楽に興味のない太田は「しょーもな」と思っていた。その後も日本や韓国のアイドルグループが登場したり有名なモデルや人気YouTuberがファッションショー的なことをやったりして大盛り上がりを見せ、最後に一人、いかにも俺成功してますみたいな臭いをプンプンさせた、四十代ぐらいの男がマイクを持って現れた。

「誰あのオッサン？」

「知らんのかい！　Z社の名物人事、滝川《たきがわ》シンジやぞ。テレビとかネット番組とかも結構出てはるけど見たことない？」

言われてみれば何かの番組で見たことがある気もするが、はっきりとは覚えていない。

男はニコニコしながら話し始める。

「本日はご来場いただきありがとうございます。Z社の人事部長、滝川と申します。ここにいるみなさんには、それぞれ第一志望の企業というものがあると思いますが、残念ながら、みながみな行きたい会社に行けるわけではありません。全然希望と違う会社に入ることになる人もいるかもしれない。しかしそんな時、絶対に忘れないでいてほしいのは、あなたはどこにいてもあなたなのだということです。どんな大学を出ていて、どんな会社に入って、年収がいくらで、というのはあくまでも付随的な、本質的でない情報にすぎません。あなたという存在は、そんなもので測れるようなものではありませんし、逆にそんなもので測れるようでは、その人の先は知れています。肩書や数字ではないところに、自分のコアを持ってください。そのためには、大きな大きな夢を持ってください。数はいくつでもいいです。今の自分の実力では到底届かないような夢を、そしてあなたがどれだけ悩み苦しむことになろうと本気で目指したいと思える夢を持ってください。それがない人間の目は、少し見ればわかります。大学をゴールに、就職をゴールにしているような人間と、私たちは一緒に働きたいとは思いません」

太田はよくあるタイプの退屈な話だと思うが、隣の小寺を見ると真剣に頷きながら聞いている。会場の他の学生たちも、滝川の言葉に静かに耳を傾けている。一言一句漏らすまいとメモを取っている者もいるし、あからさまに録音している者もいる。太田はそんな周囲の様子を見てバカバカしく感じるが、その中にバニースーツを着た胸と尻丸出しの激エロラウンドガールの姿があることに気づく。ラウンドガールもまた、滝川に熱い視線を向けているのだ。その瞬間、冷めかけていた太田のZ社への情熱がよみがえる。「大きな大きな夢を持ってください」滝川の言葉が頭に響く。俺も、俺もあの激エロラウンドガールに熱視線を注がれるような存在になりたい。こんな大会場でなくても、Z社を目指す就活生から憧れの目で見られながら、OB訪問とかを受けまくりたい……太田の中に邪《よこしま》な気持ちが、しかしはっきりとコアをなすような気持ちが芽生える。太田は小寺と一緒に真面目に話を聞き始めた。

「いいでしょうか、今の世の中、ジョブ型採用が主流になってきていますね。しかし我が社は昔ながらの終身雇用を崩しておりません。なぜか？　それは、人を見る目に絶対の自信があるからです。我が社の採用プロセスを経て内定にいたった人間で、使い物にならなかったような人は一人もいません。最初は多少苦戦したとしても、我が社のどこかのポジションで必ず活躍してくれています。そして、私たちもそうなるように全力でサポートします。我が社はすべての社員を家族と考え、家族にメンバーを加えるような気持ちで採用活動に当たっていますから、少し仕事をやらせてみてできないから見捨てる、というようなことは決していたしません。どこの誰が、自分の家族を簡単に見捨てるでしょうか？　こんなことを言うと、時代錯誤だとかうっとうしいだとか言われるかもしれません、仕事は仕事と割り切ってやりたいと敬遠されるかもしれません。しかし、我が社では仕事はほとんどそのまま人生であり、はっきりと割り切れるようなものではないと考えています。一日最低八時間、週に五日も従事する仕事というものに情熱を感じることなく、ただ淡々とデスクに座って過ごしてしまえば、人生のかなりの部分を無駄にすることになります。

仕事にもプライベートにも全力で、人生の全体に魂を燃やしてぶつかってもらいたい。私たちはそういう人材を発掘したいと思っています。では、またみなさんにお会いできる日を楽しみにしています！」

滝川がそう言った瞬間、レディー・ビビのステージで火柱を上げていたロケット砲のようなマシンからまた爆発音が響き、無数の紙切れが発射された。会場のみんながその紙切れをアイドルグループのコンサートの銀テープのように激しく取り合う。

「なんやねんあれ？」

「あれは……出席カードや！」

「出席カード？」

「そうや！　たぶんこの会場で滝川の話を聞いたって証拠になるんやろ！」

小寺は慌ててジャンプしてカードを取ろうとするが、なかなか手におさまらない。太田が下に落ちているカードを見つけて拾おうとすると、その瞬間横から頭を蹴り飛ばされてカードを取られる。

「あっ、すみません！」

すみませんじゃないやろお前！　と思って頭を上げると、その男はさっき小寺をローブローで倒した法政大学の岩井だった。岩井は太田が文句をつける間もなく立ち去っていく。

小寺もなかなかカードを取れずに苦戦している。

「クッソ、マジで取れん。お前、肩車したるから上乗れ！　お前の方が軽いやろ！」

「肩車⁉　そんなんでいけるか？」

「やらんよりマシやろ！」

そうして太田が小寺の肩に乗ってカードに手を伸ばすが、他の学生たちがガンガン当たってきて姿勢が安定せず取れない。しまいには相撲部みたいなデカい学生にぶつかられ、そのまま転倒してしまう。

「いってぇ！　何すんねんお前コラァ！」

太田が叫ぶが、相撲部みたいなやつは猛スピードの摺り足で遠ざかっていく。その時、相撲部の足に当たったカードが二枚跳ねるのが太田に見えた。

「あっ、あそこにカード落ちてるぞ！」

「何⁉　よっしゃ、俺行くわ！」

足に自信のある小寺がカードに向かって走り出す。するとさらに遠くから同じカードに向かって俊足を飛ばす男がいるのを太田が発見する。

「小寺！　急げ！　向こうから野球部みたいな奴が来とるぞ！」

「何ィ⁉　クソ、めっちゃ速いやんけ！」

小寺が加速するが、野球部みたいな奴も負けてはいない。二人が一直線に、まるでかつての日本で放送されていたという番組『最強の男は誰だ！壮絶筋肉バトル!!スポーツマンNo.1決定戦』で行われた競技・ビーチフラッグスのように熱く、カードに向かって一心不乱に走り込む。

「うおおおおおっ！！！！」

「おらあああああっ！！！！」

二人が叫びながらカードに手を伸ばす。太田は祈るように手を組んでその瞬間を見つめている。二人は衝突しそうになりながら、ズザーッと腹ばいでドームの床を滑っていく。

「どっちや!?」

太田がまるで競馬場で人生を賭けた三連単を握りしめているオッサンのような大声を出す。すると、小寺が後ろを向いたまま右手を突き上げる。そこには二枚の出席カードが輝いていたのだった。

第二章　キャリアサポートセンター

太田はもう合同説明会だけでバチクソに疲れていた。説明会でこれだけぐったりするなんて、この先やっていけるのだろうか？　同じように説明会に参加した小寺の方は、もうピンピンしている。やはりボクシング部でしごかれてきた人間と、帰宅部&帰宅部の人生を送ってきた太田では基礎体力が違うのだろうか？　あの合同説明会以来、小寺の言った通り体力というのも仕事にはかなり重要な要素なのだろうな、と太田は思っていた。ボクシングで筆記試験を免除する商社があるぐらいなのだから、やはり多少頭の回転が速くても病弱だったりすぐに疲れたりするような人間よりは、休まずに働き続けても倒れないような強靭な身体を持つ人間の方が、企業にとって望ましいのだろう……太田はそう考え、小寺に電話をかけた。

「おう、なんや」

「あのさあ、ちょっとお願いがあんねんけど」

「おう」

「俺にボクシング教えてくれへん？」

「はあ？」

「やっぱさ、俺体力ないし、ケンカも弱いやんか？　そのへんが就職において不利なんちゃうかなって」

「いやいやいや、お前今からボクシングって、もうそんな時間ないって。もっと前から始めとかなあかんことやぞ」

「やっぱそんなすぐに体力なんかつかんか……」

「つかんつかん！　それに就活でそこまではバレへんやろ。内定とってからでもゆっくりボクシング教えたるわ。それよりお前、キャリアセンターに相談とかしてるか？」

「キャリアセンター？」

「そうよ。大学にあるやろ、まさか知らんの？」

「知らん」

「お前ほんまにやる気あるんかいな！　相談員がおって就職の相談とか色々乗ってくれるはずやから、いっぺん行ってみなあかんで。俺も今週予約してんねん」

「いやーでも、そんなん他人に何がわかるん？　ほんまにタメになる話聞けるんかいな」

「それはこっち次第やろ。こんな会社に入りたいと思ってるけどどうですかとか、エントリーシートこんなんでいいですかとか、準備していって聞くねん。模擬面接なんかもしてくれると思うで」

「へえ、やっぱそういうのってみんな行くもんなん？」

「みんなかはわからんけど、思わぬ視点からの助言ももらえるかもしれんしな。別に時間的にはカツカツに追い込まれてるわけじゃないし、お前もいっぺん行ってみいや」

「うーん……」

「俺も同志社の就活相談行くし、そこで面白い話聞けたらお前にも教えるしさ」

「まあ、わかった。せっかくあるんやし行ってみるか」

「おう、ほなまた、それで何かええことわかったら教えて」

「オッケー、ほなな」

そう言って電話を切ったものの、太田はマジで腰が引けていた。あの説明会の様子を見ると、とにかく就活というのは修羅の集う戦争であり、あの強者どもと戦い抜くのだということを想像しただけでげんなりだった。

太田は現実逃避のためにふらりと鴨川に出かけた。鴨川デルタでは、まだ就活に追われていない大学生らが男女入り乱れて楽しそうに遊んでいる。親子連れが飛び石をジャンプして笑っている。犬をのんびり散歩させているおじさんもいれば、バイオリンの練習をしている高校生もいる。大学生を見るとまだ就活のことなんて何も考えていなかった頃の自分を思い出してうらやましくなるし、親子連れを見ると自分に妻や子供ができて家族の関係性を良好に保っている未来がくるのかどうか不安になるし、犬をのんびり散歩させているおじさんを見ると自然の中を犬と語らいながら歩く行為に心底癒やされているのが伝わってきて腹が立つし、高校生の弾いているバッハのカノンはヘタクソだがこれから絶対にうまくなってやろうという気概を感じてそのまっすぐな自分への信頼に圧倒される。これから就活をして社会に出ようというこの時期には、何をしても何を見ても、心が休まることはないのだと太田は思った。いつも何気なく座って風に吹かれていた鴨川デルタも、一瞬にして地獄に変わってしまったのだ。

太田は自分の部屋に逃げ帰り、仕方なく大学のホームページを見る。京大ではキャリアサポートセンターというところでアドバイザーが学生の相談に乗っていて、大抵の学生は「キャリセン」ではなく主に「キャリサポ」と呼んでいる。平日なら一日に八枠あり、一枠四十五分。今はかなり盛況で、予約をしておいた方がよさそうだった。早速太田はたまたま空いていた二日後の十時から十時四十五分の枠を取った。しかし、やはり気分は乗らない。アドバイザーと名のつくものは大抵詐欺みたいな奴らばかりだと太田は思っていた。アドバイザーは責任を取らない。受験にしても、ちょこっと通ってみた塾のチューターなんてゴミみたいな奴が多かった。大学生がバイトで来ていて、しかも女子高生と付き合ったりするのだ。犯罪だ、と太田は思っていたが、女子高生の目には大学生がまぶしく見えるのか、太田には魅力をよく理解できないチューターでさえも、激カワ女子高生と付き合っているケースが少なくなかった。女子高生は普通に未成年で、「真摯な交際」に基づいていれば問題ないというが、大学生側が女子高生に真摯に向き合っているとは思えなかった。この就職アドバイザーというやつも、よくわからない頼れる感を出しつつ女子大生を狙っているクソオスの集まりなのではないか？

太田はそんな懸念を拭えないまま、相談当日を迎えた。キャリアサポートセンターは吉田キャンパスの教育推進・学生支援部棟というところの一階にあり、いつも通っている場所だが中に入ったことはない。就職相談室の前で来室目的を入力し、学生証をかざして部屋に入る。そこには思っていたような女子大生狙いっぽい男ではなく、女性が一人、年季の入った木製デスクの後ろに座っていた。スーツにネクタイを締めた、いかにも仕事のできそうな出で立ちの美女である。というか、けっこうデカい胸のあいだにネクタイが挟まっており、良きである、と太田は思う。

「ふうん……君、ほんとに就職する気ある？」

「えっ？」

太田はいきなり予期せぬ言葉を浴びせられ一瞬あっけに取られてしまう。

「そ、そりゃありますよ！　なかったらこんなところ来ませんよ」

「悪かったわね、こんなところで」

「あっ、すみません……」

「いいわ、ここではあなたが本当に就職したいのかどうか、しっかりと考えてもらいます」

「したいのかどうかって、したいに決まってるじゃないですか。しないと生きていけないんで」

「へえ、しないと生きていけないから、就職したいんだ？」

「えっと、まあ、そうですね」

「じゃ、しなくても生きていけるなら、しないんだ？」

「えっと、それは……」

美人アドバイザーがじっと太田を見つめる。その深い闇を湛えた目を見ていると、なんだか吸い込まれてしまいそうな気がしてくる。太田は思わず目を逸らす。

「あなたみたいな人って多いんだよね。仕事はただ生計を立てる手段、入る企業の名前はただマウントを取る手段。自分の本当の人生は、仕事をしていない時間の方にある、そういう考え方の人」

「いや、まあ、僕は確かにそれに近い考えかもしれません。でも、みんな根本的にはそうなんじゃないんですか？　仕事で本当に大きな成果を上げて、仕事がそれ以外の時間よりも楽しいって言えるような人は、相当な才能に恵まれた人だけですよ」

「つまり、あなたは仕事を苦しいものだと考えている」

「まあ、そうです。やらなくて済むならやりたくないです」

「じゃあ、あなたは仕事以外の時間で、何をしようと思ってるの？　何をしている時が一番楽しい？　趣味はある？　恋人はいる？　何か夢はある？」

そう聞かれて、太田は言葉に詰まる。正直、趣味はないし、恋人はできたことがないし、夢もない。周囲の夢追い人を見て小馬鹿にしていたが、思い返してみれば彼らは人生を賭ける対象をきちんと見つけ――少なくとも主観的には――迷いなく前進しているのだ。

「ありません。何もありません。恋人も、大学に入ったらできるかなと思ってましたが、できませんでした」

「そっか、恋人ができたことないんだね。じゃあ、今から私があなたの恋人です」

「は？」

「あなたの名前は……」

そう言って美人アドバイザーは手元のノートパソコンで予約システムを見る。それから顔を上げて笑顔で言う。

「太田亮介くんだね。じゃ、亮くんって呼ばせてもらうね」

「えっ、りょ、亮くん!?」

「私は榊《さかき》はるかといいます。ハルって呼んでほしいかな」

「ハル!?」

キョドり始める太田。これはどういうキャリアサポートなのだろう……？　まったく意味がわからない。

「ねえ、亮くん。二人っきりだね、こんな狭い部屋で」

「え、ああ、そ、そうですね」

「なんか暑くなってきちゃった。暖房はいらないかな」

そう言って榊はスーツの上着を脱いで椅子にかけ、暖房を切る。そして座っている太田の前にしゃがみこみ、太田の手を触りながら「ねえ、すっごく綺麗な指してるね」とささやくように言った。

「そ、そう？」

「うん。細くて白くて綺麗な指。ちょっと私の頬をなでてみてくれる？」

「えっ⁉　い、いいんですか⁉」

「いいに決まってるじゃない。恋人なんだから。嫌かな？」

太田はもう額に汗がにじみ出て今にも流れ落ちそうなのを、根性だけで止めている感じである。とにかくギリギリの精神状態で、どう振る舞えばいいのかさっぱりわからなかった。

「いえ、そんな、嫌じゃないです」

「よかった。私、あなたの指好きだな。今まで見た指で一番かも」

「そんな、普通の指だと思いますけど」

「そんなことないよ。ほら」

榊はそう言いながら自分の頬をちょんちょんと指で触る。太田はゴクリと生唾を飲み込み、「じゃ、いきますね」と言った。そうして右手の指で、榊の左頬をそっと撫でた。

「うん、なんだか、すごく心地いいな……あなたはとても優しい人だね。人と競争するのが嫌い。もちろん自分が傷つきたくないからっていう面もあるけど、相手を傷つけたくないっていう気持ちもあるんじゃないかな」

「えっと、自分ではあんまりわかんないですけど、確かに人を蹴落とすのとかは好きじゃないかもしれないです」

太田がそう言うと、榊はしゃがみこんだまま太田の両手を取り、指を絡め合わせて恋人つなぎをした。

「えっ⁉　あっ、あのっ、これは……」

「ぎゅっと握り返してみて」

「えっと、こ、こうですか？」

太田は少しずつ力をこめて手を握っていく。榊の顔を見ると穏やかな笑顔である。これは一体何の時間なのだろう？　ここ、キャリアサポートセンターだったよな？

「これって一体何の時間？　ここってキャリアサポートセンターだよな？　そう思ってるね？」

「えっ、あっ、すみません！」

「いいよ、無理もないからね。ちょっと目を閉じてくれる？」

「あっ、はい……」

「あなたはとても優しい心を持った、すばらしい人間だね。少し会っただけでそれはわかったよ。あなたと働きたいって思う人はきっとたくさんいる。それは私が保証するよ。それだけじゃない。あなたと一緒にいたい、触れ合いたい、愛し合いたいっていう人も、絶対にたくさんいるよ。もしそう思えないなら、あなたはそういう人とまだ出会っていないだけ」

「えっと、本当にそうなんでしょうか」

「本当だよ。私を信じて」

「じゃ、じゃあ、あなたは僕とキスできるんですか⁉」

太田は思わずそんなことを口走ってしまい、しまったと思う。

「あっ、や、すみません、今のは冗談……」

「できるよ？」

その瞬間、目を閉じていた太田は、唇に柔らかいものが触れるのを感じる。目を開けると、榊の美しい顔が目の前にある。

「⁉⁉⁉⁉」

太田は混乱と幸福のいりまじった感情に襲われ、どうしていいかわからなくなってしまう。

「ね？」

「ちょ、えっと、すみません変なこと言って……本当にすみません！」

「そんなに謝らないでよ。恋人だって言ったでしょ?」

「でも、こんなことさせちゃって……」

「大丈夫だよ、したくない人にはしないから」

榊はそう言って自分の席に戻る。

「あなたはとても善い人間だと思う。私は人としてあなたのことが好き。でも、それと就職活動はまた別の問題なの。わかるよね?」

「はい、それはわかります」

「特にここ何年かは競争が激化し続けていて、普通にやってたら大企業には入れない。だから、無茶をしてガクチカを作ろうとしちゃう人も出てくるんだよね」

「ガクチカ……学生時代に力を入れたこと、ですよね?」

「そう。あなたは何かある? 正直に答えてみて」

「うーん、大学の単位は順調に揃ってますけど、サークルにも入ってませんし、塾講師のバイトはやってますけど、そんなに根を詰めてやってるわけじゃないです」

「なるほどね、でもそんな感じの人も多いよ。でも、それじゃ埋もれちゃうからって、あなたの先輩で大きな勝負に打って出た人が何人もいるわ」

「大きな勝負?」

「うん。一人はろくに登山経験もないのにいきなりエベレストに登るなんて言い出して、その様子を配信してたんだよね。その動画を企業へのアピールに使おうとしたってわけ。でも途中で映像が途切れて、そのまま行方不明」

「えっ……それって……」

「まあ、どこかで生きていてくれればいいんだけどね。他には太平洋を横断するって言ってそのまま行方不明になった人もいれば、アマゾンを探検し始めてそのまま見つけた村に定住して戻ってこなかった人もいるし、スポーツ経験すらないのにYouTubeの格闘技企画に出場して骨をバキバキに折られてそのまま引きこもりになっちゃった人もいるし、大学でピアノを始めて世界的なコンクールに出て優勝した経験をアピールしたのに第一志望に落ちて、結局ピアニストにもならずに腐ってホームレスになった人もいる。とにかく、大企業で求められるガクチカのレベルがおかしくなってるんだよね。もちろん、平凡な体験の中から自分が得たものを自分独自の視点で取り出して説明する、っていうやり方も生きてるんだけど、やっぱり大企業だとそれじゃ歯が立たないところまで過熱しちゃってる」

「いやいや、それってちょっとおかしいですよね」

「おかしいと思うよ。でも、ありのままのあなたを好きになってくれる企業だって必ずある。ただし、その企業はたぶん誰もが知っている企業ではない。あなた文学部だったら知ってると思うけど、思想家のルネ・ジラールは『人間は他者の欲望を模倣する』と言っているし、精神分析家のジャック・ラカンも『人間の欲望は他者の欲望である』って言ってる。つまり、あなたが有名企業に入りたいという理由は、そこが有名企業だからというだけ。あなたが京都大学に入った理由も、ここが有名難関大学だったからというだけだと思うんだよね」

「あんまりその、ぶっちゃけよくわかってないですけど、確かに大学はそうやって選んだというか、選ばされた気がします」

「あなたは一応、ここまで競争社会を勝ち抜いてきた。経歴上はね。私はそれもすごく立派なことだと思う。誰にでもできることじゃないし、そこには自信を持ってほしい。ただ、そのレースの延長戦上にある大企業競争にこのまま参加するのか、もう少ししっかりと自分を見つめ直して、愛し合える恋人みたいな企業を探すのか、今はそれを考えなきゃいけない段階だと思う。そもそも、本当に組織で働くのかどうか、という点も含めてね」

そう言われ、太田はこれまでの人生を振り返った。確かに、競争社会の中で戦ってきた二十年だったのかもしれない。高校受験も大学受験も、親に言われたところを目指してがんばってきた。その中では人並み以上に努力もしたし、うまくいかなくて苦しんだこともたくさんある。だが、自分の頭で目標を決めたわけではなかった。人に目標を決めてもらって、親や先生の言うことにしたがって、こうすればみんなに評価してもらえる、という方向にただ走っていただけだった。思い返してみれば、周りには自分のやりたいことを軸に学校を選んでいる奴もいた。スポーツだったり音楽だったり、美術だったり、演劇だったり、文章創作だったり……太田はそういう奴らを昔から軽んじていた。スポーツで、音楽で、美術で、演劇で、文章創作で、プロになって食っていけるわけがない。みんな現実を見ていないのだと思った。勉強で良い大学に入れば、まず間違いはないのだと信じていた。そういう意味では、太田は親や先生の思想に洗脳されている状態にあったのかもしれない。

「……どうかな？　って言っても、今すぐに考えられることじゃないよね。本当に正直なところを言えば、あなたのこれまでの大学生活で、大企業に通用するようなガクチカは作れない。もしやるなら、あなたの先輩たちみたいに、今から無茶をすることになると思うよ。命、懸けられる？」

榊は真面目な顔で太田を見つめる。命懸けのガクチカ作り……果たしてそんなことをしてまで、Z社や大企業に入らなければならないものなのだろうか。しかし、ここまで一応挫折なくやってきた人生で、そのレールを迷いなく降りるというのも難しい……太田は、自分が実は京都大学に合格したことを誇りに思っているのだということを思い知らされた。京都大学の学生なのだから、下手なところには、無名の企業には行けない。そんな感覚が自分の中にあるということを、はじめて強く実感したのだった。

「僕は確かに……京都大学に入って、そのまま大企業に入りたいという思いを強く持っているのかもしれません。でもそのくせに、就職に向けた努力をろくにしてきませんでした。就活という競争のステージが自分に向いていないということを、多分無意識のうちにわかっていたんでしょう。たぶん、僕は一人でがんばれば何とかなることばかりがんばって、ここまでやってきました。やっている時には何も考えていませんでしたが、僕にはそれが向いていたんです。ここにきて、急にこれまでの人生で必要とされなかった能力を求められて、でもそのことに背を向けて、就活が始まる今の今まで、現実に向き合ってこなかった。でも、僕は、そんな自分を変えたい、とも思っているのかもしれません。こうして話していて、それでもやっぱり、僕は大企業に入りたい。その頂点にあるZ社に入りたいと思ってしまっているんです」

「うん、それもまたひとつの正解だと思うよ。でも、このままじゃ難しいっていうのも事実。どうかな、深い自己分析とガクチカ作りのためのプランがあるんだけど、一週間ぐらい空けられる?」

「一週間なら、別に大丈夫だと思います。それで単位を落とすようなこともないと思いますし」

「……うん、いいでしょう。じゃ、あなたにはこれから山にこもって修行してもらいます。たった一週間だと思うかもしれないけど、かなり厳しい日々を過ごすことになる。でも、これに参加すれば自分をしっかり見つめ直すことができるはずだよ」

そうして榊は一枚の白黒のチラシを見せてきた。そこには「我狼山《がろうさん》修行体験ツアー」と書かれている。

「このツアー、情報はそれほど広く出回っていないけど、参加者のうち何人かは毎年Z社に合格してる。みんなに紹介するわけじゃないんだけど、なんとなくあなたにはこれが合うような気がするんだよね。我狼山は滋賀県の奥地にあるそんなに知られた山じゃないんだけど、山の上には小さな街があって、大きなお寺がひとつだけある。そこでずっと暮らしながら修行している人もいるから、誰かが師匠になってしごいてくれるよ」

太田はなんとなくヤバそうな気配を感じながらも、それに参加するしか道はないという気もしていた。これまでの人生は、苦手なことやつらいことを避けながらでもそれなりにやってくることができた。しかし、これからはそうはいかない。困難に立ち向かうマインドを手に入れなければ、目の前の就活においても、人生の長い時間を占める仕事においても、きっと思うような成果は手に入れられないだろう。失敗してもいい、やるだけのことはやってみよう……

「……わかりました、参加します。あの、そのためにはどうすればいいんでしょうか？」

「オッケー。大学からバスが出るから、今日中に最低限の生活用品を揃えて、明日の朝五時に時計台前に来て。周辺の大学の子も何人か一緒に行くことになると思う。がんばってね」

そう言うと、榊は太田をぎゅっと抱きしめてきた。太田は両手をどうしていいかわからなかったが、意を決して榊を抱きしめ返す。

「生きて帰ってきてね。じゃ、時間です」

太田が腕時計を見ると、予約していた枠の四十五分間がちょうど過ぎていた。太田は慌てて榊から腕を離す。

「あっ、あの、今日は本当にありがとうございました。キャリアサポートセンターの人っていうのがこんなに親身になってくれるなんて思ってなくて……あの、ほんとに助かりました」

「うん、役に立てたならよかった。また会えるのを楽しみにしてるよ」

榊は遠距離恋愛の彼女が別れる時に見せそうな笑顔で手を振った。太田は挙動不審になりながら、ぎこちない笑顔で手を振りつつ部屋を出た。

キャリアサポートセンター、最高やん……

太田は榊とのキスや、抱きしめ合った感触を思い出してフワフワしていた。というか、よく考えてみれば、これが人生におけるファーストキスだった。ファーストキスがキャリアサポートセンターのアドバイザーで本当に良かったのだろうか？　ファーストキスは本当に好きな人と、きちんと交際してからすべきだったのではないだろうか？　そんな疑念も頭をもたげたが、太田は数秒で「まいっか」と思った。榊が激キャワだったからである。太田はこの二十年余りの人生の中で、あの部屋で過ごした四十五分間が最良の四十五分間であると確信していた。さて、明日の朝は早い。太田は部屋に帰って修行ツアーに向けた準備を整え、シャワーを浴びてさっさと寝ようとした。しかし、どうにも榊のことを思い出して悶々としてしまい、結局眠りにつくことができたのは午前二時過ぎだった。その時には、我狼山での修行があれほど苛烈を極めるものになることなど、まったく知る由もなかった。

第三章

ガクチカ作り

翌朝、太田は眠い目をこすりながら、小さなキャリーバッグを引きずって時計台前にやってきていた。そこには知らない顔ばかりで、どうやら京大生ではなさそうな者もいた。周囲の学生たちが初対面らしい会話をなんとなく始める中、太田は浮いてしまっていた。こんなところで浮いてしまうようなコミュニケーション能力では就活での成果も望めない……そんな焦りから太田は一人、誰とも話していない女の子に「いやー、眠いですね」と話しかけてみたが、女の子は「眠くないです。毎朝四時に起きてジョギングしてるので」と取りつく島もない。太田がバスの早期到着を心待ちにしていると、そこに見覚えのある男が現れた。

「えっ、小寺……!?」

「なんや、太田か?」

太田は小寺の姿を見つけてめちゃくちゃ嬉しかったが、それがバレるのも恥ずかしいので平静を装って聞いた。

「お前、どこでこのツアーの話聞いたん?」

「ん? 同志社のキャリアセンターでな。アドバイザーは七十代ぐらいのジジイやったんやけど、そいつに勧められて。最初は別にいらんかなって思ったんやけど、そのジジイ片手の一本指で腕立て伏せし始めてな。『我狼山での修行は就職だけでなく人生そのものを変えるのじゃ』みたいなこと言い出して、ちょっと行ってみようかなって思ってん」

「へえ、まあ俺も似たような感じやわ」

「そうか。ま、泣いても笑っても一週間やし、ちょっと変わった体験してみてもええよな」

二人がそんな話をしているうちにバスがやってきた。バスガイド的存在に促されて順に乗り込んでいくと、太田と小寺はちょうど席の列が分かれてしまった。まあ寝るからいいか、と思っていると、隣に座った男から「あなたはどこの大学ですか?」と聞かれた。いきなりそんなことを聞いてくるなんて変わった奴だな、と思いながら太田が「あ、ここの、京都大学です」と答えると、男はまるで怨敵を睨みつけるような表情になって「僕は明治なんですよ」と言った。

「あなたは京都大学に合格した、それはすばらしいことだと思いますし、その時点では僕はあなたに負けていたと言わざるをえないでしょう。しかし、僕は明治大学一年生の時から、この就活の時を見据えて自己を鍛え直してきました。そして、社会にとって有為な人材を作ることに特化したゼミで、就活対策だけでなくその後のビジネスシーンで必要とされる能力も開発してきました。僕はこの先、絶対に勝ち続けますよ。あなたはどうせ京大生の肩書にあぐらをかいて過ごしてきたんでしょう？　それで、就活シーズンが始まったからそろそろガクチカでも作るか、という感じで、やっと動き始めてこのバスに乗っているんでしょう？　僕はずっと前からこのツアーに参加すると決めていたんです」

なんて腹立たしいことをズケズケ言う奴なんだ、こっちは眠いのに……と太田は思ったが、正直なところ明治の男の言うとおり、就活を意識し始めたのは最近になってからで、一回生や二回生の頃には何も考えていなかった。

「まあ、そうですね。就活のことを考え始めたのは最近です」

「そうでしょうね。僕はあなたみたいな人間には絶対負けません。そして絶対にZ社の内定を勝ち取ります。あなたもZ社を受けるんでしょう？」

「ええ、まあ、受けようとは思ってます」

「ならライバルというわけですね、僕は明治大学の丹羽一《にわはじめ》です。まあ名前ぐらいは覚えておいてくださいよ。いずれZ社の中でも役員クラスにまで上り詰めてみせます」

「そうですか。すみません、寝ていいですか？」

「ああ、どうぞ」

太田が目を閉じると、隣の席からすぐパソコンのキーボードを叩く音が聞こえてくる。チラリとその画面を見ると、どうやら自己PRらしき文字列がまるでChatGPTのような速度でバリバリと生成されていく。そこにはよくわからないが、アフリカの発展途上国で現地の人たちとビジネスを立ち上げたとかなんとか、すごそうなことが書かれている。太田は思わず「えっ、ほんまですかこれ⁉」と純粋に聞いてしまいそうになるが、調子に乗られるとムカつくので黙っておくことにした。しかし、そんな自己PRをブチかまされたら自分は一体何で戦えばいいのだろうか？　大学に入ってからの日々の過ごし方で、これほどまでに差がつくものだとは……太田は大きな不安に襲われながら眠りについた。

＊

数時間後、太田はバスガイド的存在に叩き起こされた。窓から外を見ると、かなり大きな寺があり、その前の広場では多くの人が修行に励んでいる。太田やその他の学生たちはバスを降ろされ、その横に整列させられる。

「さあ、この寺で今から一週間、お前らにはしっかり武道の修行を積んでもらう。それはほんまにつらく苦しい道のりになるやろう。ほんで、最後に試験を受けて初段の認定を受けるのが目標や」

バスガイド的存在がそう言うと、少し学生たちがざわついた。太田も小寺と顔を見合わせた。武道をやらされるなんてまったく聞いていなかった。太田は寺で修行と言われ、すっかり座禅やら読経やら厳しい生活やらを強いられると思っていたのだ。そういう類の修行なら、気合を入れれば一週間ぐらいは耐えられるだろうと、少し軽く見ていたことは否めない。だが武道をやらされ、しかも認定試験を受けさせられるとなると、そこで不合格になってしまう可能性もあるではないか！　太田は小寺の表情に、自分よりも余裕があることを読み取っていた。小寺はボクシング部で鍛えてきているので、武道と言われてもさほど抵抗はないだろう。ここで学ぶのは一体どんな武道なのか？　広場で「型」のようなものを繰り返し練習している修行者たちの動きを見てみると、そこにはなめらかさや美しさ以上に、マジで相手をボコボコにしたるという殺気がみなぎっている。

「ええかお前ら、ここでやってもらうのは滋賀県の一部地域でのみ継承されてきた古武術・隼剛流《しゅんごうりゅう》ゲジゲジ拳や。ゲジゲジ拳はその殺傷能力の高さゆえに秘術とされ、長きにわたって滋賀県から出ることがなかった。しかし、国の大物政治家が極秘で修行に参加した際、人間の教育メソッドとして最高峰のものやといたく感動したんや。それで裏で国が動いて、今はこうして短期間の修行者を受け入れる態勢が整えられとるというわけやな。とはいえ、短期の修行者が学べるのは殺人術ではなく、護身術として比較的新しく開発された隼剛流や。それと区別してもともとの殺人術をゲジゲジ真拳と呼ぶこともある」

バスガイドはそこまで話すと、突如としてバスガイド風の衣装を脱ぎ捨て、白い道着姿になった。

「ちゅうわけで、わしが師範の泥熊英三郎《どろくまえいさぶろう》や。よろしくな！」

一同はあっけにとられたまま、指示された通りに各自の部屋に荷物を置いた。一応一人一部屋が与えられているが、寒い季節になっているのに暖房器具も布団もなく、それどころか椅子も机もなく、環境としてはかなり劣悪である。スマホやノートパソコンといった通信機器はすべて強制的に事務所に預けさせられた。その際、明治の丹羽が「困ります！日々、自己ＰＲやエントリーシートを練り直しているんですよ！」と楯突いたところ、師範は目にも留まらぬスピードでみぞおちに蹴りを連発し、思わず身をかがめた丹羽の首に蛇のように足を巻き付けて地面に叩きつけた。

「ここではわしの言うこと、寺院のいうことが絶対や。お前の自己ＰＲは一週間程度何もせんかったぐらいでダメになるもんなんか？　そんなもんは捨てろ。下山した後最初から作り直せ。わかったな！」

丹羽は苦痛に顔を歪めながら「ひゃ、ひゃい……」と情けなく言った。太田はマジで吹き出しそうだったが、ここで笑ってしまうと自分も何をされるかわからないのでなんとか我慢した。そうして師範に案内されるままに歩いて行くと、広場の奥の方に簡素な棺のようなものが並べられている。

「ええか、これは最初の試験やと思ってくれ。まずこの棺の中に入ってもらって、中にあるアイマスクとヘッドホンをつけて視覚と聴覚を完全に遮断してもらう。そういう何の刺激もない状態にして、八時間過ごしてもらう！　当然寝たらあかんぞ！　寝たらすぐわかるようになっとる。これは強い刺激に慣れておかしくなったお前ら現代人を、本来の姿に戻すための一種の『洗礼』でもあると言える！　ここで耐え切れへんかった奴には下山してもらうからそのつもりでな」

太田はその時、「よかった、殴り合いでもさせられるかと思った……黙って寝転がってるだけでええんやったら楽やな」と思った。その時、丹羽が「言い出しにくいのですが、私は閉所恐怖症です。代替の試験はないでしょうか？」と師範に聞いた。師範は「ない」と即答し、丹羽は「わかりました」と言って潔く引き下がった。しかし、もう一人の男が自分も閉所恐怖症だと叫び、この試験の免除を訴えた。

「僕はこんな狭いところに入ることはできません。というか、こんなのは閉所恐怖症の人間をあらかじめ排除する悪しき試験という他ないですよ！　あなたがたの寺院は、閉所恐怖症の人間を差別している。そのことに無自覚なままでは、他のもっと深刻な差別を招いて――おぶ！　おぶっ！」

男が熱弁をふるっている途中で、師範は彼の腹に二発のボディブローをたたき込んだ。それから猛スピードで蹴りを何発も繰り出し、最後は掌底で男を吹き飛ばしてしまった。まるで格闘ゲームを見ているような鮮やかなコンボで、太田はその美しさと理不尽さに言葉を失った。他の参加者たちもただただ並んで棒立ちしているだけだった。師範はノびている閉所恐怖症の男に言った。

「社会はお前のためにできとるんとちゃうぞ！　そうやって口ばっかり達者で、これまではそれで生きてこれたかもしれんけどな、これからはそうはいかんぞ！　差別差別いうて、世の中は差別だらけじゃ。社会とはいろんな差別の束に他ならん。なぜなら、人間存在そのものが差別の束やからじゃ。差別はなくならん。ええか、お前らがこれから参加する就職活動というのも、差別じゃない見かけを装った差別、優秀な人間の選別じゃ。企業は利益を出す人間がほしい、利益を出さない人間はいらん、そういう残酷な考え方で動く。お前らに寄り添ってくれるような企業はひとつもない、あったとしてもそれはお前らの勘違いじゃ。多様性多様性いうとるけどな、それはある一定基準をクリアした上での多様性にすぎん。クソみたいなこと言うとらんと、なんちゃら恐怖症があるんやったら今ここで克服せえ。この中に入って八時間もたったら治っとるやろ！」

ぶちのめされた男はフラフラと棺の中に入ろうとするふりをして、急に方向を変えて師範に襲いかかった。男はなんとナイフを持っていて、それで師範の腹を突き刺そうとしたのだ。師範はそれに気づきながらも、あえて腹でナイフを受けた。すると、ナイフの刃のほうがパキィンと音を立てて折れたのだ。

「アホが。わしクラスになればな、ちょっと気を集中すればお前のへなちょこナイフみたいなもんは刺さらん。良かったな、犯罪者になるとこやったぞ。ええから棺に入れ！」

すると男は「ひぃっ！」と情けない声を上げ、バスが来た道を戻って山を降り始めたのだった。

「あーあ。あいつ、途中で熊にやられんかったらええが……ほな、残った者で試験を始める。今から八時間、各自棺に入ってアイマスクとヘッドホンつけろ！」

太田をはじめとする参加者たちは棺に入り、言われたとおりにアイマスクとヘッドホンをつけて横たわった。棺の蓋を師範が順に閉めていく。太田は、確かに感覚が遮断されることに戸惑いを覚えはしたが、何か心地よさを覚えてもいた。とりあえず今から八時間は何もしなくてもいい。「何もしない」をする、などという言葉もあるが、現代人にはなかなか難しい話で、こうして強制されるのはいい機会だとも思った。睡眠時以外でスマホを一時間以上触らないでいる時間も、もしかしたらなかったかもしれない……そんなことを考えてしばらくすると、目を閉じた太田の視界に何か紫色の花のようなものが見え始めた。それがどんどんアメーバのように増殖し、万華鏡のようにくるくる回りながら、どんどん色を変化させていく。太田がそのさまを見ていると、花が虹色の仏に姿を変えたり、キリストに姿を変えたりしながら、「お前は誰だ」と問いかけてくる。「お前は誰だ」「お前は誰だ」「お前は誰だ」……太田は、自分とは一体誰なのだろうかと考え始める。自分は男性で、中程度の身長体重で、滋賀県のH市に生まれて、地元の小中学校を出て、京都の私立高校から京都大学に入って——と説明するが、「お前は誰だ」の声は鳴り止まない。おそらくそんな履歴書のようなもので、この声を止めることはできないのだ。自分とは一体何者なのか？　太田は真剣に考え始める。自分が好きなことは何か、嫌いなことは何か、これまでの人生で一番うれしかったこと、つらかったことは何か、自分の思う自分の長所や短所は何か？　初恋の女の子はどんな子だったか、最後に好きになった女の子は誰だったか？　好きな科目は？　好きな本は？　好きな旅行先は？　尊敬する人は？　小さい頃の夢は？　今本当に抱いている夢は？　誰にも言えない秘密は？　人生の最終目標は？　太田は声の主に対してあらゆる方面から答えを投げかける。しかし「お前は誰だ」の声は決して止まることがない。太田は無限にも思える自問自答を繰り返すが、それらをいくら積み重ねても、まるでオアシスを探しながらあてもなく砂漠を歩いているかのように「自分自身」にたどりつくことがない。太田は、この問いには答えがなく、また出した答えもつねに変容していくものなのだろうと思い始める。この社会において、人間は誰にもわかりやすい形でラベリングされて――あるいは自ら積極的にそうして――「出荷」される。人間という生き物はあまりに複雑なため、他者をラベリングなしに評価することがほとんどできない。しかし、そのラベリング自体も、すべて虚構まじりのあやしげなものにならざるをえない。自分も家族も他人も社会も、すべてのものが完全に同意するような安定した「自分自身」に到達することは、誰にも決してできないのだ……長い長い思考の末、太田が考えるのをやめ、「自分は自分だ」「自分を言葉の束に分解することなどできない」と心から答えたとき、目の前にぱっと光が差した。

「お前、そんなこと言うとって就活に勝てるかい！」

師範にドタマをしばかれ、太田は驚いて起き上がる。周囲を見ると、みんなの棺の蓋が開けられている。いくつかの棺が空になっていたが、そこには小寺も、明治の丹羽も残っていた。

「お前ら、とりあえず入門試験は合格や。聞こえへんかったやろうけど、この段階で半分の八人はギブアップして帰った。なんや泣き出したり叫び出したり、暴れ出したりしてたな。まあこれやるといつもそうなんや。そこのお前、閉所恐怖症やなんや言うとったのに、よう残ったたな」

師範が丹羽に語りかけた。すると丹羽は不敵な笑みを浮かべ、「治りました」と答えたのだった。

*

その後、師範に案内されて宿泊する部屋に荷物を持ち込んだ時、太田は愕然とした。なんと、部屋は収納スペースを除けば二畳ほどしかなく、しかも石畳にゴザが敷いてあるだけなのだ。エアコンもないので季節的に寒さが尋常ではなく、ここで夜を過ごすというのはさすがにないだろうと思ったが、師範は「これも修行のうちや」と顔色ひとつ変えずに言う。

「ちなみに、わしもこれと同じ環境の部屋におる。もうかれこれ三十五年や」

太田はそれを聞いて腰を抜かした。実際に師範の部屋も見せてもらったが、嘘偽りなく太田の部屋と変わらなかった。違いと言えば簡素な折りたたみテーブルが部屋の端に立てかけてあることぐらいで、それは「悩みを抱える修行者と酒を飲んで語り合うため」にのみ使用するらしい。こんな場所で三十五年も過ごすなんて考えられないが、原始仏教の厳しい教えを守り抜く人間がいまだに存在するように、この部屋で三十五年過ごす人間もまた存在するのだ。

質素な夕食を終えると寺院内の道場に集められ、そこでついに隼剛流ゲジゲジ拳の修行が始まった。師範の動きをみんなで真似するのだが、複雑すぎてまったくついていけない。小寺はボクシングをやっているだけあって動きがはじめから様になっているが、それでも苦戦しているようだった。

「お前コラァ！　ふざけとるんかい!!」

師範が格ゲーのようなスピードで太田の太ももにローキックを連打する。痛みのあまり太田はガクリと倒れ込んでしまった。

「お前は気が精神に取られとる。気を身体に回すように意識せえ」

気、と言われても太田には何のことかわからなかったが、とりあえず自分の身体を意識することに集中しろ、というようなことだと考えてやってみる。しかし、師範の評価は芳しくなかった。

「お前、それやと早晩死ぬことになるぞ」

太田はすでに、早く帰りたいと思っていた。なんでこんなとこに来て、わけのわからんオッサンに罵倒されなあかんねん……その日の修行を終えて小寺にそう言ってみると、小寺も最初は同意してくれたものの、しばらく考え込んだ後、「でも、これが会社というもののひな形なんかもしれん」と言い出した。

「なんでこんなもんが会社のひな形やねん」

「いや、会社ってさ、まだ働いたことないからようわからんけど、行きたくもない部署に行かされたりして、そこで見たこともないオッサンとかオバハンに罵倒される場所やろ?」

「そうなんか?」

「そうやろ。とにかく最初はそういう理不尽に耐えるところから始まるんちゃうか? その最初の関門のリハーサルであり、ガクチカ作りにもなる、ここの修行はそういうおいしい場として、キャリアセンターとかから紹介されてるんちゃうかな?」

「うーん……」

太田は自分の部屋に戻り、寒さにブルブル震えながら「こんなものが会社なら、絶対に入りたくない」と思っていた。これが会社だというなら、もうアルバイトをして過ごすか、組織に属さない何らかの職人や芸術家になるか、もしくは自分で会社を立ち上げるか、そのぐらいしか道はない。いや、こんな風ではない会社もあるはずだ、あのZ社だって、もしこんな社風ならここまでみんながこぞって目指し、人気ランキングトップ独走を続けられるわけがない……太田はその夜、将来のビジョンと寒さに悩み続けるあまり寝られず、そのまま朝を迎えてしまった。そして早朝五時に部屋を出て、食堂でみんなで朝食をとっている時に今後の修行メニューが伝えられた。

①五時～五時半　起床・朝食
②五時半～八時　全体練習
③八時～八時半　休憩
④八時半～十二時　個別練習
⑤十二時～十二時半　昼食・休憩
⑥十二時半～十七時　試合形式の練習（スパーリング）
⑦十七時～十七時半　夕食・休憩
⑧十七時半～二十時　瞑想
⑨二十時～　自主練習

⑩二十一時以降、各自就寝

このスケジュールで全員が修行を続けていくことになったが、二日目の朝食を食べているその時点で太田は絶望的な疲労を感じていた。身体は過去に経験がないぐらいバキバキで、精神状態も最悪、睡眠時間も足りない。そもそも人間的な生活環境が整っておらず、どう考えてもここで暮らすのは健康に悪い。

しかし、すぐにしっぽを巻いて逃げ帰るわけにはいかない。一応、最初の試験は突破したのだから、平均よりはここでの修行に適性があるということだ。それに、キャリアサポートセンターの榊さんの顔も浮かんだ。もしかしたら指定校推薦の枠みたいなもので、推薦した学生が脱落した場合、担当アドバイザーの評価が下がり次の学生を送り込みにくくなる、みたいなことがあったとしたら？ それだけは絶対に避けなければならない……太田はそんなことを考えながら、「一週間だけ、一週間だけ」と自分にひたすら言い聞かせた。

だが、やはり修行は地獄だった。まず隼剛流ゲジゲジ拳には二十六種類の蹴りがあり、それぞれの基本動作を徹底的にマスターしてから、それらの組み合わせ動作を習っていく。突きについても十六種類あって同様である。また体内の気を操る操気術とやらについても鍛錬を重ねるのだが、「気」というものが何なのか摑めないので、師範に「気が外に拡散しとるぞ！　中にこめろ！」とか「胸に悪い気が溜まっとる！　散らせ！」などと言われても一体どうすればいいのかわからず、そのまましばき回される。本当にしばき回されるので鼻血ブー状態になることもしょっちゅうで、非常にヤバイのは、九州大学からやって来た、女性で唯一残っていた駒野美紀《こまのみき》という参加者も問答無用で鼻血ブーにされていたことである。駒野は特に反発も見せず、「ご指導ありがとうございます！」「ご指導ありがとうございます！」と師範に礼を繰り返していたが、太田は「ちょっとやりすぎじゃないですか!?」と指摘した。

「女性は体力も筋力も違いますし、顔に傷つけるのはダメでしょう！」

しかし師範は「なんやお前、正論言うてモテたいんか？」と煽りモードである。

「ここでは少なくとも修行における男女の区別は行わん。それにむしろゲジゲジ拳を真に極められるのは女性のほうなんや」

「はい？　女性のほうが極められる、というのは……？」と太田が質問すると、師範は太田の股間を強めに蹴り上げた。

「くぁwせdrftgyふじこlp;@!!」

うずくまる太田に、師範は「女性にはキンタマがあらへんからな」と言った。

「ええか、格闘技とかいうてな、そのへんでナンボなんでもアリやとか騒いでても、キンタマだけはしばいたらアカンようになっとるやろ？　ホンマの殺し合いになれば、男相手ならまずどっちが先にキンタマに一撃入れられるかの攻防になってくる。護身メインの隼剛流ゲジゲジ拳ではそこはかなり省かれとるけどな、ゲジゲジ真拳には三十二種類のキンタマ強打術が存在するんや」

「ぐぐ……何しよんじゃコラァー!!」

ブチギレた太田が師範の股間めがけて突きを繰り出すと、師範はその腕をひょいといなして猛スピードの裏拳を股間に五発入れた。太田は悶絶して転がり回った。

「しょうもないこと言うとらんと、修行に全力尽くさんかい！　人のこと心配しとるフリして、何が『女性に〜』じゃ。普通の格闘技の稽古でも男が女殴っとる。それが稽古っちゅうもんじゃ。男女平等っちゅうもんじゃ！　女だけ手抜いてぬるい稽古付けるなんて、それこそひどい差別や。お前もそんなザマじゃ認定試験はとても通らんぞ！」

太田はまったく納得がいかなかったが、「とりあえず一週間……とりあえず一週間耐えるぞ……」と考えて一日の修行をなんとか凌いだ。その夜、太田が相変わらず部屋でブルブル震えていると、外から「ちょっといいかな？」という声がした。ペラペラの戸を開けると、そこには九州大学の駒野が立っていた。

「あ、あの、お昼のことお礼言いたくて、その……」

もじもじしている黒髪ショートの駒野は近くで見るとやたら上品な顔立ちをしていて、普段なら自分など相手にされないレベルの美女であることがはっきりわかった。道着ではなく普段着姿だということも激しいギャップ萌えを呼び起こす。太田の頭には師範の「モテたいんか？」という声がリフレインした。あの時その言葉をすぐに否定できなかったのは、正直なところ、その気持ちがゼロではなかったからだった。

「えっ、いや、お礼なんて別にいいですよ、そんなの」

「ごめんなさい、迷惑ですよね……あの、でもお酒だけ買ってきたんで、熱いやつ。よかったら、これ」

そう言って駒野が手渡してきたのは、施設の食堂の自販機で売っているワンカップの熱燗だった。太田はもう片方の手に同じものが握られているのを見て、「あの、よかったら一緒に飲みます？」と誘った。

クソみたいに殺風景な部屋とはいえ、自分の部屋的な場所で女性と二人きりになるのははじめてである。とにかくむちゃむちゃに緊張してきたので、太田は乾杯するや否や、アルコールにすがるようにワンカップをぐびぐび飲んだ。

「えっ、すご！　熱くないですか？」

「ん？　いや、もう結構いい感じに冷めてますね」

「そうですか……？　まだかなり熱い気がしますけど」

そこから何を話すか迷う太田に、駒野は「あの、お昼はほんとにありがとうございました」と頭を下げてきた。

「いや、そんな、ほんとにお礼言われるようなことじゃないんで……」

「でも、ここに来てから私も含めて、みんな自分のことで一杯一杯じゃないですか？　師範もかなり怖いし。そんな中で、周りをちゃんと見てあんな風に言えるのって、すごいことだと思います。太田さんはどこの企業の選考だって絶対うまくいきますよ」

「いやいや、そんなことないですって！　僕なんて大学入ってからずっとダラダラしてて、就活もちゃんとやり出すのが遅くて。ここに来たのもキャリアセンターで、ガクチカ作りのために勧められた感じで」

「えっ、私も似たような感じです！　私ってほんとに胸を張ってがんばったって言えることがひとつもなくて、何か今からでもできることはないかなって。それで大学のキャリアカウンセラーにこの合宿を勧められて応募したんです。本音を言っちゃうと、明日にでも帰りたい気持ちで一杯なんですけど、ここで逃げたら私は終わっちゃうと思うんです。何ひとつ真剣になれないで、つらいことに耐えられないで、こんなダメな人間のまま社会に出ても、絶対に通用しませんから」

「いやあ、それだけ真面目だったら大丈夫だと思いますけどね。絶対僕の方がヤバイですよ」

「ふふ、太田さんって優しいんですね」

駒野は少し笑って言った。太田はその笑顔に胸を撃ち抜かれてしまい、これはもう、付き合えるのではないかと思った。今日この場で告白したらワンチャンいけるのでは？ いやしかし、これは合宿という特殊な環境の力を借りた卑劣な行為でもある。山を下りればいくらでも自分より魅力的な強者男性がおり、この駒野さんはそいつらを楽勝で落とせるだけのスペックを持っている。勘違いするな、太田。この環境を基本に考えるな、つねに下界を、現実の世界を基本に考えろ……ごちゃごちゃ逡巡している太田に駒野が続ける。

「あと、こんなこと言って同情されたいとかじゃないんですけど……うちってものすごい貧乏なんですよね。私が高校生の頃にお父さんが国の指定する難病にかかって、お母さんもその看病があるから正社員は辞めちゃって。年の離れた弟と妹も一人ずついるから、かなり生活が厳しいんです。私がアルバイトを頑張ったりはしてるんですけど限界があって……このまま行くと弟も妹も大学に行けそうにないんです。だから、私がちゃんとZ社みたいな大企業に入ることができたら、家族を養うこともできるんじゃないかなって思うんですよね。だから、やっぱり自分のためにも家族のためにも、ここで諦めるわけにはいかないんです」

その話を聞いて、太田は自分はなんと恵まれた人間なのだろうと思った。それほど豊かとは言えないまでも、お金のことで大きな苦しみを感じたことはないし、お金のかかる私立高校にも塾にも普通に通わせてもらっていた。父も母も健康体で、今のところ早期介護の心配もない。それなのに、その環境に心から感謝することもせず、状況に甘えてひたすら自堕落な生活を続けてきてしまった。

「そうだったんですね……。やっぱり、僕なんかよりよっぽど駒野さんの方が立派ですよ。僕もなんだか、しっかり頑張ろうって思えました。これまではダメでしたけど、ちょっとずつでも成長していけるように」

「私はもう、太田さんは十分立派だと思いますけどね。なんか、今日は太田さんとちょっと話せて楽しかったです。一人でずっと部屋にこもってると、精神的にキツくて……ほんと、時間取ってもらってすみませんでした。またよければ一緒に飲みましょうね！」

そうして手を振り爽やかに去っていく駒野に手を振り返しつつ、太田はただただ「好き……」と思っていたのだった。

＊

三日目になると、身体のアチコチに本格的にガタがきているのがわかった。普段運動していないこともあってか、立っているだけで全身に激痛が走り続けているのだ。入念なストレッチを行い身体をほぐすが、なかなか良くならない。小寺や丹羽や駒野、他のメンバーも疲弊しているようではあったが、太田ほど満身創痍という感じはない。ほとんど動けなくなっている太田に師範が寄ってきて、「寝転べ」と言うので、広場で寝転ぶと、師範が指で太田の身体を探りながら「ここやな」と言い、ググッと力を込めて押した。すると指がスコンと貫通したような感覚があり、その後、太田の身体は一気に軽くなったのだった。

「えっ、今のは……？」

「ゲジゲジ医学の奥義、『みずうみの閃き』や。身体の表面というのはすべての箇所がどれかの内臓と気でつながっとる。一番気の流れが悪くなっとるとこを見つけて、そこに刺激を与えるんや。これは一週間やそこらでは身につかんけどな」

太田が驚いた表情で師範を見ていると、師範は続けて言った。

「まあそもそもやな、お前はここに来た時点で内面の気がかなりすり減っとったわ。それは別に今疲れてるからとかやない、お前の人生全体を通した生き方の癖のせいで、気が安物の靴底みたいにぺちゃんこになっとったんや。お前は正しい精神の構えっちゅうもんを一切学ぶことなく、ごまかしながら人生を歩んできた。それは言ってみれば、痛めた足を無理な姿勢でかばいながら、治療もせずにズルズル歩き続けるようなもんや。それで一時的には何とか前に進めるかもしれん、ある程度近くの目的地にやったらそれでたどりつけるかもしれんわ。せやけどな、何年も何十年もそんな風にやっとったら、足の痛みはどんどん大きくなって、かばう姿勢もどんどん不自然になって、前に進むスピードも落ちていく一方や。それでは志のある奴が目指すような遠くの場所には絶対たどり着かん。まずはそのごまかしをやめて、気を充実させて正しい場所に配置してやること。そうやってまっすぐな精神と肉体を作り直していくんや。今そのへんの気の流れもちょっと指でいじっといたけど、もちろん根本的な解決やない。これからお前がどうなっていくか、それは全部お前次第や」

そこまで一気に話して「バッハッハ！」と笑いながら去っていく師範の背中を見て、太田は素直に「スゲェ……」と思っていた。気とかなんとかいうのはエセ医学だと思っていたのに、本当に身体がよくなって、師範の言葉にもウソを感じなかったからである。この山の上の特殊な環境がもたらした催眠的な効果という可能性もあったが、それから太田は師範を信じるようになり、修行にもただ耐えるだけでなく、そこに積極的な意味を見出せるようになった。そうなってくると、練習をこなした上で自分がどうなりたいのかというイメージを持つ余裕も出てくる。

だが、やはりそうではない者もいた。厳しすぎる修行内容に、あるいは生活環境に耐えかねて去っていく者も次々に現れた。四日目、五日目になると、みんな身体がボロボロだとか気力が持たないとか、あの師範が気に入らないとかこんなわけのわからない武術に意味はあるのかとか、そもそもゲジゲジ拳というネーミングがクソすぎてやる気が出ないとか、いろんなことを言って山を下りて行った。結局、最終日に残っていたのは太田と小寺、それに丹羽と駒野の四人だけだった。

その日、昼食をとって休憩が終わると、師範は「ほな、そろそろ最終試験といこうか。まずはワシとのスパーリングや」と言った。広場での師範とのスパーリングは毎日の練習に組み込まれているのでいつもと大きな違いはないが、一人目に指名された小寺が師範と向き合って立った時、太田には師範の構えがこれまでと違うことがわかった。いつもは右構えのオーソドックスだが、今日は左構えのサウスポースタイルである。これはやりにくそうだぞ、と太田が思っていると、最終試験ということもあってか小寺が先手を打って果敵に攻撃を繰り出していく。しかし、師範はまるで小寺の動きが正確にスローモーションで見えているかのように、わずかに当たらないところに魔法のように身体をずらしていく。

「お前、気負いすぎや。次に何をしようとしてるのかが全部気で伝わってくる。落ち着いて無心を心がけろ！」

小寺は「はい！」と威勢よく返事して、もともとのボクシングスタイルを織り交ぜた巧みなコンビネーションを見せ始めたが、それでも師範には一発も当たらない。ガードされてしまうわけでもなく、本当に触れられないまま、小寺はだんだん疲弊していっているようだった。

「ま、良くはなってきたな」

師範はそう言うと、小寺の隙をついて左ボディを叩き込んだ。レバーを強打された小寺はたまらずその場に倒れ込み、すぐに立ち上がろうとしたが身体をまっすぐにすることができない。師範は「そこまで。次」と言って丹羽を指名する。丹羽は特に格闘技のバックボーンはなさそうだったが、日々の修行から察するに運動神経はなかなか良さそうである。小寺がボクシング技術を基礎にゲジゲジ拳を解釈し直しているのだとすれば、丹羽はまっさらな状態で、師範の教えに忠実にゲジゲジ拳に取り組んでいた。

丹羽は繰り返し練習した「型」通りの技をいくつか連続で出していく。それらは師範にことごとく見切られるが、流れの中で丹羽が突如繰り出したバックハンドブローが師範の顎を少しかすめる。「おおっ！」と太田や小寺や駒野が歓声を上げたが、それも一瞬の夢に終わった。大ぶりの攻撃をかわした直後の師範が、それまで丹羽が出していたゲジゲジ拳の技をそのまま「正しくはこう使うのだ」と言わんばかりに丹羽に叩き込み続け、最終的には強烈なハイキックで丹羽を簡単に仕留めてしまった。

「はい、次！」

三人目は駒野だった。駒野は女性ということもありこの中では太田の次に力がないが、雑念なく素直に真面目に練習していたこともあり「型」の美しさはナンバーワンだった。駒野はその成果を発揮して、軽い牽制の攻撃を連続で出しながら師範の攻撃の出だしをうまく止め、勢いを殺すことに成功し、これまでではもっともうまく試合をコントロールしているように見えた。しかし師範が駒野のパンチに合わせてカウンター気味に膝蹴りをヒットさせると、そこから動きが鈍くなり、師範の容赦ない突きの連続であえなくダウンさせられてしまった。

「次！」

太田が呼ばれ、師範の前に立つ。師範は余裕を感じさせる笑みを浮かべ、太田を見ている。だが、太田は師範の目と自分の目が合っていないことに気づいた。師範が見ているのは太田の目ではなくそのさらに奥で、その視線は自分の本質の在り処《あか》を射抜いている……太田にはそんな風に感じられた。太田はゲジゲジ拳の基本の構えを取るが、師範は普通に立ったままである。傍《はた》からは隙だらけのようにも見えるが、相対している太田は、どこから攻撃しようとしても考えや動きを読まれるような気がして動けない。太田の弱気を悟ったのか、師範は「そのままやと落とすけど、どうする？」と言った。太田はその言葉に押し出されるようにして前蹴りを出すが、その足をつかまれ、もう一方の足を払われて転ばされてしまう。

「そんな力もスピードもない蹴りではどうにもならんぞ。お前、練習ではもうちょっとまし な動きしてたんとちゃうか？」

そう言われ、太田はこのままビビっていては余計に状況が悪くなるだけだと考え、ひとつ深呼吸をした。目の前の相手を大きく考えすぎないこと、ミスを恐れすぎずぶつかっていくこと、練習したことを冷静に着実に出していくこと――そんな言葉がふと頭に浮かんだが、それは高校時代に通っていた塾で口すっぱく言われていた受験の心構えだった。あれは受験にしか使えないと思っていたが、よく考えてみれば、人生のあらゆる局面に通用する心構えだった。自分は受験のことに必死で、受験が終われば無駄になるようなことばかりやってきたと思っていたが、実は受験の中に大切なことが含まれていたのかもしれな

い──

太田は改めて「よろしくお願いします！」と叫び、そこから習った突きを連続で出していく。師範は身体を後ろに反らしたり顔を横にずらしたりして難なくそれらをかわし、回転蹴りを太田の腹にヒットさせる。痛みで動きの鈍くなった太田に、師範の突きが連続で当たる。それは丹羽がやられたのと同様、最初に太田が繰り出した突きの順序そのもので、まるで実戦での手本を見せられているようだった。太田は自分から鼻血が噴き出していることに気づいたが、それでも慌てることなく、練習でやった技を流れに合わせて出していく。しかし師範には一発も当たらない。疲れて攻撃の止まった太田に、師範はこれで終わりとばかりにフィニッシュ技のゲジゲジフックを決めようとする。しかし、太田はそれを読んでいた。これまでの三人をボディやハイキック、突きで沈めてきたので、自分にはそれ以外で、おそらく顔へのパンチで来るだろうと予測していたのである。太田はその左フックの出だしを見て、右のカウンターを合わせにいった。それが師範の顔に少し当たった瞬間、師範はこんにゃくのように後ろに身体を曲げ、返す刀でゲジゲジ右フックを太田にブチ当て、試合を完全に終わらせた。

「お前、最後のはよかったで」

師範は太田にそう言ってから、「ほな、第一試験はこれで終わりや。第二試験の会場に向かうで」と四人に伝えた。それ以上何も言わずにテクテクと歩き出すので、四人は顔を見合わせながらとりあえずそれについていく。山の中の、一応は舗装されているが古びてガタガタになっている道を、師範と四人でひたすら歩いていった。なかなか目的地に着かないので、太田は一体あと何キロ歩くのか聞きたくなったが、誰もが文句も言わず黙々と歩いているので、余計なことを考えるのはやめて無心で歩こうと思い直した。そうして十五キロほど歩いたところに本格的な山道への入り口があり、師範はそこにぐんぐん入っていく。もはや舗装どころか道らしい道もない草木だらけの獣道を、師範の後ろ姿だけを頼りに進んでいくと、急に視界が開けて青空が見えた。しかしその先には岩がほとんどナイフのように尖った、足を一本分置くのがやっとといった長い道しかない。そこまで来て師範がやっと後ろを振り返り、「ここを裸足で歩き切れ。それが最終試験や」と言った。

高所恐怖症の太田はそれを聞いて卒倒しそうだった。するとこれまで真面目に師範に従ってきた、武術の習熟度でもこの中では最優秀と思われる小寺が、珍しく「さすがに無茶でしょう！」と声を上げた。

「僕らは自分を鍛えて見つめ直すためにここに来たんですよ。死にに来たわけじゃありません。こんなところを裸足で歩くなんて自殺行為ですよ。僕は帰ります！」

師範はそれを聞いても、「まあ、別に止めへんで」と特に動揺する様子もない。

「わしはお前らをほんまに、この短期間で一人前にするために必要な最小限のことをやらせてるつもりや。これはゲジゲジ拳の何百年という歴史の中で考え抜かれた短期修行プランで、わしが単独の思いつきで好き勝手やっとるわけやない。お前らがこんなことはできんと言うんやったらそこまでのことで、それを止める権利も義務もわしにはあらへん。何を言われようが、この試験内容を変えることはできん」

小寺は太田に「アホらし。帰ろうや」と声をかけた。太田もさすがにこれはできないと思い、小寺と一緒に元の道を戻ろうとした。しかしその時、明治の丹羽が「僕はいきますよ」と言った。

「僕は行きます。この程度のことで怖じ気づいていたら、Z社の内定なんて絶対に取れない。Z社の内定を取れないぐらいなら、ここで死んでも同じです」

それを聞いた太田が「いやいや、何言うてんねん！」と思わずツッコんだ。

「死んだらほんまに終わりやん。命あってのモノダネっていうやろ？ Z社ってまあみんな入りたいって言うけど、実際入れるのは少数なわけで、ほとんどの人はZ社に入れずに、でもそのまま結構幸せに生きてたりするやんか。お前の考えはさすがに極端すぎるんちゃう？」

するとと丹羽は「あなたにはわからないでしょうね……」と静かな怒りを湛えた目で語り

始めた。

「僕は明治の学生ですが、第一志望は東大でした。両親も僕を幼い頃から東大に入れようと熱心で、保育園時代から幼児教育の教材をたくさんやっていましたし、早くから塾に入って中高一貫の進学校に入りました。でも、そこからが伸びなかった。両親は東大、東大とずっと言っていましたが、高三になっても僕の成績があまり上がらないのを見て、早慶に目標を変えました。あまり受験の能力が高くないから、早慶に確実に合格するようにがんばろう、というわけです。僕は両親の期待に応えられなかったことで悩みました。何とか、ここから逆転で東大に合格する方法はないかと考え、かなり無理をして勉強したりもしました。でも、それでも僕はダメだった。結局、中途半端に東大を視野に入れていたせいか、私立の教科の勉強時間が相対的に減ってしまって、もう思い出したくもないのですが、早稲田も慶應も、全学部不合格でした。僕はその時、一度死のうと思いました。もう生きている意味がないと思いました。両親にも悪いことをしたと思ったし、何より中途半端なことをして何もかも失敗している自分に嫌気がさしたんです。でも、一応滑り止めで受けていた明治大学だけには合格していました。一般に、MARCHが東大生に勝つことは難しいだろうと僕は思っていました。しかし世の中を見てみると、ごく一部の学生は、東大生を凌駕するパフォーマンスを出していることがわかりました。僕は、そこに賭けることにしたんです。結局死にたくなくて、死なない理由を探していたんだろう、と言われてしまえばそうなのかもしれません。それを完全に否定することは、今の僕にはできない。でも、僕は明治大学のトップの学生になって東大生を逆転すること、就活で勝ち、そしてその後の出世競争でも勝つことを、人生の最大の目的と定めたんです。確かに、これは近視眼的な価値観だと思われるでしょう。僕もそう思います。でも、何を言われようと、この価値観は僕の生存条件としてこびりついていて、今から変えることはできない。あきらめることはそのまま死を意味するんです。あなたは総合的に見れば、これまでそれなりにうまくやってきたのではないですか？　確かに冴えない人間だとは思いますし、女性にもモテないでしょうが、一応はエリート街道を走ってきて、現在京大生という地位を手にしている。あなたは京大にいるということの深層心理的なアドバンテージに本当には気づいていない。あなたは別に京大でなくてもよかった、MARCHや関関同立でもよかった、といくら口で言ったとしても、実際に東大や京大を目指し、MARCH関関同立に終わった人間の精神状態をそのまま体感することはできない。あなたが京大生である限り、僕のこの怒りと悲しみのいりまじった感情を理解することはできない！」

丹羽が勢いよく語りまくった後、太田はそのあまりの剣幕に押されて何も言えなかった。小寺は「いや、俺も京大落ち同志社やねんけど……」と思ったが、口に出すことはできなかった。

師範が「お前の人生のことはよう知らんけど、とりあえず挑戦するってことでええんやな？」と丹羽に声をかけると、丹羽は「はい。行かせてもらいます」と言って靴と靴下をポイポイ脱ぎ、そのままヤバイ岩場に足をかけて少しずつ進んでいった。すると、それを見た駒野も、「私も行きます……！」と小さいが固い決意の感じられる声で言った。

「いやいや、やめといた方がいいですよ、一緒に帰りましょう。ここで帰っても、他に就活で勝つ手段はあります。これは明らかに就活のガクチカなんてレベルを超えてますよ！」

太田が慌てて駒野を止めるが、駒野は震える声で言う。

「私、やっぱり、前も太田さんに聞いてもらった通り、これまでほんとに頑張ったって言えることがひとつもなくて、何にしてもすごくつらくなる前に逃げ出してきたんです。そんな自分が、やっぱり好きになれなくて。私、自分を好きになりたいんです。これまで一週間、私はここでの修行に耐えて、少しだけ自信がついたような気がしてたんです。でも、ここでまた逃げちゃったら、元の私に戻ってしまうと思うんです。私は、ここで私自身と勝負したい。もう絶対逃げたくないんです……！」

駒野はそうして裸足になり、そろそろと前を進んでいる丹羽の後ろについて歩き出した。

「みんな頭おかしくなっとるやん。こんなん普通に考えてありえへんで」

小寺は変わらず冷静である。しかし、太田はあの弱気な駒野が挑戦しているのに、自分が逃げ出すのは恥ずかしいことだと感じ始めていた。

「いや……俺、行くわ」

太田が言うと、小寺は「アホらし。俺は帰るぞ。お前、死んでも知らんぞ。俺は止めたからな。お前とはこれからも就活で連携していきたいと思ってたんやけどな」とあきれ顔である。それでも、太田はもうチャレンジを決めていた。太田自身、確かに何かに燃えるような情熱を注いだことはなかった。受験にしても、おそらくそこそこ向いていたということもあり、身体が壊れてしまうような、命を賭けた努力をしたというわけでもなかったし、駒野の言うように、何か大きな困難に勇気を持って立ち向かったこともなかった。ここで逃げることは、確かに自分の人生のスケールを小さくしてしまうことのようにも思えたのだ。

小寺はそのまま、迷いなく元の道を戻っていく。おそらく、この四人の中でもっともこの最終試験のクリアに近い男は、運動神経の面から見ても修行内容の習熟度合いから見ても小寺だろう。しかしそれでも、小寺は自分の判断に確信を持っていた。小寺は小寺で、きっと逃げているのではない。むしろその逆の意識を持っているとも考えられるかもしれない。理不尽な要求に対し、明確に反抗の声を上げることこそが闘争であるとも言えるからだ。小寺は自らの信念を貫き、この山における絶対的存在である師範にNOを突きつけたのだ。

だが、太田は小寺ほどはっきりとした信念を、師範への強い反抗の気持ちを自分の中に持ってはいなかった。この場から小寺と一緒に立ち去るとすれば、それは自分の信念からでなく、最終試験に対する恐怖からの逃げになってしまうことは間違いなかった。太田は最後まで悩んだが、小寺についいて帰ることはせず、裸足になって駒野の後ろをついていく道を選んだ。もしかすると死ぬかもしれない、という恐怖は、実際に足を踏み出してみるとそれほど強くは感じなかった。さっきは丹羽に「死んでしまえば終わりだ」と言ったが、それは半ば偽善的な発言だったのかもしれない。太田の中には「死んだら死んだで仕方ない」という、良くも悪くもあきらめのようなものがあった。それまでの人生で大したことを成し遂げてきたわけでもないし、何かしらの能力が突出して高いわけでもない、これからの人生でも似たようなことが続いていくのだろうし、そこに幸せを見出すことになった場合、それはそこに幸せを見出さざるをえないという、自らの人生を肯定したくなってしまう人間の根源的な欲望からそうなってしまうにすぎないのだと考えていた。自己評価の低い太田は、そういうほとんど捨て鉢な気持ちで試験に挑むことに決めたのだった。

太田は二人に続き、一番後ろから幅のない足場をゆっくりと進んでいく。両サイドはほとんど垂直に見えるような高い崖で、足をすべらせてしまえば確実に命はない。そろそろと歩いていると、足場に赤い血がついているのが見えた。丹羽か駒野、あるいはその両方の血だろう……だが、太田はほどなくして、自分の足も鋭利な岩で切れてしまっていることに気づいた。歩くだけでも足の裏に激痛が走る。しかし、もう後戻りすることはできない。弱気になれば崖を転がり落ちて死ぬだけだ。太田はそのまま慎重に進みつつ、これまでの修行とは何の関係もなさそうなこの試験が、一週間で師範からよく言われた「身体と精神のバランス」をはかるものになっているのではないかとふと思った。身体が乱れても、精神が乱れても落ちる。ゲジゲジ拳の修行がもたらすものは、武道の技術だけではなく、そうした人間の乱れを少なくする総合的な「強さ」だったのかもしれない。

先頭の丹羽はもう頂上を越え、向こう側の山へと降り始めている。そのあたりからは道が若干広くなっているように見え、この試験の難所は登りなのだろうと思った。このまま集中して行かなければ――そう思った時、数メートル前を歩いていた駒野が「キャアッ!」と声を上げた。そうしてそのまま左側に身体が大きく揺れる。「落ち着いて! 大丈夫大丈夫!」後ろから太田が懸命に声をかけるが、駒野は身体を右に戻した勢いでバランスを崩して右側に滑り落ち、手で必死に岩をつかんだ。

「ちょっと待ってて、もうちょっと頑張って! 今行くから!」

太田は慌てて声をかけ、歩くスピードを速める。駒野のところまで行けば、何とか腹ばいになって――それも足場が狭すぎ、またガタつきすぎていて難しいかもしれないのだが――手を伸ばして引き上げ、そのまま腹ばいでゆっくり進み続ければ、何とか命だけは助かるだろうと思ったのだ。

だが、太田が駒野の場所にたどり着く前に、駒野の腕は限界を迎えていた。ぶるぶると腕を震わせながら、駒野は太田に「ごめんね、もう無理かも」と弱々しい笑顔を作った。

「待てって！　もうちょっと待って！」

「ありがとう、あの日、話聞いてくれて嬉しかった。バイバイ！」

そう言うと駒野はそのまま崖を落ちて行き、すぐに姿が見えなくなった。太田は目の前で人が、いや、駒野が命を落とした衝撃で、まともではいられなかった。

「おいオッサン！　駒野さんが落ちた！　はよ下行って助けて来いよ!!」

「無理や。ここから落ちて生きとった奴はおらん。お前はお前の試験に集中しろ」

「いいから行けや!!　もしかしたら息してるかもしれんやんけ！」

「その可能性はあらへん。今は人のことより自分のことやろ」

太田はその時、この修行はやはりすべてが間違っていると思った。それまで人生における大切なものをいくつも教わった気もしていたが、それもまやかしだったと思った。人間の命を奪うような、そして死にゆく命を平然と見ていられるような精神力というのは、決して強さではない。それは悪と呼ぶしかない残虐な心性に他ならない——

前方では丹羽がすでにこの細い蛇のような岩場を歩き切り、向かいの山にたどり着いている。太田は涙を流しながら少しずつ前へと進み、何度もバランスを崩しながらも、なんとかそのまま丹羽の待つ場所へとたどり着いた。それを見届けた師範は、元の山から「お前ら、ちょっと時間かかりすぎやのう！」と大きな声で叫び、それから靴を脱いで、三人がおそるおそる歩いてきた道とも呼べない突起の上をなんと走りながら渡り、ものすごいスピードで丹羽と太田のもとにやってきたのである。丹羽と太田は絶句していた。

「ええか。こんなもんは初心者用のコースや。このレベルで命どうこうっていうのは甘えやとわしは思っとる。一週間真面目にやってきた人間なら、これはクリアできて当然の試験なんや」

そう言った師範に太田は思いきり殴りかかったが、その大振りの腕は空を切り、逆に師範からの突きと蹴りの反撃を連続で受けてたまらず倒れてしまった。しかし倒れながら、太田は「殺人ですよ」と怒気を込めて言った。

「あんたらのやってることは殺人ですよ。警察に言います」

「勝手にせい。とりあえずお前らは合格や」

師範はそう言って青い紐のついた金色のメダルを投げ渡してきた。丹羽はそれを受け取って首にかけ、「ありがとうございます！」と言って礼をしたが、太田はそのままメダルを山から投げ捨てた。そして丹羽に、「お前はこんなことがあっていいと思ってるんか？」と聞いた。すると丹羽は特に表情を変えることなく、「世の中なんてこんなことばかりじゃないですか」と言った。

「あなたは今、目の前で人が死んだからそう言っているだけですよね？　でも実際には、あなたの見えないところでたくさんの人間が死んでいる。あなたが殺した人間だって絶対にいるんです。たとえばあなたは京都大学に合格した。でも、落ちた人間もいますよね。その中には、死を選んだ人間だっているかもしれない。僕の知り合いは東大に落ちて浪人しましたが、その年に予備校の寮で首を吊って死にました。それは間接的にであれ、東大合格者に殺されたんです。僕だってずっと死の恐怖と戦ってきた。あなたはその目に見える狭い範囲の、自分に責任のない死にのみ怒りを感じている。僕にはそれは偽善だとしか思えませんね」

太田は「それとこれとは……」と言いかけたが、丹羽は「同じです」とその言葉を遮った。二人はそれから一言も言葉を交わすことなく、丹羽はバスで、太田はバスを拒絶して徒歩で山を下りたのだった。

第四章　OB訪問

山での修行が終わり、太田は警察に今回の研修のいきさつを話したが、担当の警察官は煙たそうにしていて、調査をするとは言ってくれたがそれほど重要なことだとは思っていなさそうだった。確かに、駒野は自らの意思でこの研修に参加した。そして小寺がそうしたように、最終試験を辞退することもできたし、危険を感じた際に早めにギブアップし、身体ごと岩場に捕まって命だけでも助かるような行動を取ることはできた。だが、そうしなかった。この場合、あの師範が一体何の罪を犯したことになるのか、法学部でもない太田にははっきりわからなかった。

それから太田は満身創痍の身体を引きずって、京大のキャリアサポートセンターに向かった。あの研修を勧めたアドバイザーの榊は、あの寺の実態を知っているのだろうか？　知らないのだとしたら、学生に対して不用意に寺での研修を勧めることはやめさせなければばならない。

「榊さんに少し話があるのですが」と窓口を訪ねると、窓口の担当者は首を傾《かし》げながら「榊なんてアドバイザーはいないみたいだけどね」と言った。

「はあ？　僕、ちょっと前に予約して入ったはずなんですけど」

「うーん、アドバイザーは外注してるからね。コロコロ入れ替わるからわからないね。それに僕も派遣社員だから、いつクビを切られるかわからない。君は京大生だから大丈夫かもしれないけど、とにかく正社員。正社員にならないとダメだね。ま、個人的には公務員がオススメだけど。あんまり小さい市町村だと給料安いけど、大きいところなら大企業ほどじゃないにしろそこそこもらえるし、何より潰れないから。そりゃ業界のトップどころとかZ社とかに入れるなら別だけどね。でも、そういう会社は仕事も厳しいと思うから」

　慣れ慣れしく話しかけてくる窓口の男に辟易しながら、太田はその場を去った。榊さんがもういない？　一体どこに行ってしまったのだろう。別の大学でアドバイザーをやっているのか、それとも暇つぶしで戯れに少しやってみただけで、今はまったく別のことをしているのか。あの日の榊とのキスを思い出し、太田は胸が苦しくなるのを感じた。もう一度榊さんに会いたい……それは恋なのか恋ではないのか、と言えば、恋ではないだろうと太田は思った。そもそもたったの一度、それも学生とアドバイザーの立場で少し話しただけの相手に恋をした、というのは無理がある。結局自分は、自分のような冴えない人間にためらいなくキスをしてくれたアドバイザーに、性的な欲動を感じているだけなのだ。それよりも駒野との方が——短い時間だったとはいえ——ちゃんと人間対人間として、お互いの気持ちを少しは交換できたのではないかと思う。だが、その駒野ももういない。太田は虚しい気持ちになりながら、自分の部屋にトボトボ帰るしかなかった。

*

それから一週間ほどは、まともに身体を動かすことができなかった。あの師範が指で身体を押して回復していた、その場所を真似して自分で押してみても、まったく師範のようにはいかない。ただただ、就活サイトをぼうっと眺めながらベッドの上で過ごす日々が続いた。やっと少し動けるようになってきたかという頃、小寺から連絡が来て、一緒にスーパー銭湯に行くことになった。小寺と昔からよく行っていた京都のスーパー銭湯で、露天風呂の横にあるつぼ型の風呂に隣同士で浸かって空を眺めながら、どうでもいい話をするのが恒例だった。今回はしかし、どうでもいい話でひとしきり盛り上がった後、やはりあの研修の話になった。小寺は「お前がやり切ったのはすごいと思うけど、やっぱりあれは異常やで」と言った。

「ちょっとヤバイ宗教みたいな感じしたやん、人の命を軽く見てる感じの。俺は見てないけどあの女の子も崖から落ちてしもて、そのままおしまいやろ？　絶対イカれてるやん」

太田は空を見上げながら、「マジでやめといたらよかった。駒野さんのことも本気で止めたらよかった……」と絞り出すような声で言った。

「まあ、もう俺らがどうこうできる問題でもないけどさ、もう駒野さんもおらんし、お前がしたみたいに警察に言うぐらいしかできひんやん。俺らは俺らで切り替えて、就活のこと考えていかんとな」

「まあそうなんやけど……」

「そういえば、そろそろZ社のOB訪問も行かなあかんぞ」

「ああ、何かそういうのもしていかなあかんのやろな。誰か知り合いのOBおる？」

「アホかお前！　あの合説の時の、Z社の出席カードちゃんと見てないん？」

「えっ、カードに何かあったっけ？」

「マジでちゃんとせえよ。あの裏にQRコードがあって、そっからZ社のサイトに飛べるようになっとんねん。そこに最新情報みたいなんが載ってるわ」

「ヤバ！　あのカードどこやったやろ」

「しばくぞお前！　あんだけ必死でお前の分も取ったったのに！」

「わかったわかった、ちゃんと探すわ」

「マジでちゃんと見つけろよ。ＯＢ訪問当日は出席カード必須らしいからな」

「そのＯＢ訪問って会社が用意してくれてんの？」

「そうみたいやわ。学生をガッとデカい建物に集めて、そこにＯＢがいっぱいいる感じっぽいな」

「それってリクルーター面談みたいなもん？」

「さあ。でも一応、自己ＰＲとか志望動機とかは用意しといた方がいいかもな」

　スーパー銭湯を出て、軽く酒を飲んでから部屋に戻り、出席カードを探すと、読みかけのフランス書院の文庫本に栞のように挟まっていた。ＱＲコードを読み込むと、Ｚ社のページが現れ、個人情報の登録画面に移る。そこに氏名、住所、所属大学、メールアドレス等を打ち込み、自動送信されてきたメールに載っていたパスワードを入力すると、やっと「ＯＢ訪問のお知らせ」のページにたどり着いた。

　小寺の言っていた通り、Ｚ社の社宅として使われているマンションに出席カードを持って集合するように書かれており、太田の想像していたＯＢ訪問とはかなり違いそうだった。

ＯＢ訪問と言えば、キャリアサポートセンターを通じて大学の先輩を紹介してもらったり、自分の人脈で目指す会社の先輩を探して声をかけたり、会社に直接連絡してお願いしたりするものだと思っていたのだが、どうやらそういったものではないらしい。

面倒だな、という気持ちが、やはり太田の脳裏に浮かんだ。就活というのはどうしてこれほど面倒なのか、こんなものを次々に乗り越えていかないと就職できない世の中というのは間違っているのではないか？　ＡＩや遺伝子分析によって自分の適性を正確に診断してもらい、その結果で入る企業を自動的に決めてくれるようなシステムができないものかと太田は思った。まだ社会にも出ていない、はっきり言って何もわからない学生に、インターンなどもあるとは言え、残りの人生数十年をほとんど塗りつぶしてしまうものについて判断させるのは、無茶なのではないか？　太田は駒野のことを思い出す。駒野もまた、弱い自分を変えたいという気持ちであの研修に臨んでいた。しかし、本当に駒野の弱さは弱さだったのか？　その時代の社会に適合する方向の能力だけが「強さ」とされ、そうでないものが「弱さ」とされる。そこに疑問を呈する余地は十分にあるのではないだろうか？　あの時自分は最終試験に挑戦することを選んだが、小寺のように信念を持ってリタイアすることもまた、ある種の強さだっただろう。社会の、あるいはもっと狭い自分の置かれている場の雰囲気によって、押し出されるようにして何かを選択することは、たとえ勇気を持って選んだように見えることだったとしても、その選択に本当の意味での「勇気」は関係していないのかもしれない。あの時自分は間違えた、と今では思うが、あの時に場を支配していた「圧力」に抗うことは、何度やり直しても今の自分にはできないのではないかと思う。あの時の空気は、社会全体を覆っている空気の縮図だったのかもしれない。

だが、社会が悪い、社会が悪い、と訴える人間はつねに無数にいるが、社会はほとんど変わってこなかった。少なくとも太田はそう捉えている。科学技術の進歩には確かに目覚ましいものがあるが、社会や、あるいはそれを形作る人間の方はあまり進化している気がしない。やはり、今の社会の構造は簡単には変わらないだろう。個人的に社会の「読み替え」を行うことはある程度まで可能かもしれないが、長い歴史の中で少しずつ構築されてきたこの社会を、個人の思いひとつで転換してしまうような試みには、かなり早い段階で限界がくるだろう。仮に太田の認識の中だけでうまく社会を読み替えることができたとしても、それは現実にほとんど効力を持たない。せいぜい周りから狂人扱いされてしまって終わりだろう。

いろいろな考え方はあるに違いないが、とにかく今は就活という流れに乗っていくしかない——太田は無力感を抱きながらそう思った。もし今のクソみたいな世の中が気に入らないのだとしても、自分がそういう世界に生を受けたという事実は変えられない。何千年もかけて作られてきた、一応は発展してきたとされるさまざまな社会の条件の中で、自分はある程度、さほど深い考えも持たずに生きてきた。少なくともそうやって生きてこられたということは、それが非常に低いレベルだったとしても、ある程度は「適応」できてきたということなのだ。だがやはり、今の状況に自分をもっとよく適応させていこうという気にはなれない……太田には、それは人間として大切なものを捨てていくことと同義だという気がしていた。しかし、それも現時点では社会に出てもいない学生の、おぼろげな予感にすぎない。今の社会を変革したいなら、とにかく目一杯今の縛りの中でやれることをやり尽くしてみなければ、本当の問題も見えてこないだろう。

そんなことを考えながら、太田はZ社の簡素なサイトを見る。そこにはほとんどOB訪問のことしか載っていない。まだ他の情報を開示する段階ではないということなのだろう。指定日は二週間後の木曜日、場所は大阪の京橋。指定の建物はかなり大きくて目立つマンションなので、太田も京橋に行った際に何度か見たことがある。しかし、Z社のオフィスでなく社宅マンションに呼ぶというのは一体なぜなのだろう？　平日だが、何人かの社員が部屋にいて学生を数人ずつ迎えてくれるとか、あるいはマンション内の広い共有スペースのようなところに椅子やテーブルが用意されていて、そこにいる社員が学生と順番に話すとか、そんな形式だろうか。だが、会社側から何の説明もない以上、こちらがいくら予測してみたところでさほど意味がない。Z社の選考方式は対策を立てられないように毎年変わるという噂も耳に入ってくるし、「お問い合わせいただいても選考内容についてはお答えできません」とホームページにも書かれているので、繋がれそうな社員を探し出して実態を教えてもらうというのも難しいだろう。

小寺に電話してみると、当然ながら小寺も太田以上の情報は持っておらず、スーパー銭湯で話したとおりとにかく自己PRや志望動機を固めていくということだった。太田はそもそも自己PRにゲジゲジ拳のことを使うつもりだったが、あんな人命軽視の修行の話をするわけにはいかない。しかし、あれなしではPRするようなことがない……小寺ももちろんゲジゲジ拳の話はしないだろうが、彼にはボクシングがある。改めて、太田は自分に何もないという現実に直面した。あの山での修行の中で自分の根性に少し自信が持てた面はあったが、それでも、やはり客観的には何もやっていないということにならざるをえない。だがそもそも、ほとんどの学生が虚実ないまぜの盛り盛りの自己PRを作っていく昔からの流れが、本当に正しいものなのかどうか、太田は疑問に思った。はっきり言って、学生レベルでそこまでズバ抜けた体験をしている人間は少ないし、小さな体験から得られたものをうまく装飾して成長ストーリーを作っている人間もまた、多かれ少なかれ嘘をついていることに変わりはない。おそらく大抵の場合、学歴と嘘の作り方のうまさと演技力の高さの総合力が、大企業に内定できるかどうかの基準になっている。これは、仕事をする上では嘘や演技が大切になってくるから、ということなのだろうか？　プレゼンなどでは自分を実際以上に大きく見せる必要もあるだろうし、資料の作り方にも出すべき部分、隠すべき部分のコツがあるだろう。謝罪する理由もないのにペコペコに謝罪しなければならない場面もあるだろうし、正攻法で戦えば負ける場面で嘘や演技を混ぜて勝ちに持って行く必要だってあるのかもしれない。そうした適性を測るという意味で、今の就職活動の流れがあるのかもしれない。

だがやはり、社会のそうした機能のあり方のほうにそもそも問題がある気がしてならない。かといって、現在の競争社会では生き馬の目を抜くような争いが避けられないのも間違いないし、他の社会のあり方を選ぶことに、人類は今のところ失敗している。仕事で圧倒的に成長して金を稼ぐ、という人生モデルが流行しては廃れ、ゆったりとした生活の小さな部分に幸福を感じていこうという人生モデルが流行しては廃れる。「デキる」人間はその流行に敏感で、「成長」が来るという時代にはビジネスの話を煽り、「ゆったり」が来るという時代には生活の話を煽る。結局、社会は振り子のようにある両極を移動しながら、普遍性のない「トレンド」をそのたびに更新しながら、粘土のように一時的に形を固定されては破壊される、つかみどころのないものなのではないか？　その時どきの現実社会の形に合わせて自分を変容させていくことが求められている……と言えば当然のことのようにも聞こえるが、それはある意味では「自分をなくせ」「こだわりをなくせ」ということだという解釈もできる。それが果たして人間にとって良いことなのだろうか？

太田はとりあえず、現時点で書ける自己ＰＲ――結局は文学部の中で何の考えもなく専攻し、しかも大して勉強もしていない「社会学」に関する話を「盛る」ことになってしまったが――を書き、現時点で考えられる志望動機を簡単にまとめたのだが、誰がどう見てもこれでは落ちる、というデキにしかならなかった。インターネットで就活のサイトを見ると、各社の内定者たちがどんな自己ＰＲを書いたか、どんな志望動機を書いたかを知ることもできるが、やはりその多くは個人的な体験に基づくＰＲと、そこから不可分に見えるように作られた志望動機になっているので、多少の参考にはなれどそのまま太田が流用できるようなものはない。また、Ｚ社そのものに関してはそうした情報すらも漏れていない。これはもうなるようにしかならないな……と太田は思った。これまで二十年ほど生きてきた人生の中身は今さら変えられないし、ここから就職までの時間でできることも限られている。これまでの薄い人生に何とか意味とストーリーを与え、成長してきた自分の虚像を作り出す。もちろんそれはまともな面接官には簡単に見抜かれるだろうが、それも仕方がない。人生に大きな疑問を持つこともなく、そういう生き方をしてきてしまったのだから。太田は学歴を除いて自分が「就活弱者」に属する人間であるということを再認識した。就活が始まってからZ社のことばかり考えていたが、Z社に入れる人間なんてほんの一握りにすぎないのだから、もっと他の企業の単独説明会も回ったり、それこそOB訪問をしてみたりインターンに参加してみたりということもしていかなければならないだろう……パソコンに向かって自己PRや志望動機とにらめっこしていると、いつの間にか深夜の二時を回っていた。太田は安物のパイプベッドに寝転んで目を閉じたが、頭の中をいろんな考えが駆け巡って寝付けなかった。就活が始まるまではどこでもすぐに寝られる体質だったのに最近は眠りも浅い気がする。早くこんな日々が終わってほしいと太田は思った。

＊

二週間後、太田は指定された京橋のマンションに向かっていた。京橋駅で降りるのは久々だったが、街に人がほとんどいない。京橋がこんなに閑散としているなんて、いよいよ人口減少の影響か？　と一瞬思ったが、やはり様子がおかしい気がした。そのままOBP（大阪ビジネスパーク）方面に歩いて行くが、平日だというのにサラリーマンの姿もない。

コンビニなどの店員はいるようで、軽く飲み物と軽食を買ったが、あまり手つきが慣れていなかった。なんだか、街全体が変になっているような気がする……。

目的のマンションに着くと、そこには学生らしき人々がたくさん集まっていた。その中には見覚えのある顔も何人かおり、一人は合同説明会にいた、歴戦のギガバンク行員に灰皿を命中させた東大法学部の清水だった。太田がボクシングでやられた慶應経済の風間の姿もある。また、ほぼ全員がスーツを着ている中、「10」と書かれたラガーシャツの男が異彩を放っている。確か早稲田のラグビー部の松尾だ。人の数はかなり多いようだが、誰も他の学生に話しかけようとはしない。太田も話しかける気にはなれない。みんながうっすらと自分以外の者に敵意を持っているのが感じ取れる。そこには緊張感のある静けさが漂っていた。

「おう、意外と早く来たんやな」

そう声をかけられて振り返ると、そこには小寺の姿があった。小寺を見ると太田も少しほっとして、表情がゆるむ。そして友達ならではの無駄話を小声で始めた。だが、太田が本当に興味のあった、自己PRや志望動機の話まではできなかった。小寺もまた同じ企業を受けるという意味ではライバルであるに違いなく、その相手の作戦を聞き出して盗むようなマネをするのは良くない、という理性が働いたからだった。太田はとにかく今の自分を見てもらうしかない、それでダメなら仕方ない、という気持ちで臨もうと改めて決意した。

しばらくすると、マンションの中から四十代ぐらいの男が出てきて「みなさん、本日はご足労いただきありがとうございます」と頭を下げた。それで少し全体がざわついた。

「何か見たことある奴やな」と太田が小寺に言うと、「お前覚えてへんのかい！　合説の時もおった名物人事の滝川シンジやないか！」とはたかれた。そう言えば、レディー・ビビのライブの前に長い演説をぶっていた男だ。

「今日はＯＢ訪問ということで、こちらの社宅のどこかの部屋に、みなさんと同じ大学出身のＯＢがおります。ただし、そのまま部屋に案内して話を聞いていただく、という形式ではございません。少しゲーム要素を取り入れて、みなさんにも楽しんでいただきたいと思っております」

滝川がそう言ってパチンと指を鳴らすと、白い狐の面をかぶったスーツ姿の男女が五人ほどマンションの中から現れた。

「この方たちは『殺し屋』です。みなさんはこの『殺し屋』に命を狙われながら、それをかいくぐって自分と同じ出身大学のＯＢの部屋までたどり着いてください。ほとんどの部屋は今は空室ですが、みなさんにとって『当たり』の部屋は必ず用意してあります」

太田が「え、比喩的な意味やんな？」と小寺に聞くと、小寺は「そらそうやろ」と言った。しかし、小寺もやや戸惑っている様子である。他の学生を見ても動揺は隠せていないようだが、東大の清水だけはまったく落ち着き払った様子でいるのが目立った。

「みなさんには最初の十分間、自由に部屋を訪問してもらいます。どの部屋も鍵はかかっておりません。その間にOBを発見できれば一番ですが、二十分後、この五人の殺し屋たちをマンションに投入します。それで殺されてしまえばこのOB訪問はそこまで。みなさんには慎重かつ大胆な行動を期待します」

滝川の本気とも冗談とも取れない言葉に周囲はざわつく。そんな中、一人の男が「アホらし。帰らせてもらうわ」と駅の方向に戻り始めた。

「本当に帰るんですね？」という滝川の問いかけに、男は「帰ります。こんなようわからんOB訪問させるような会社、入る気がなくなりました」と言い捨てた。その瞬間、大きな破裂音とともに男がその場に倒れた。

「えっ？　えっ？」「何、どういうこと？」「今の音って……」

学生たちが騒ぎ出すと、滝川は「もうこのOB訪問を降りることはできません」と言った。

「我々Z社は、スナイパーを雇ってこの周辺の高層ビルに配置しました。このマンションから逃げ出す動きを見せた者は、容赦なく撃つように命じてあります。万が一のことを考えて周辺の住民や勤務者には現在避難してもらっておりますので、そのあたりはご心配なく」

学生たちのざわめきがさらに大きくなる。半信半疑の太田が「いや、嘘やんな？　何かのデモンストレーション的な？」と小寺に話しかけたが、小寺は青ざめて「いや、マジっぽい」と言い、倒れた男を指さした。太田が男を見ると、本当に頭から血が流れ出し、身体がビクビクと痙攣している。

「もうやるしかないってことや」

すでに諦めて状況を飲み込んだらしい小寺に対し、太田はまだ現実を直視できていない。他にもうろたえている学生が多数いたが、滝川はまったく意に介していない様子である。

「マンションに入る前に、スマートフォンなどの通信機器はすべてその場に置いていってください。もし不正が発覚すればスナイパーの標的となります。制限時間は一時間。では、ＯＢ訪問スタート！」

滝川が、もう何度も言い慣れているセリフのように言った。すると、手に持っていた出席カードに数字が浮かび上がる。「59:59:58」。一時間のカウントダウンだ、とすぐにわかった。これが五十分を切った時点で、滝川の言っていた「殺し屋」とやらが投入されるのだろう……学生たちがスマホを捨てて一気にマンションになだれ込み、太田も小寺もその流れに乗って走り出した。とにかくOBを見つけられなければ大変なことになりそうだ。先ほどのスナイパーによる射殺を見ると、「殺し屋」というのも冗談ではない可能性が高い。となると、二十分を過ぎた時点でかなり危険なOB訪問になることは間違いない。

しかし、どの部屋にどの大学のOBがいるのかという情報は特にない。それに太田と小寺は大学が違うため、目的の部屋は違う。マンションは八階建てで、とりあえず太田が一階から、小寺が八階から順に部屋を当たっていき、互いの大学のOBを見つけた場合にはできる限り大声で名前を呼んで情報を伝え合おうと約束し、二手に分かれた。

「ほな、やられんなよ」

他の数名の学生と一緒にエレベーターに乗り込む小寺がそう言って笑うと同時に、エレベーターの扉が閉じた。太田は他の学生とエレベーターに乗ること自体が危険な気もしたが、このOB訪問はゼロサムゲームではない。一人のOBをみなで争って探すわけではなく、自分の大学のOBを見つければいいので、全員がクリアできる可能性もある。現段階で互いを敵視しても、無駄に消耗するだけだろう……

太田は急いで一階の部屋を開けて中を確認していく。空室が続く。他にも一階で同じことをしている学生がいるが、OBを見つけた気配はない。相当大きなマンションで、一階当たりの部屋数が三十以上はあるだろうか？　よく考えれば、みんなで協力してしらみつぶしに部屋を当たっていった方がいいかもしれない。そう思って太田が一人の学生に「あの……」と声をかけると、男はザザッと後ずさり、ブルース・リーのような構えで臨戦態勢に入った。

「いや、そうじゃなくて、一緒に……」

太田がそう言う間もなく、男は似非《えせ》ジークンドーのような動きで太田に襲いかかってくる。「ホワホワホワホワホワ、ホワタァー!!」

太田はその勢いに驚かされはしたものの、男の動きがよく見えた。おそらくゲジゲジ拳の修行の成果だろう、太田は男の連続攻撃をうまくガードしながら、隙をついて一週間で何千回練習したかわからない後ろ回し蹴りを顔に思い切りヒットさせた。男はそのままその場に崩れ落ちる。その際、男の鞄から財布が飛び出して中身が散らばり、その中に筑波大学の学生証が見えた。

「あら、お強いんですのね」

後ろからそう声がして振り返ると、そこにはゴスロリ服を着た、細身の女性が立っていた。長い黒髪が綺麗に手入れされているのがわかる。整った顔には儚げな美しさがあり、どこか深窓の令嬢感が漂っている。

「いや、別に強いとかではないんですけど、急に襲ってきたんで……あの、よければ、きょ、協力しませんか？」

太田は美人相手に縮こまりながらも、必要な言葉を発することができた自分を内心褒めていたが、女性は「協力？」と言って首をかしげた。

「何か勘違いしていらっしゃるのではなくて？　就職活動は弱肉強食、強ければ生き、弱ければ死ぬ。ただそれだけのことでしょう？」

次の瞬間、女性は右足を強く踏み込みながら、隠し持っていたダガーナイフを太田の顔に向かって横に振り抜いた。太田は間一髪のところで身体を反らせてそれをかわしたが、鼻先が少し切れて血が滲む。

「いやいや、ナイフなんか使っちゃダメでしょう！」

「どうしてでしょう？　敵は銃まで使う集団だというのに、こちらがご丁寧に丸腰で戦う義理はございませんわ」

「いや、それはZ社の方に言うてもろて……僕はあなたと争う気はないですよ！」

「いえ、ここに来ている時点であなたは私と争っているのです。人間は競争原理から決して逃れられません。逃れようとする人間はいても、結局は競争の網に搦め取られます。私はどんな偉大な宗教者であれ、その原理から完全に逃れることのできた者はいないと考えているのです。金銭が競争のひとつの基準になる世界を逃れたとしても、逃げた先にはまた別の枠組みがあって、そこで競い合うことになる。人間は必ず競ってしまう。悲しいけれど、私たちはそういう生き物なのですわ」

「そ、そうですかね？　必ずしもそうではないような気も……」

「あなたはそう考えているのかもしれませんが、私の考えは変わりません。人間は動物ほど愚かではない、そう信じられていた時代は終わりました。人間は競争に勝つことによって快楽物質のドーパミンを出し続けることを目指してしまう。快楽に操られることを避けられない動物なのです。私はあなたと戦い、ここであなたを殺しますわ。主イエスも現代社会の惨状を目の当たりにすれば、きっと人類の数を減らすことに賛成してくださるはずです。申し遅れましたが、私は上智大学の一条華鈴《いちじょうかりん》といいます。短い間ですがよろしくお願いいたします」

「いやいや、待ってください、殺さないでください。それに、別に名前なんて聞いてませんけど」

「礼儀として、死にゆく方には名を名乗ることにしてますの」

「何を言ってるんですか！　ちょっとほんとに待ってください、話し合いましょう！　人間はきっとそこまで野蛮な動物じゃないです、話し合ってわかりあうことだってできますよ！　ってうわ！」

一条は太田の話を無視してナイフでの攻撃を繰り出してくる。その動きはあまりにもなめらかで、おそらく素人ではない。一体どこで習得したのか、太田にさばかれた瞬間にもう次の攻撃の準備に入っている。太田はゲジゲジ拳の修行で多少は動けるようになっていたとはいえ、ナイフ使いのナイフを食らえば一巻の終わりというこの状況は不利であると言わざるをえない。太田が一条の逆方向に走って逃げ出すと、一条はそのまま追いかけてくる。しばらく走ったところで太田は、右側にあった部屋のドアノブを持って一気に勢いを殺してしゃがみこみ、スピードを落とさず走ってきた一条の胸に肘打ちの奇襲をかけた。

「かはッッ」

一条は苦しそうな顔をして倒れる。太田が一条の右手を蹴り飛ばすと、その手に持たれていたナイフは床をくるくる周りながら遠方に滑っていった。

「クッ、私の負けですわね……とどめを刺しなさい」

「だから、殺し合いなんかしなくていいじゃないですか！　とどめなんか刺しませんよ」

「……あなた、いずれその甘さが命取りになりますわよ」

「いや、甘さっていうか、普通に人殺したくないんで。じゃ、引き続きあなたもＯＢを探してくださいね」

太田はそう言って、そそくさと落ちているナイフを拾ってマンションの外に放り投げた。一階の部屋の残りもすべて外れであることを確認し、続いて二階に上がった瞬間、外にヒュッと影がよぎるのが見え、すぐあとに嫌な衝突音がした。下を見ると、どこの学生かわからない男が血まみれで倒れている。太田は急いで降りて救助しようと思ったが、Z社のスタッフらしき人間が担架で車に乗せてものすごいスピードで走り去って行った。

これはとんでもないところに来てしまった——太田は頭が痛くなってくるのを感じた。これまで、大学に入ってからだらけていたとはいえ、いろいろと大変なことはあった。自分なりに苦労したことも、理不尽な仕打ちを受けて腹を立てたこともあった。だが、就活に突入してからというもの、それまではありえなかったようなことが次々に起きていく。まるで、これまで見ていた世界は大人たちに優しく庇護されたものだったのだよ、と教えられているようだ。Z社が特別おかしいのだとしても、あの合同説明会に参加していたギガバンクでの灰皿投げだって、それまでは想像したこともない世界を垣間見る経験だった。この意味のわからない就活の果てに就職した会社で、大人たちはまた意味のわからない苦痛に耐えながら、日々社会を回しているのだろうか?

太田の頭にリタイアの文字がよぎるが、このOB訪問を途中で降りることは許されていない。それは本当に死を意味するだろう。ここでは命が軽すぎる。とにかく京大のOBを発見して、この腐ったゲームから解放されなくては……今後の就活について考えるのはそれからだ。二階にも何人か学生がいたが、もう協力を呼びかけるのはやめにした。部屋を順に開けていくと、204号室のリビングに人がいるのが見えた。

「あっ、すみません、Z社の社員の方……ですよね？」

「ウゥ、ウ……アァ……」

「あの、大丈夫……ですか？」

その男は上に着たワイシャツの左腕をまくっていて、よく見ると腕に注射を打っている最中だった。テーブルにはもうどう見ても覚醒剤やろという白い粉が置かれている。いやいやいや、と太田は思った。

「いやいやいやいや、これ、覚醒剤ですよね？」

「ア……ウゥ……ん？　これは覚醒剤じゃない。会社から支給される『パナシア』という、身体の疲れを回復させる薬でね。安全性ももちろん保証されている。今日はOB訪問があるから、在宅ワークをしながら、もし学生が来たら対応するようにと言われていてね。それで仕事していたんだが、ちょっと厄介なシステムトラブルが起きてその対応が大変だったんだ。それで今、パナシアを打っているんだけどね。ま、大体みんな使ってるんじゃないかな？」

「いや、なんか、どうしても覚醒剤に見えるんですけど……ところで、私はこのOB訪問に参加している京都大学文学部三回生の太田と申します。失礼ですが、あなたの出身大学は……」

「ああ、私は東工大だね。残念だが外れだ」

そう聞いて、太田は心の中でガックリと肩を落とした。

「あ、ああ、そうだったんですね。お仕事で大変なところ、手間を取らせて申し訳ございませんでした」

「こちらこそ申し訳ないね。ところで、この会社のOB訪問は大変だろう？」

「え、はい、正直なところ思っていたよりもかなり過激ですね」

「そうなんだよ、私も二十年前かな、Z社の就職試験を受けて本当につらい思いをさせられたよ。でもね、Z社に入ってわかったんだが、就職試験が一番楽だね」

「楽、ですか……」

「楽、楽。余裕だったね、今思えば。もちろん当時はこんなに厳しい試験があるなんてと信じられない思いだった。それを乗り越えればバラ色のエリート社員生活が待っていると思っていたよ。とんでもない思い違いだったね。確かに金は儲かる。ありえないほど儲かるし、一族も安泰だというのは間違いない。でもね、なぜお金がもらえるのかということを考えてもらいたい。なぜZ社では人よりお金がもらえるのか。それは、人より働いているからだ。精神と肉体をボロボロになるまで酷使して、もう無理だという限界を何度も何度も超えて、上司からの無理難題を是が非でもクリアし、会社に利益をもたらし続ける。Z社にはワークライフバランスなんて言葉はない。産休、育休なんて言い出せばすぐに追い出し部屋だ。追い出し部屋の苛烈さはそのへんのギガバンや商社の比じゃないぞ。そこは治外法権、人権無視し放題の場所だ。その内情をなんとかリークしようとした奴もいたが、みんな行方不明さ」

太田はやはり、こんな会社に入ってもいいのかという疑念に襲われた。人間の最終目標が「幸福」だとするなら、Z社への入社はそこからもっとも遠ざかる行為なのではないか？

「まあ確かにね、異性には苦労しない。僕なんかが普通にしていたら絶対に接することのない有名人とも簡単に知り合えるし、何なら向こうから私にアプローチをかけてくるということも少なくない」

太田はそう聞いて、東工大の男を見た。薄いのに生えているところだけボサボサになっている髪、極度の肥満体型、伸び放題の無精ひげ、黄色く変色してところどころ抜けている歯、ひびの入った眼鏡、ワイシャツはよれよれで首と袖が黄色くなっている。

「意外だろ？　こんな僕でもそういう機会に恵まれる、それがZ社の威力さ。正直、最初は胸が躍った。僕だってもっと若い頃は痩せてたし、髪もあったし、清潔にしてた。それで有名人と付き合ったこともあったんだ。でも、もうダメだ。会社の仕事に追われて、そのことしか考えられなくなって、恋愛どころじゃなくなった。結婚もしたいと思ってたけど、今じゃそれもあきらめてる。とにかく疲れてるんだ。結婚して、子供ができて、いろんな所に出かけて、そんなライフプランはここではありえない。表向きはそれができるって謳われてるけどね、それは本当に一握りの、超一流のビジネスマンだけだ。僕みたいに才能のない凡庸なサラリーマンは、とにかく振り落とされないように必死にやらなきゃならない」

「あの、転職は考えないんですか？」

「転職ね……そういえば昔すっかりZ社で病んでしまって、転職活動をしていた同期もいたよ」

「その人はどうなったんですか？」

「そいつも行方不明」

太田は絶句した。やはりこんな会社に入ってはいけない。ここはおそらく社会の危険な闇を圧縮したような場所だ。とにかくこのOB訪問を終わらせて、無事に帰宅することだけを考えなければ……！

　部屋を出ると大きな警報音が響き、どこからか放送の声が聞こえる。

「二十分が経過しました。今から『殺し屋』が投入されます。みなさんは殺されないよう、これからは細心の注意を払ってOB探しに励んでください」

　一階からタタタタタと足音がする。この「殺し屋」というのも、もはや単なるゲームのギミックではないことは明らかだ。二階の残りの部屋を急いで確認し、階段で三階に上る途中、下の階から銃声と悲鳴が響いた。これはやはり誰かやられている、と太田は思う。

しかし、それでも変に冷静な自分がいることにも気づく。それがいい意味での勇気から来るものなのか、それとも悪い意味でのあきらめなのか、それともさきほどの格闘を乗り越えた自信が精神をタフにしているのか、判断がつかない。太田は特にやり方を変えることなく三階の部屋を順に開けていくと、308号室にパソコンに向かってものすごいスピードで打鍵音を響かせている男がいた。男は「おう、ようきたな」と言うが、目はパソコンからまったく離そうとしない。

「いやあ、今日はOB訪問やって言われてな、ホンマは出社したかったのに在宅にされて、こっちも困っとんねんな。せめてOB訪問の時はある程度誰かに仕事割り振ってほしい言うたんやけど、ボリュームはそのままやちゅうんやから。で、自分はどこの大学なんや?」

「あ、京都大学です」

「チッ、京大かいな。俺京大嫌いやねん、二浪しても落ちたさかいにな」

「し、失礼ですけど、出身大学は……」

「ン？　同志社やけど」

それを聞いた太田は、すぐに小寺に知らせなければならないと思った。小寺はこの30８号室に来れば勝ちになる。だが、八階から探し始めた小寺が今何階にいるのかもわからない。

「すみません、僕、同志社の友達がいるんで連れてきますね！」

「おーん、好きにしたらええがな。その前に、自分もこれ一緒にやるか？」

同志社ＯＢの男は机の引き出しから注射器を取り出して、腕をパンパン叩いて血管にぶっ刺した。またパナシアとかいうクスリだろう。

「これ元気出るでホンマ。休まんで済むようになるさかいな……むぅ……んぐぐ……ぱ、ぱわあああああ!!」

「い、いやすみません、僕はいいです！」

「ぱわああああ!!」

太田は同志社ＯＢの叫び声を背に部屋を飛び出し、近くの階段を上へ上っていく。

順調にいっていれば四階か五階あたりに小寺がいてもおかしくないはずだ。四階をうろついていると、中央のエレベーターがチンと鳴って誰かが出てくる。それを見ると、狐の面をかぶったスーツ姿の「殺し屋」だった。よく見ると身体にゼッケンをつけていて、そこに「04」と番号が書いてある。そして、その手には――

散弾銃が握られている。

太田は逆方向に逃げ、四階をあきらめて五階への階段を上った。直後、四階から散弾銃がぶっ放される音と、人間の叫び声が聞こえてくる。あいつ、マジで撃ちやがった……あんな奴が五人もいるなら、早くOBを見つけないと本当に死んでしまう。太田はZ社の恐ろしさに震えたが、あの合同説明会を見る限り、ギガバンも商社も似たような試験をやっていてもおかしくない。この国の就活はおかしい。そしておそらく、その後の労働環境もおかしい……一体いつからこんなことになってしまったのだろうか？　ウルトラベビーブームに発する競争の激化のせいか？　しかし色々と聞かされてきた話から考えれば、日本が人口減少にあえいでいたはるか以前から、この競争の形式――程度ではなくあくまでも形式――は大して変わっていないという気もする。こんな世界で幸福を見つけ出すなんてことができるのだろうか？　まるで世界の外部、決して到達できない地点に「幸福」が追い出され、その幻を追って「幸福」それ自体とは何ら関係のないもの、それでいてとても関係があるように見えるものを集めるゲームに、全員が駆り立てられているようだ。別にもう、こんな会社なんて入らなくていい。Z社に入ったから何だと言うんだ……太田はそう思うが、その言葉も、実際に就活の「勝ち組」に聞かれれば「負け惜しみ」だ何だと馬鹿にされるに違いない。太田自身、自分が京大に合格した時、「良い大学に入っただけでは意味がない」「学歴だけ良くて使い物にならない奴はたくさんいる」「京大生には大学受験のことしか考えてこなかったせいで、人間的に未成熟な奴が多い」などと地元の人間たちが言っているのが耳に入ってきて、それらを「負け惜しみ」だと感じていた。良い大学に入れなかったから、そいつらは自分のことを妬《ねた》んでいるのだと。しかし、それは短絡的な考えだったと今では思う。そいつらの言葉の中にも、真実は含まれていた。単に負け惜しみと切って捨てるのではなく、いったん内容を受け止めてみる必要もあったのではないだろうか？　太田は結局、大学に入って大して勉強もせず、将来設計もないまま無為に時間を過ごした。それを注意してくれる人もいたのに、太田はまともに話を聞こうとしなかった。本当は、もう少しやりようがあったのではないだろうか？

五階に着くとすぐに小寺に会った。「おう、生きてたか。とんでもない目に遭ったわ」小寺が青ざめた顔で言う。太田も小寺が生きていたことにほっとしながら、「俺もヤバかったけど、その話はまた後や。お前は308号室に行け、同志社ＯＢがおるぞ！」と情報を伝えた。小寺は「ＯＫ、八階から六階まで京大卒はおらんかった、おるとしたら五階より下や」と言ってそのまま階段を降りていこうとしたので、「エレベーターにしとけ！」と太田が止めた。

「四階に殺し屋が一人おる。エレベーターで行った方が安全や」

「上にもおったけど、そんなん移動しよるやろしエレベーターも大丈夫かな？」

「うーん、確かに……」

二人が立ち止まっていると、上の階からロープのようなものが垂れ下がってくるのが見えた。

「なんや？」と二人で怪しんでいると、「01」と書かれたゼッケンをつけた殺し屋がスルスルと降りてきて、二人に向かって片手に持っている銃を撃ってきた。

「うわっ!!」

二人はそのまま身をかがめて銃弾を何とかかわす。「01」は「チッ」と舌打ちをしながらさらに下へ降りていった。

「どうなっとんねんマジで」

「向こうもホンマに殺す気で来てるんや。すまんけど俺は気をつけながら階段で３０８に行くわ。お前もやられずにＯＢ見つけろよ」

「わかった」

二人は右手で軽くタッチしてからそれぞれに分かれた。太田がまず五階の部屋を順に開けていき、512号室に入ろうとすると、猛烈な勢いで太田に向かって走ってくる男がいた。ラガーシャツを着ているので誰かはすぐにわかった。早稲田のラグビー部・松尾だ。このタックルをまともに受けてしまえばひとたまりもない。太田は思い切りジャンプし、松尾の背中に手をついて飛び越える要領でタックルをいなした。松尾はそのままブレーキをかけて太田の方に向き直り、もう一度走り出す体勢になった。「いや、なんで俺を？」と思った時、廊下の曲がり角の方から連続した銃の音が聞こえ、大きな悲鳴が上がった。そうしてその角から二人の狐の面をかぶった人間が転がってきた。「02」と「05」のゼッケン。おそらく撃たれて死んだのだろう。その後ろからマシンガンを携えて現れたのは――東大の清水だった。

「おい、これ……お前が殺したのか？」と松尾が聞く。

「ああ」清水は無表情のまま答える。

「こいつらの方からこのマシンガンを撃ってきたんだからな。奪い取って撃ち返しただけだ。それに『殺し屋』なんてものを用意してるってことは、このOB訪問自体が殺しありのゲームってことだろ？」

そう言うと、清水はマシンガンを構えて早稲田の松尾の足を躊躇なく撃った。松尾は呻《うめ》き声を上げてその場に倒れる。

「お前、東大OBの部屋を知っているか？　知っていたら教えろ」

「うぐ……知らん……」

「ふん、知ってそうな顔だな。俺は幼い頃から心理学に親しんできたから、人の表情の読み取りには自信があるんだ。部屋の番号を言え。そうすれば見逃してやる。シラを切るならこの場で殺す」

清水はマシンガンを松尾の顔に向ける。その時、外からロープで「03」のゼッケンをつけた狐面がスルリと降りてきて、ハンドガンを清水に向けて素早く撃った。しかし清水はそれを見切っていたかのように身体を反らしてかわし、すぐにマシンガンを撃ち返した。弾を受けた「03」はそのまま落下していき、しばらくして地面との衝突音が響いた。

「お前……それでも人間なのか？」と松尾が言った。

「今だって向こうから撃ってきたんだぜ。こっちも同等の反撃を許されて然るべきだ。そもそも、このOB訪問では『逃げ出す』こと以外は何も禁止されていない。たとえここでお前を殺しても、『殺し屋』にやられたことにすれば何の問題もないだろう。ここは『殺し屋』なんかを雇うZ社の用意したステージなんだからな。それに、俺は早稲田みたいなクソ私大に入っちまう低脳なんて何人殺してもいいいと思ってる」

追い込まれた松尾は唇を噛みしめながら、両手を挙げて「703号室だ」と言った。

「本当だな？」

「本当だ。703に東大法学部卒のOBがいた。やたら早口の変わった女だったが、そこで大きなモニターを三台並べて、何やら忙しそうに働いていたよ」

清水が爬虫類のような目になって、まっすぐ松尾の目を見る。少し離れて見ている太田でさえその不気味さに震えがきて、思わず目を逸らしてしまう。松尾はそれでもまっすぐに清水の目を見返し続けた。

十数秒後、清水は身を翻し、マシンガンを持ったまま階段の方へ向かった。それを見た松尾が足を引きずりながら、背後から清水に飛びかかろうとした。太田が「やめとけ！」と叫ぶより前に、清水はすばやく振り返って躊躇なく松尾の腹を撃ち、そのまま階段を上っていった。

「大丈夫か!?」

太田が松尾に駆け寄ったが、松尾はもう虫の息だった。

「お前アホかよ！　こんなことに命懸けになって」

「お、俺にとっちゃ『こんなこと』じゃねえんだよ……俺の先輩は……いや、恋人は、ずっとZ社を目指して生きてきた人だった……そのためだけに人生を捧げてきたんだ……彼女は東大には落ちたが、Z社は単に学歴だけでの選考はしない……だから早稲田からでも十分にチャンスがある……そう言って就活のための訓練を欠かさなかった……だが去年のZ社の選考に落ちて、今は廃人みたいになっちまってるんだ……だから、俺がZ社に入って……彼女のぶんまでがんばって……幸せにすると約束したんだ……」

「おい、もうしゃべんな！　運営に言うて救急車呼んでもらってくるから！」

「無駄だ……あいつらは救急車なんて呼ばない……俺の負けだ……お前は京大だろ？　512号室に京大OBがいる……俺はお前を倒そうとしたが、あの清水みたいな野郎に内定を取られるぐらいなら、お前に勝ってほしい……後は任せたぜ……」

「おい、お前、勝手に命背負わすなよ！　おい！　おい！」

太田は懸命に声をかけたが、松尾はそのままグッタリと動かなくなった。もう手遅れかもしれないが、背負って一階まで降りるか？　そう悩んでいた時、エレベーターから降りてきた「01」の殺し屋が太田に気づいて銃を向けた。ヤバイと思った瞬間、遠くからナイフが飛んできて「01」の持っていた銃を弾き飛ばす。そちらを見ると、一人の女性が立っていた。

「一条さん……！」

「あなた、もう答えがわかっているのでしょう？　さっさとその部屋に入りなさい」

「でも、コイツは……」

「そんな奴、私の敵じゃなくてよ。気にせず行きなさい」

その言葉通り、一条はそのままナイフを何本も投げて「01」を追い込んでいく。「チッ」と舌打ちして逃げ出す「01」を追いかけながら、一条は太田の横を通り過ぎる時に「また会えるといいですわね」とささやいた。

その後ろ姿に心強さを感じながら、太田は512号室のドアを開けた。するとそこには、頭にハチマキを巻いて机に向かっている小太りの男がいた。

「あの、すみません、OB訪問に来させていただいたのですが」

「ん？　ああ、そう」

「ええと、京都大学……のOBの方ですよね」

「そうや。俺は真島健二《まじまけんじ》、法学部卒や」

「あ、ああ、そうなんですね。私は文学部なのですが、今日は色々とお話をうかがえればと思って来ました」

「文学部かいな。数学の配点、他は百五十点やのに文学部は百点やん」

「えっ？　あっ、はい、そうだったと思います」

「数学できひんの？」

「いや、そういうわけではなかったのですが」

「ふうん、ほななんで文学部？　歴史とか文学が好きやったとか？」

太田は文学も歴史も大して好きではなかった。正直なところ、本当は法学部志望だったが、第一能力テストの点数が微妙だったため急遽文学部に変えたのだ。何がやりたいわけでもなく、とにかく京都大学に入るということを最優先させる思考になっていた。だが、ここでそんな事実を言うわけにはいかない。三回生になる時に社会学専修を選んだのも消去法だった。積極的に何かを選び取った経験というものが自分にはないのだ。

「あの、社会学に興味がありまして、それで文学部を選びました」

「社会学ねえ。あれってほんまに学問なん？」

「ええと、学問として確立されていると、私は思っていますが」

「なんで？」

「いや、普通に社会学の論文もたくさんありますし、学者の方もたくさんいますし」

「ふうん。でもさ、社会学ってただの感想みたいな話いっぱいあるやん。あとオーラルヒストリーとかさあ、人にインタビューして興味深い話集めましたーとかいうのもあるやろ？　素朴な疑問なんやけど、ああいうのって相手が嘘つきやったらどうすんの？」

「え？　うーん、それは……うーん、どうなんでしょう」

「どうなんでしょう、やないねん。お前は何を研究したくて社会学やってるん？」

「研究……あの、そうですね、やはりこう、社会というのは、合理的ではない部分が多いと思うんですね、経済学などでは合理的な行動を取る人間をですね、あの、想定して、それを基に理論を作っているというか、そう聞いたことがあるのですが、実際には人間の感情によって動かされる部分が、その、社会には非常に多いと思っておりまして、昨今のなんといいますか、ＳＮＳなどを見ていても、こう、確固たるエビデンスといいますか、そういうものなしに、影響力のある人がポッと思い込みで発信したようなことが、まるで真実であるかのように一気に拡散されて、それを信じ込んだ人が根拠を何も確認しないまま、誰かを誹謗中傷して追い込んだり、誤った事実をどんどん広げてしまったり、もう、ほとんど中世の魔女狩りが行われていた頃のような、そういうところまで退化してしまっているというか、ＳＮＳというツールによって、人間がその頃から大して変わっていないという事実が如実に表面化してきてしまっていると思うんですね、またこう、アテンションエコノミーといいますか、ただただ注目を浴びてそれをそのままお金に換える、という世の中がずっと続いてもいますから、あの、注目さえ集められれば何をしてもいいという倫理観の欠如、とでもいうものがですね、本当に深刻な段階に突入しているといいますか、こう、こんな世の中において、法学や経済学とは違う人文学といわれるジャンルにもできることがある、と感じて文学部を選んでですね、中でも社会の動きを様々な角度から研究できそうな社会学というものに惹かれまして、その、専攻することにしました」

「自分、話長いな。ただお前が何かをやりたくて文学部に入ったわけじゃないってことだけはひしひし伝わってきたわ。お前はとにかく京大に入りたかっただけ、違うか？」

太田は自らの準備不足を恥じながら、もう抵抗しても仕方がないと悟って「はい」と答えた。

「その通りです。私はもともと京大法学部志望でしたが、第一能力テストの点数が微妙で、親の意向もありまして、とにかく京都大学に入るためには学部はどこでもいい、と割り切りまして、ボーダーラインが法学部より低かった文学部に変更しました。私は将来のビジョンもなく、ただただ目先の大学受験のことだけを考えていました。その後、特定分野に強い興味があるわけでもなかったので、ただただ研究対象を広く見積もれそうだという理由で社会学を選びました。しかしながら本当に優秀な学生も同じ専修にいて、そういう人が外国語で最新の文献をバリバリ読み込んでくるのを横目で見ながら、私自身はただただ単位を取るだけの勉強に終始してしまいました。はっきり言って、文学部で私が身につけたことというのは非常に少ない……いや、何ひとつないと言ってもいいと思います」

「いや、何もそこまで卑下せんでも……」

「いえ、私は本当につまらない人間なんです。そして、そのつまらなさを何とかしようともせず、その場その場で言い訳ばかりして、自分に負荷がかかるようなことを避けてきました。そんな自分が就活の時期を迎えて、やる気もないのに友人に誘われて仕方なく、という感じで動き出したのも、本当は自分がやる気満々でやり始めて敗北するのに耐えられなかったからなんじゃないかと、今では思います。私はいつも人のせいにできる状況を作り出してから動いてきたんです。そんな私が大した蓄積もないまま、上辺だけを取り繕ってZ社のような大企業に滑り込もうなんて、そもそもの発想が間違っていたんです。いや、おそらく他のどの企業にも入れないでしょうし、仮に入れても戦力にはならないでしょう。今回のOB訪問では運良くこの部屋にたどり着くことができましたが、今から色々とZ社の話を聞いても、お手間を取らせるだけで無駄に終わってしまうでしょう。これからもう一度自分を見つめ直し、一からやり直したいと思います。本日は本当にありがとうございました！」

「待て待て、勝手に終わんな。まあ別に選考降りるんやったら降りるで止めへんけどな、俺も自分と似たようなもんやったんや。なんとなくカッコいいからって法学部に入ったんやけどあんまり面白くなくて、法曹界に入る気にはどうしてもなれんくてな、大学時代は酒飲んでウダウダしとるだけやった。そのまま何の自己研鑽も積まずに就活に突入して、やる気なかったけどZ社の試験はみんな受ける言うから受けたんや。今よりもまだマシな時代やったけどな、やっぱり試験は残酷なもんやったわ。脱落者がバンバン出て、死ぬ奴もぎょうさんおった。俺が何で残れたんかは今でもよくわからん。俺よりもよっぽど内定にふさわしい人間もたくさんいたのにな。でもとにかく、なぜか俺は最後まで残ってたんやな。もう十分身に染みとると思うけど、Z社の採用試験は普通やない。逆に言えば、普通の試験やったら俺みたいなもんはバッサリ切られとったはずや。めちゃくちゃなやり方かもしれんけど、普通の試験ではこぼれ落ちる人間に価値を見出して拾い上げる、そういう面もあるにはあるんや。自分も、もしかしたら俺と同じようなタイプなんとちゃうか?」

「な、なるほど……もしかしたら似ているかもしれません」

「せやろ? 自分、他のギガバンとか外コンとか受けたら、一次も突破できひんかもしれんで。いや、できひんな。断言したるわ。あとまあ、Z社のいいところは内部にあらゆる種類の仕事があるさかい、あんまり狭い範囲で向き不向きを考えんでもええ。俺は最初は広告営業部門やったけど、マジでデキが悪くてな。社内でボッコボコにされて、二年で投資部門に異動になったんや。せやけどそこの水がたまたま合って、今やもうそこで十年やっとる。そういう意味では、やりたいことが決まってなくても色々やれることが用意されとるっていう面もあるわけや……まあ、でもなあ……」

「でも？」

「……自分、ここの選考どう思う？」

「えっ、いや、普通に最悪だと思います」

「やっぱ最悪やんなあ」

そう言って真島は力なく笑った。その時、外で学校のチャイムのような音が鳴り響いた。

〈みなさん、タイムアップです。お疲れ様でした〉

スピーカーから滝川の声が響き、その直後、いくつもの銃声が響いた。太田はその音に驚いて思わず身をかがめたが、真島は微動だにせず、そのまま無言で太田に一枚のカードを放り投げた。太田がカードを見ると、そこには「訪問証明カード」と書かれており、また裏側にQRコードが印刷されている。「ありがとうございました」と礼をすると、真島は「あのな」と静かな声で言った。

「ほんまのこと言うと、俺はこの会社にはいまだに批判的や。採用のやり方だけやない、内部の研修もめちゃくちゃなんや。こんなとこに十年以上も居座ってる自分にも嫌気がさしてきとる。この会社には確かに良い面もあるけど、最近は圧倒的に悪い面が前景化してきてるっていうのが俺の感覚や。せやから俺も色々と考えてはいるんやけど……ってまあ、まだ自分にそんなこと言うても仕方ないな、ちょっと喋りすぎたわ。自分がここにほんまに入社して、また会えたらゆっくり話そうや。ほな、がんばって」

真島は早口でそう言うと仕事に戻り、猛烈なスピードでキーボードを叩き始めた。太田が「失礼します」と頭を下げると、真島はディスプレイを睨んだまま軽く手を挙げた。太田が部屋から出ると、通路にいくつかの死体が転がっている。太田はそんな光景に慣れてきてしまった自分を嘲りながら階段を降り、生き残った合格者がいるはずのマンション前広場へと向かった。そこには小寺や東大の清水、そして上智の一条の姿もあった。一条はマンション内で見せていた厳しい表情とはうってかわって柔らかな笑みを浮かべ、太田に向けてかわいくピースサインを送った。

第五章　インターンシップ

ＯＢ訪問が終わってから、太田は別の企業のエントリーシートを作り始めていた。まず自己ＰＲを考えるところからしっかりやらなければならない。部活やサークルにも入っていないし、大学の勉強にもまともに取り組んでいなかったので、やってきたことといえば塾講師のアルバイトぐらいだ。そこにも大きな情熱を注いできたわけではないが、無理にでもそれなりの形にしなければならない。

〈私が三年間、塾講師のアルバイトを通じて課題にしてきたことは、相手を楽しませること、自分が楽しむこと、そしてお互いの考えを協調させていくことです。そのためには私がそれぞれの生徒の性格や価値観を理解し、生徒が安心できる空気を作ることが必要だと考えました。

塾には本当にさまざまな生徒が集まってきます。私は一人ひとりの話にしっかりと耳を傾けるように努め、野球、音楽、アニメなど様々な共通の話題を持つように心がけました。その結果お互いにより楽しみながらコミュニケーションが図れるようになり、信頼関係をスムーズに築き上げることができたと思っています。

社会に出れば多様なものの見方や考え方を持つ人と接することが多くなり、相互理解が難しいこともあるかもしれません。しかし私は常に相手の話を聞く姿勢を持って、よりよい人間関係を築いていきたいと思っています〉

太田はとりあえず書いた自己PRを読み上げてみて、そのあまりの凡庸さにうなだれた。これではやはりダメだ、不本意ではあるが多少は嘘を織り交ぜ、困難を乗り越えて何かを達成した、というようなストーリーを作らなければならないだろう。太田の頭にふとゲジゲジ拳の修行の日々がよぎる。あれは短い期間だったとはいえ確かに大きな壁を乗り越えた経験だったし、スキルとして自分の中に残ってもいる。しかし、あの非人道的な最終試験を考えると、自分の経験として堂々と語ることははばかられる。周囲には、就活の自己PRで語る経験を作るために部活やサークルに入ったり、社会活動に参加したり、ほとんどお遊びで小さな会社を立ち上げたりした人間も少なくなかったが、太田はそういう人間を見てうんざりしていた。特にやりたくもないことに時間を費やしたり、自分の考えとは関係なく社会に対する意識の高さをアピールできる活動を狡猾に選んだり、最初から数年でなくなるのがわかっているような会社を立ち上げたりする人間を、ほとんど軽蔑していたのだ。だが、太田はそうした行動を起こすこと、それが何であれ行動を起こすという行為それ自体に、実は尊いものがあるのだ、と思うようになっていた。動機がどんなものであろうと、とにかく動いてみること――そこには必ず何らかの、個人の志を妨害する壁のようなものが立ち現れるだろう。その志が邪な欲望に満ちたものであったとしても、行動を起こさなければ見えなかった壁にぶつかって、それを乗り越えようとする時、人間は強い輝きを見せる。そして、その輝きこそが生命の輝き、おおげさに言えば生きる意味なのではないだろうか？　自分は行動を起こしてこなかった、それゆえ大きな壁にぶち当たることもなかった。いや、行動すれば壁にぶち当たることがわかっていたから、それが怖くて行動を起こさず、「高みの見物」を装って行動者たちをあざ笑っていたのではなかったか？　太田は自分の人生や思考を振り返れば振り返るほど、どれだけ情けない人生を送ってきたのかを思い知らされるような気がしてつらかった。

うまく作れない自己ＰＲや志望動機に打ちのめされ、太田はふとＺ社でもらった「訪問証明カード」を見る。裏側のＱＲコードを読み込むと、またあの簡素な、ほとんど二〇〇〇年前後に流行したと言われるテキストサイトのようなホームページが立ち上がり、そこに「インターンシップのお知らせ」と書かれている。だが例によって、集合場所と時間しか記されていない。今度の会場は淀屋橋のZ社所有のビルのようだ。インターンという言葉は周りからよく聞くが、一般的に何をするものなのかはよくわからない。太田がインターネットで調べてみると、情報はたくさん出てくる。インターンには実際にその企業で仕事を体験できるものや、ある課題についてグループワークを行うもの、あるいは見学したり研修を受けたりするものなどがある、それを選考の一部と位置づけている企業も多く、その時点で優秀さをアピールできれば採用候補リストに挙げられる可能性もある、参加している学生と参加していない学生の差は大きく、複数企業のインターンに必ず応募するようにすべし――大体は太田が想像していた通りのものだ。しかし、Z社のOB訪問を見るにつけ、おそらく普通のインターンにはならないだろう。また命が危険にさらされる可能性もある。

太田が悩んで小寺に電話すると、小寺は「行くで」と即答した。

「あのOB訪問で脱落した人も多いやろうしな。だいぶ絞られてきてるんとちゃうか？」

「でも、あんな危ない目に遭わせてっていうか、人殺しても平気な会社っておかしくないか？　お前、寺で修行してた時の最終試験は棄権してたやん」

「ああ、あん時はおかしいと思ってん、人に命懸けさせるなんて。でもあの後、ほんまにそうかなって。人間ってほんわか生きてるだけでいいんかなって、ちょっと考え直してんな」

「そら死ぬより生きてた方がいいやろ」

「まあ普通に考えたらそうなんやけどな。それだけでは人間生きられへんっていう面もあるかなって。あの寺の最終試験もそうやったけどさ、たとえば登山ってめちゃくちゃしんどくて危ないところにあえて行くわけやんか、『そこに山があるから』とか言って。いろんな地域の危ないお祭りとかも、死者が出て他のとこからアホとかやめろとか言われても、ずっと続けてるわけやん？　あれって何でなんかなって、ちょっと考えてて」

「いや、全部アホやろあんなん」

「うーん、俺はそうとも言い切れんなと思ってるんよ。ボクシングというか格闘技全般もそうやで、練習でも試合でも、わざわざ身体を壊されに行ってるわけやし。人間って何でそんなことをするんかなって。それはやっぱり、人間が刺激なしには生きられへん動物で、刺激のない人生に意味を感じられへん動物やからなんちゃうかなって」

そう言われ、太田は「行動を起こすからこそ生命が輝く」という自分の考えと小寺の考えは地続きかもしれない、と思った。しかし、太田の想定していた「行動」とは命まで張るようなものではない。それはあきらかにやりすぎ、過剰な「行動」だ。

「ちょっとわかるけど、俺はやっぱりおかしいと思うな、就活であんなことさせるのは。

お前さ、同志社のOB見たやろ？　完全にクスリでラリっとったやん」

「ああ、まあヤバかったな」

「入った後もあんなんになるかもしれんわけやんか」

「でも、あんな奴おるのはZ社だけじゃないやろ」

「そうなん？」

「そうやぞ。俺のオトンは地銀勤務やけど、ポン中みたいな奴めっちゃおるって言うてたで」

「えっ、そんなんで仕事できるん？」

「というか、人によってはそうじゃないと仕事できひんらしいわ、疲れてもうて。やっぱ体力的とか精神的にもたん奴はクスリ使って何とかもたせて、ぶっ壊れたら左遷か解雇って感じらしいな」

「それヤバすぎやろ！」

「いや、今時どこもそんな感じらしいで。まあ会社も営利企業やから、いっぺん採用したけど使えへんかった奴はそうやって雑巾みたいに使って、利益の一滴でも絞り出してから捨てるんや」

「なんちゅう話や……そんなんどこ入っても一緒ってこと？」

「まあ一緒ってわけじゃないんやろけど、やっぱり成果出せへんやつはあかんのやろなあ。オトンの知り合いの公務員でもボロボロなっとるらしいし」

「なんで公務員がボロボロやねん、利益とか関係ないやろ？」

「それがなんというか、ミスったらアカン空気がすごいらしいねんな。あと地方やと毎日ヤバイ奴が殴りこんでくるらしくて、身体鍛えてないとやられるって」

「もう全部アカンやん！」

「全部アカンねん。せやから、全部アカン中でどうしていくかって話になってくるわけよ。どうせえらい目に遭うんやったら、Z社目指して、ちゃんと入って、その中で華々しく散っていくのが一番ええかなって」

「うーん……」

「ま、もちろんお前がどうするかはお前の自由やけどさ。俺はインターン参加するで。ほなまたな」

小寺はそう言って電話を切った。太田は、こんな世の中では自殺を正解だと考える人間が増えても仕方ないのではないかと思った。国の幸福度の上昇とは裏腹に自殺者の数は二十年連続増加中で、今では三十万人を超えていたし、身近な知り合いではないが大学の同級生も何人か死んでしまったと聞いていた。はっきり言って、大学の三回生までと就活開始以後、そして就職後で人生の難易度が違いすぎる。これでは「ぬるい」うちに世を去ろうという考えに至るのも無理はない。この傾向は完全に間違っている、と太田は思った。こんな社会設計がまかり通ってしまったのは一体何のせいなのか？　個々の人間がこんな世界を望んでいるとは思えない。だが、それが大きな集合体となると、妙な力学が働いて誰も喜ばないシステムが組み上げられてしまい、誰もがその枠の中で戦うはめになり、その勝者がさらにシステムを強化していく、という悪循環が生まれるということなのかもしれない。

今、逃げ出しても逃げた先には必ず地獄がある。この地獄をなんとかして消し去りたいが、一人の人間がどうこうできる問題ではなさそうだ……太田は自分が何をすべきなのか考えようとしたが、ろくな案は思い浮かばなかった。自分が思いつくようなことはすでに誰かが試みて失敗しているのだろうとも思った。太田はなんとなく狭くて散らかった部屋に閉塞感を感じ、タンスから大学一回生で取ったスポーツ実習以来ほとんど着ていないジャージを取り出して、ジョギングをしながら何かうまい方法がないか考えてみた。しかし、その程度の気分転換で何か思いつくなら苦労はしない。街は変わらず平和に見える。太田は部屋に戻ってシャワーを浴び、熱い湯船に浸かりながら、やはりインターンシップに参加することを決めた。そこから逃げたからといって未来の苦しみから救われるわけではないし、インターンの参加権は命を張って勝ち取った貴重なものでもあるからだ。Z社の雰囲気からして、間違いなくインターンも熾烈な争いになるだろう。もしかするとまた命のやりとりをするはめになるかもしれない。それでももはや参加以外の道はないのだと、太田はほとんどあきらめに近いような形で覚悟を決めたのだった。

*

指定された日を迎え、多少早めに淀屋橋駅に着くと、やはりそこは閑散としている。いつもなら賑わっている駅構内のドトールにも、店員だけが不気味に立ち尽くしている。太田はそこでブレンドコーヒーとミルフィーユを頼み、腹ごしらえをした。もしかすると今日死ぬかもしれない、という恐怖もあったが、不思議と落ち着いた心持ちだった。もしも自分に、すでに愛する妻や子供がいたなら、死はもっとおぞましいものとして真に迫ってきたかもしれない。だが今のところ、恋人ができたこともなく、自分が家族を作っていることを想像すらできない太田は、守るべきもののない寂しさと同時に、その圧倒的な強さを感じてもいた。エンターテインメントの世界では、守るものがある人間の方が強い、という結論を嫌というほど見せられてきたが、果たしてそれは本当なのだろうか？　失うものの何もない、いわば「無敵の人」ほど怖いものもなく、また強いものもないのではないだろうか？　そんな身も蓋《ふた》もないことを考えながらコーヒーを飲んでいると、たまに学生らしき人間が目の前のガラスの向こうを通り過ぎて、地上へと出るエスカレーターを目指して歩いて行く。太田は腕時計を確認する。この腕時計も高くはないが、就活に際してわざわざ買ったものだ。かつては時計の秒針が動くのを見ていると、自分の死がどんどん迫っているような気がしたものだった。腕時計もこれまで試験以外で使ったことはない。自分の命の残量が減るところを、視覚的に見たくなかったのだ。しかし、今腕時計を見ていても、そうした死を忌避する気持ちは湧き起こってこない。もはやこの世界が生きるに値するものではないと悟ってしまったのか？　太田は自分の変化をはっきりと感じる。昔のように世界を疑うことなく生活していられた頃のほうが幸せだったのだと今は思うが、振り返ってみても、その時々で幸せだったとか楽しかったとかいう強い記憶が残っているということもない。太田は、つねに人生はうっすら苦しいものだと感じてきた。そして、その苦しさは年を経るにつれて、ますます増大していくばかりだ。親の支配下に置かれている小学生時代は早く大きくなって自由になりたいと思っていたし、大きくなったらなったで結局このザマ、親世代を見ていても酒を飲んで仕事の愚痴をこぼしたり子供の将来について悩んだりで全然楽しそうには見えない。年金がもらえる世代になれば心穏やかに過ごせるのかと周りを見てみても、大した行動を起こすこともなく、年齢とともに肥大した自我を振り回して若者や国に文句を垂れている人間ばかりに見える。太田は絶望的な気分でミルフィーユを食べ切り、コーヒーを飲み干す。このミルフィーユのひと口ひと口、コーヒーのひと口ひと口は確かにおいしい。それは食べる本人の精神的絶望とは別の位相にある。大げさかもしれないが、そうした日常に潜む幸福のかけらを——もちろん食べ物に限らず——少しずつ摂取することぐらいしか、生きる理由などないのかもしれない。

太田はドトールを出てすぐ右のエスカレーターを上がる。雲ひとつない青空が太田を迎える。淀屋橋の上も、誰一人歩いていない。よく見かける「ビッグイシュー」を売っている人間もいない。橋のかかる土佐堀川も、静かに陽光を反射するばかりだ。太田はZ社のサイトに書かれている通り橋の逆方向に歩き、何度か右左折を繰り返して指定のビルにたどりついた。表に出ている電子案内板にはポップな「WELCOME」の文字が躍っている。その横に「パスワードを入力してください」と書かれたキーボードがある。太田は何のことか一瞬わからなかったが、すぐにOB訪問の証明カードに番号が書かれていたことを思い出して入力する。ドアがなめらかにスライドして開く。中にはすでに学生が数名。そこには合同説明会にいた顔ぶれがちらほら見えた。まず目に入ったのは商社が催していたボクシング大会でラウンドガールをしていた激エロ美女で、就活に臨むとは思えないミニのスーツを着用している。もはや昨今では怪しげなスタートアップの社長でもやめさせるようなミニ具合である。太田はそちらを我慢できずちらちら見てしまう。だが、もしあの女がZ社の用意した罠だったとしたら、視線をやった回数をカウントされて落とされてしまう可能性もある。天下のZ社に入ればハニートラップを仕掛けられることも何度となくあるだろうから、その耐性を計っているのかもしれない。太田がそう思い他の男性参加者を観察すると、他の野郎どもも同じようにミニスカートをちらちら見ているのだった。よかった、自分だけではなかったようだ……もしこれが試験なら、こいつらも同じように減点されて差はつかないはずだ。そう安堵していると、ドアから新たな男子学生が入ってきた。その顔を見て、太田は一気に怒りが蘇ってきた。その男は、まさにあの合説のボクシングで内閣官房長官の息子というコネを駆使して反則しまくり、太田をボコボコにした慶應の風間だったのである。

「テメェオラァ！　前はようやってくれたのぅ！」

我慢できず突っかかる太田だが、風間は余裕の表情である。

「いや、誰？」

「お前、覚えてへんとは言わせへんぞ！　俺は合説のボクシングでやられた京大の太田や！」

「京大の太田……？　すみませんが記憶にないですね」

「嘘つくなコラァー!!　お前ここでもっぺんやろうや、今度は正々堂々やってみいや！」

太田がそう言うと、風間は「ま、いいですけど」と言ってスーツのジャケットをバッと脱いだ。よく見るとスーツもめちゃめちゃ高そうで、中にはめちゃめちゃ高そうなベストを着ている。顔も美形で、少し冷静になった太田は気後れした。いや、しかしここで引き下がるわけにはいかない。行くだけ行って、周りの学生が止めに入るのを待とう……

太田は風間のマネをして安物のペラいスーツジャケットを放り投げる。そして風間の頭に自分の頭をグリグリこすりつけながら「どないじゃオラァ！　オオォ!?」とすごむが、周りは誰も止めてくれない。逆に風間から頭突きをかまされ、太田は「いたぁー！」とおでこを押さえて転げ回った。

風間は部屋の端に並べられていた荷物置きのような茶色いテーブルの上にスマホをセットし、録画ボタンを押してから言った。

「じゃ、やりましょうか」

太田はゆっくりと立ち上がり、周りを見る。学生たちは興味がなさそうに各々のスマホをいじっている。本当に誰一人止めようとする者はない。ここはもうやるしかない……思い返せば、あのボクシングの時点で、風間の戦闘能力はそれほど高くなかった。もしあのまま風間が特に格闘技などを始めていない限り、ゲジゲジ拳を学んだ自分の方が勝つ可能性が高い。落ち着いてやれば負けはしない……

太田はゲジゲジ拳の基礎的な構えを取った。風間の方は少し腕を開き気味のオーソドックスなボクシングスタイルだが、やはりあの合説の時と変わらず経験者には見えない。これなら普通にやれば勝てそうだ。だが、内閣官房長官の息子であるということを知っている今、風間からは後光が差しているようにも見えた。こいつに飛びかかった瞬間、何かとんでもないことが起きるのではないかという恐怖も芽生えたのだ。太田は右手をクイクイやり「来いよオラ、こえーのか？」と煽ってみたが、風間は薄い笑みを浮かべたまま動こうとしない。何かカウンターの秘策でも持っているのだろうか？　不気味である。しかし、ゲジゲジ拳ではカウンターへの対処方法も習っている。自分から突っかかったのだし、ここはやはり軽く先手を取ろう。太田はそう思い、風間に当たるか当たらないかのところにしなるような蹴りを繰り出した。するとその瞬間、天井から四人の黒服が飛び降りてきて、太田を押さえつけて羽交い締めにした。あの時と同じだ。

「てめえら、どっから湧いてきやがった！」

太田が怒っていると、風間は多種多彩な技を繰り出して太田にヒットさせる。ただ、見栄えはいいが威力はないような技ばかりだ。やられ放題ではあるもののそれほどのダメージはない。その後、風間がストリートファイターの波動拳だかドラゴンボールのかめはめ波だかのようなポーズをとり、「ハッ」と言った。すると黒服どもが太田の身体をつかんで、後方へ思い切り投げ飛ばした。

「いってぇなコラァ！　お前、一回ぐらい正々堂々やれへんのかい！」

怒鳴る太田も無視して、風間は自分のスマホを手に取ってニヤニヤ見ている。そしてそれを黒服たちに見せると、黒服たちがどっと沸いた。

「ハッハ！　いいのが撮れたよ、ありがとう」

風間は満足そうに太田の肩を叩いて、そのまま部屋の端へ歩いていった。太田がその後ろから襲いかかってバックドロップを食らわそうと思った瞬間、部屋の奥の扉から一人の男が現れた。もう覚えている、滝川シンジだ。

「みなさん、お忙しい中お集まりいただきありがとうございます。先日のOB訪問もお疲れ様でした。数回に分けて開催したところ、非常に優秀な学生を選抜することができたと思っております。さて、本日のインターンシップは弊社の雰囲気を体感していただくことが目的ですので、ぜひ肩の力を抜いて楽しんでくださいね。ではみなさん、まずこれを首に巻いてください」

滝川が一人ひとりにメタリックな質感の銀色の首輪を渡していく。太田はそれを受け取った瞬間、というか受け取る前から、「これ絶対爆発するやつやん……」と思い絶望感に覆われた。だが、周りの学生たちは特に躊躇することなく素直に首輪を巻いていく。

「どうしたんですか、あなたは確か京都大学の宇治原……」

「太田です」

「ああ、太田さんですね、失礼しました。早く首輪を巻いてください」

「ええ、あの、この首輪って」

「はい」

「爆発するやつですよね」

「それはどうでしょう。まあ、そういうアイテムが登場するフィクションの作品はたくさんありますよね。しかし、その発想もいささか古典的すぎる、と言えるようになってきたのではないでしょうか。とりあえず、太田さんが首輪を付け終えた段階でインターンシップの説明を始めます」

他の学生たちが「早くしろよ」というような視線を太田に突き刺す。太田は首輪をしげしげと見つめる。ただの飾りではない。絶対に何か内蔵されている。付けるとヤバイことになるのは間違いない。みんななぜ、こんな怪しいものを平気で、ノータイムで装着できるんだ？　太田はそう思いながら、しかしもうやるしかないのだと覚悟を決めて首輪を付けた。

「さて、本日のインターンシップでやっていただくことは非常に単純明快です。我が社の動画・テキスト混合SNSの『Zpost』に新しくアカウントを作ってもらい、二十四時間以内にフォロワー十万人を超えることを目指してもらいます。弊社はSNSの運用を重視しておりますので、入社後の良い疑似体験になると思いますよ」

場内が一気に騒々しくなる。言葉は柔らかいが、十万人を達成できなかった場合、タダでは済まないことは明らかだ。太田はそれほどZpostを見ないが、あまりに流行してほとんどインフラのようになっているので、アカウントだけはすでに持っていた。フォロワー数が十万人を超えれば銀のトロフィーが、百万人を超えれば金のトロフィーがもらえ、だいたい銀のトロフィーをもらえるレベルに達すればその広告収入だけで十分に生活できると言われている。ただ、何でも自由に投稿できると言われてはいるが、アップされるまでの間に必ずZ社のチェックが入るため、Z社に不都合なものは絶対にアップできない仕組みになっているということも常識になっていた。

「十万って、そんなの一生かけてもいかない奴がほとんどじゃねえか！」

「そんなに簡単にバズれたら、誰でもZposterになってますよ！」

太田も、確かに一日で十万人は無理だと思った。あまりにも無謀な企画だ。いくらがんばってもせいぜい千人というところではないだろうか？

「誰も達成できんかったらどうなるんですか？　十万人いかんでも、一番登録者を伸ばした人間が何かこう……名前を覚えといてもらえるような感じですか？」

一人の男が滝川に質問を投げかけた。インターンシップは選考ではないという建前だが、優秀さをアピールできればその後の選考が有利になることは明らかである。全員が一斉に滝川の方へ視線を向ける。

「いい質問ですねえ。しかし、このインターンシップももちろん複数回に分けて行われます。その条件設定ですと回によって当たり外れがありますよね？　今回はあくまでも『十万人』を基準にし、そこを目指す過程を自分の頭で考えていただくということになります。最初に申し上げた通り、本日はインターンシップですから、この結果はZ社の本選考には関係ありません。ただ、もし目標に届かなかった場合には……」

滝川は不敵な笑みを浮かべ、両手を広げながら言った。

「みなさんに付けてもらった首輪が爆発します」

「やっぱり爆発するんかい！」

太田は思わず大声で叫んでしまった。他の学生たちは怒号を飛ばしたり、ショックのあまりその場にへたりこんだりしている。

「いや、最初に僕言いましたよね？　こんな首輪が出てきて爆発しないわけないですよね？　みなさん、こんな風にはめられて爆発しない首輪見たことあります？」

太田がそう言った時、クライスラーの『愛の喜び』がどこからか流れてきた。それを聞いた滝川は、「早速十万人の達成者が出たようですね。おめでとうございます！」と言って拍手した。その視線の先を見ると、慶應の風間がスマホの画面を滝川に向けている。そこにはZpostのトップ画面があり、「フォロワー10万人達成！」の銀色の文字が音楽とともに躍っている。

「ハァ？　なんでお前がもう十万人やねん！」

太田がいきり立って風間のスマホを奪い、Zpostの画面を見ると、そこにはさきほどのケンカ動画が一本上がっているだけで、しかし再生回数がすでに百万回を超えていた。内容を見るとケンカが格闘ゲーム風に編集されていて、派手なエフェクトや効果音が入っている。何より、黒服たちの姿は消されていて、最後は太田が謎の波動拳だかかめはめ波だかで吹っ飛ばされて負けたことになっていた。やられているのが自分とはいえ、悔しいことにちょっと面白いと思ってしまったが、この程度の動画はそのへんにいくらでも上がっている。時間がなかったので当然だが編集も今時ほぼ自動的にできるレベルのもので、これが短時間で百万回再生というのはありえない……

「お前、これイカサマやろ！」

「イカサマじゃないよ。ほら」

風間が太田からスマホを取り返し、少し触ってまた別の画面を見せてきた。すると、あの合説で歌を歌っていたレディー・ビビが「lol」とだけ書き添え、その動画を全世界に拡散していた。

「いやいや、おかしいやろ！　なんでレディー・ビビが一瞬でこんな動画気づくねん！」

「さあね。とりあえず僕はミッションクリアだ。帰らせてもらうよ」

どう考えてもおかしい、もう風間の内定への道があらかじめ作られているようにしか思えない。だが、その証拠が出せるわけではない……太田はとりあえず颯爽と帰って行くスリーピースのスーツのイケメンを無言で見送るしかなかった。

「さて、すでに一人目標を達成されましたが、だからといってインターンシップが終わるわけではありません。みなさんも、一日のうちにフォロワーを十万人獲得できればＯＫですから。今日一日、この広いビルのどこをどう使っていただいても構いませんので、目標に向けてがんばってください。では、みなさんの健闘を祈ります」

そう言うと滝川はそのまま奥の部屋へと姿を消した。「待てよ！」と叫んでその分厚い扉に群がる学生も何人かいたが、どうやら開けられないようだ。

「自分、京大らしいのう」

太田が一体どうやってバズればいいのか悩んでいると、一人の男がなれなれしく声をかけてくる。

「え、ええ、はい、太田です」

「太田さん。わしゃ守下《もりした》いうもんですが、広島大ですけえ学歴では自分によう勝たれん。あっぱれ白旗じゃ。じゃが、一発ここで勝負かけたい思っちょるけえ、いっちょ手伝ってくれやしませんかいのう？」

「手伝うって……何かできることなんてあります？」

「コイツですわ」

そう言って広島大の男がスーツのポケットから取り出したのは、一本の短いナイフだった。

「自分はこれで腹を切りますけえ、その様子を撮影します。いくらZpostがZ社批判以外無法地帯になっちょる言うても、自殺配信はさすがにレアですけえ、再生は回るじゃろ。じゃが、ほんまに死んでしもたら何の意味もありゃあせんので、太田さんはええところで『自殺じゃ』言うて叫んでくれませんかいのう？」

「いやいやいや、できるわけないでしょう！」

太田は冗談かドッキリでもしかけられているのかと思ったが、そういう様子はない。守下は本気でそう言っているのだと思い身震いした。

「そんな、人が腹切るのを黙って見とくなんて無理ですよ！　助けを呼ぶタイミングもわかりませんし、失敗したら僕のせいで死んだ感じになるじゃないですか。というかだいたい、それを手伝ったところで僕に何のメリットがあるんです？」

「もし太田さんが今回の就活がいけんで、わしの方がZ社に入ることができたら、来年度絶対に太田さんを採用させるようにします。リファラル採用いうのがあるけえ、わしがそのルートで太田さんを引き上げますすけえ」

「待ってくださいよ、もし僕もあなたもダメだったらどうなるんです？」

「その時は、わしの首を差し上げます」

「首いりませんって！　とにかく手伝えません！」

太田は守下の鋭い眼光から逃げるように、部屋の中央にある階段を三階まで上った。窓からは多少広い範囲の街が見えるが、人もいなければ車も通っていない気がする。広大の守下は、ああやって協力者を探し続けるのだろうか？　本当にナイフで腹を切るなんて真似ができるのだろうか？　だが、あの目を見たところおそらくは本気だった。彼にとって、Z社にはそうまでして入るだけの価値があるということだ。

だが、ひとつの会社に入るためにそれだけのものを賭けなければならないという状況は、やはりどう考えてもおかしい。太田は首輪を触りながら思う。そういえば、結局ダメならこれが爆発して死んでしまうのだった。フェイクであることを祈りたいが、あのOB訪問の様子からすれば、おそらくは本物だろう。そう考えると、守下の言うようなやり方は最終手段としてならありうる。自分がZpostをバズらせるには、一体何をすればいいのだろうか？　自分には大した特技はない。強いて言えばゲジゲジ拳をある程度マスターしているが、たとえばその型を動画に撮ってみたところで、さほど面白みはないだろう。慶應の風間のようにケンカしているところを撮ってみても、レディー・ビビを味方に付けているのでもなければ、あまり大きな成果は見込めない。テキストで面白い大喜利を連発する、というのも長期戦略としてはアリだが、短期決戦には向かないだろうし、そもそも大喜利の才能がない。これはもしかすると、広い意味での自己PR能力を問うているのだろうか？　塾講師のバイトぐらいしかしていない自分だが、何か問題を用意して面白くわかりやすい解説でもすれば多少は注目されるだろうか。

それにしてもこのアテンションエコノミーの世界、バズりと「映《ば》え」の世界は終わっていると太田は思う。人々は映えるものを探すばかりで、そのもの自体を見なくなった。「写真」が登場した頃から、そんなことを言っている人はいつの時代にもいるが、ありのままを写す写真どころか加工修正し放題の、元々がどんなものだったのかすらわからないような写真や動画がこれほど流行する時代が来るとは、数十年前にはまさか誰も思わなかっただろう。そして、現代を生きる自分にも、その価値はよくわからない……

「ねえ」

後ろから突然話しかけられた太田は、驚いて身体をビクッと震わせた。後ろを振り返ると、そこにはあの激エロ美女が立っていた。強調された胸やミニのタイトスカートから伸びる足を極力見ないようにしながら、太田は「あ、ども……」と言った。「あ、ども……」と言うつもりではなかったのだが、「あ、ども……」という言葉を発するのが精一杯だった。

「あの、さっき風間君と戦ってた人だよね？　確か京大の……」

「え、あ、ああ、そうです。太田といいます」

「私は青学の神崎《かんざき》。太田くん、合説のときも戦ってたよね？　さっきだって別に負けたわけじゃないし、カッコよかったよ」

「あ、ありがとうございます。まあ、何というか、風間とかいう奴のやり方は気に入りませんね。でも、平気でああいうことのできる人間の方が勝ち上がって行くのかもしれません」

「ま、仕事でも手段を選ばない奴が強そうだもんね。ねえ、ちょっと提案があるんだけど」

「はい」

「私とハメ撮りしない？」

「はい⁉」

太田は思わずすっとんきょうな声を上げた。目の前の美女が急にハメ撮りなどという単語を発し、しかもその相手に自分を指名していることを、すんなりとは理解できなかった。

「変な声出さないでよ。私たちがこのビルのどこかの部屋でセックスして、その動画を前後編で一人ずつアップすれば結構バズるんじゃないかなと思って。まさか童貞じゃないよね？」

「童貞じゃないです」

太田はとっさに嘘をついたが、その瞬間に脇から汗が噴き出すのを感じた。やはりうまく嘘をつくにも慣れが必要なのだろう。もしかすると面接も同じかもしれない。だが、スーツのおかげで脇の汗はバレていない。

「じゃ、別にいいよね？　あそこの部屋でやらない？」

「え、ちょ、でもそれ撮影して、顔出しでZpostにアップするってことですよね」

「そりゃ当然でしょ」

「は、恥ずかしくないですか？」

「別に平気かなあ。私大学でアイドルサークルにも入ってるんだけど、結構みんなお金のためとか知名度のためとかでエグいことしてるしね。私ももうつまんない恥じらいは捨てて、自分の殻を破っていこうかなって」

「い、いやーどうでしょう。殻にもいろんな破り方がありますし……こういうのってよく考えないとデジタルタトゥーというか、一生残りますよね」

「残るかもね。でもいいんじゃない？　生きた証が何も残らないよりは」

「そ、そうですかね……でも僕はちょっと……」

「そっか、残念。私はやるなら太田くんがよかったんだけど」

「えっ？　それってどういう……」

「まあ私もこんなとこに閉じ込められて変になっちゃってるのかもね。ちょっと頭冷やそうかな。ごめんね、貴重な時間取っちゃって」

　太田は手の届くところにあった神崎との桃色遊戯が遠ざかるのを感じた途端、無性に焦り始めた。神崎がこの後やはりそういう行為で試験を突破しようと決意し、他の男子学生どもの誰かが指名され、そいつが神崎とエロ動画を撮って前後編をアップして二人で勝ち抜けてその後も祝勝会と称して酒を飲みながらさらに肉体的な絆を深めるなどするところを想像すると、単なる想像ですら嫉妬で身体が震えてくる。

「いや、待ってください。もう少しだけ考えてみてもいいですか？　すぐには決められなくて、ちょ、ちょっと頭を整理させてください」

太田がそう言うと、神崎は身をかがめ、上目遣いで太田の目を覗きこんだ。思わず目を逸らす太田。その様子を見た神崎が、ふっと笑いを漏らしながら「もしかして童貞？」と聞いた。

「え？」

「太田くん。童貞かなって」

「いや、ち、違いますよ。なんでですか？」

「……」

「……」

「……やっぱり童貞だね。ごめんなさい、変な話持ちかけちゃって」

「そんな、ちょ、なんでわかったんですか？」

「いやー、なんでって言われると、雰囲気としか言いようがないんだけど。まあこの話は聞かなかったことにしてよ。とりあえずは一人でいろいろ動画撮ってみることにするね」

「は、はあ……そうですか」

「ごめんねほんと、変に困らせちゃって」

「いえ、こちらこそつまんない嘘ついてすみませんでした……」

そうして、神崎は三階の誰も使っていなさそうな小部屋に入っていった。残された太田は勝利の女神に見放されたかのような気にもなったが、同時に少し安心してもいた。

「うっす、ちょっと時間ええか？」

複雑な気持ちを抱えたまま立ち尽くしていた太田に、就活生にあるまじき長い金髪の色黒男が話しかけてくる。根拠はわからないが、何やら異様に自信ありげな様子である。

「俺は関西大学の坂部《さかべ》や。自分は？」

「あ、京都大学の太田です」

「やっぱ関西やんなあ？　俺な、お笑い芸人目指して地下ライブとか結構やってんねんけど、親が就職せえってうるさくてな。とにかくZ社に入ればお笑いやらせてくれるっていうからここ受けてるんやけど」

「はあ、そうですか」

「このインターンもいい機会やと思ってな、面白いネタ連発したらバズるんちゃうか思てんねんけど、自分、俺と一緒に組めへんか？」

突然何を言い出すかと思えば……太田はお笑いをやりたいなんて思ったことは一度もない。見るだけで十分だし、それほど好んで見ているわけでもない。昔からお笑い番組を観ていると、どこかにイジメの相似形が見え隠れして嫌な気持ちになることが多かったし、下ネタに笑うこともあったが、そこには何か卑劣な、異性や自分の性欲を道具として扱う下劣な感性と紙一重のところがある。かと言って、「人を傷つけない笑い」というものは少しもてはやされてもやはりメインストリームにはならず、爆発的なムーブメントにはならない。中心に「いじめっ子」が鎮座する——それがお笑いというものの避けられない本質なのだ、と太田は思っていた。

「いや、いいです」

「大丈夫やって、俺ネタいっぱい持ってるから」

「……じゃあちょっと、一人でできるやつ見せてくれます？」

「じゃあいくで。コント、超能力！　ミミちゃんさあ、スプーン曲げできるってほんま？　え、やってみてやってみて！　うわ、ほんまに曲がった！　イカサマやろ？　ちょっと俺にも貸してえや。あれ、曲がらん、マジ？　マジ？　すげーはじめて見た！　でもやっぱ絶対タネがあると思うねんな。あのさあ、ミミちゃん他にも曲げられるもんある？　え、このスマホ？　曲げられんの？　いやー俺のスマホやで？　正真正銘タネなしやで。は？　ビビってへんわ。じゃあスマホやるから曲げて……うわもう曲がった！　嘘やん！　壊れてるし！　嘘やろこれ、まだ変えて三日やで！　もう触ってへんのに曲げられるやん。じゃあさ、下品でごめんな、今出すで、これ、俺のこの珍棒曲げれる？　正直、ミミちゃん見たときカチンコチンやねん。これはもう物じゃなくて海綿体とか血液の問題やから。これを曲げられたら本物……うわあああああああああ!!　痛い痛い!!　珍棒がねじ切れそうや!!　やめて!!　ハァ……ハァ……超能力ってホンマにあるんやな……でもさ、いくらミミちゃんでも曲げられへんもんがあるで。この俺の、ミミちゃんへの下心や!!」

坂部がウインクしながらそう言った瞬間、大きな音を立てて首輪が爆発した。「うわっ！」太田は思わず腕で顔を覆う。次に目を開けた瞬間、太田の横には坂部の首が転がっていた。その目はまだ太田に──というか、架空のミミちゃんに──ウインクしたままである。「ひいっ！」太田はそこから転びそうになりながら走って遠ざかる。制限時間はまだまだ残っているはずなのに、なぜ？　そう思っていると、場内に滝川の声でアナウンスが流れた。

〈業務連絡です。関西大学の坂部君が、首輪の爆発により死亡しました。みなさんの試みがZpostでバズる可能性があるかどうかという点について、こちらの本部ではＡＩを用いて常時検証しています。その可能性がゼロという場合にはただ場所を取るだけということになりますので、インターンシップのノイズとして早期排除させていただくことになります。ですので、できる限り自信のある、精度の高い試みをするよう心がけてください〉

いやいや、そんなん最初に言ってくれんと！「一人では何も思いつかんし、たとえ無駄に終わってもこいつと何かやってみるか……」と考えつつあった太田は、危うく爆死するところだったと肝を冷やした。それにしても、Z社の選考に参加しているうちに、人の死そのものについてどんどん耐性がついてきている。これは人間として大切な何かが失われているのでは、と思うが、とにかくやはり本当に首輪が爆発するのだとわかったのだから、必死にフォロワー獲得の方法を考えなければならない。

すると、「ぬああああー!!」という叫び声と、「自殺です、自殺です！」という叫び声が階下から同時に聞こえた。階段を降りて一階の声のする小部屋に駆けつけると、やはりあの広大の守下が腹から血を流して倒れている。その向かい側の壁伝いのテーブルには、しっかりと守下のスマホが固定されている。

「自殺です、救急車お願いします！」

そう叫んでいる男をよく見ると、法政大学の岩井だった。あの合説のボクシングで、小寺を反則で倒した男だ。だが、岩井がいくら叫んでも助けが来る様子はない。「おい、死んじまうぞ！　おい!!」守下は苦悶し続けている。ほどなくして、守下の首輪が爆発し、守下の首がコロコロと岩井の前に転がった。

〈業務連絡です。広島大学の守下君が、首輪の爆発により死亡しました。本選考中、いかなる理由によっても外出は許されません。自らを傷つけた場合でも、誰かに傷つけられた場合でも、医療措置を取ることはできません。また、首輪に内蔵されている装置によって生命の維持が難しいと判断された場合も、首輪が爆発しますのでご注意ください〉

「ちくしょう！　役立たずが！」

岩井は足下に転がっている守下の頭を蹴り飛ばしたが、それほど飛距離は出ず逆に足を痛がっている。

「クッソ、早く何か考えねえと！」

岩井は小さなメモ帳にボールペンで何やら書き込みながら頭をかきむしっている。ブレインストーミングというやつだろうか。太田は自分もまた同じ状況にあることを思い出し、就活に使っているノートを取り出した。その瞬間、再び館内にクライスラーの愛の喜びが流れた。

〈おめでとうございます。青山学院大学の神崎さん、フォロワー十万人クリアです〉

一体何をしたのだろう、と太田が思っていると、セクシーな、というかほとんど裸のようなラウンドガール姿の神崎が悠然と降りてきた。

「意外とちょろかったな。セックスするまでもなかったね♡」

神崎はそう言って太田のおでこを人差し指で突っついた。それだけで何か甘い香りがして勃起してしまう太田だったが、そのまま華麗に去って行く神崎のぷりりと揺れる尻を黙って見ているしかなかった。神崎のアカウントを見ると、ショート動画が十本ほど上がっている。それらを観ると、ほとんどTバック状態の衣装で恥ずかしそうに――確実に演技だが――はにかみながら、しかしお尻を明らかに強調して踊っているものや、世界的に有名な女性アイドルのダンス曲をキレキレで踊っているもの、巨乳をアピールしつつ乳首が立っていることがはっきりわかる短いトーク、格闘家の真似をして見えそうで見えないハイキックを繰り出しているものなど、男が飛びつきそうな作品ばかりだった。そしてそれを世界的に有名なMMA団体の五階級制覇チャンピオン・ダグラス・ラウリーが拡散したことでめちゃくちゃにバズっていた。フォロワー十万人どころか、この短い時間でもはや五十万人目前になっている。

法政の岩井は館内を軽やかに走ったり飛んだりして、それを動画に撮り始めた。いくつかの断片を繋ぎ合わせてパルクールのような動画を作ろうとしているのかもしれない。他の学生たちもぴょんぴょん飛び跳ねたり、何やらダンスを踊りまくったり、変なポーズを取ってみたり、べらべらとトークをしたりしているが、どれもあまり目立ちそうには思えない。そんな中、一人の男が広大の守下が切腹に使ってそのまま転がっていたナイフで、木製のテーブルを器用に削って火起こし用の道具を作っている。それが完成すると鞄から出した有線のイヤホンを紐の代わりにして火を起こし、さらに鞄から取り出した折りたたみ式の棒を伸ばしてその両端に火をつけ、スマホの録画ボタンを押してからそれをブンブンと振り回し始めた。その姿を見て、太田は初めて「あの合説会場前で注目されていたファイヤーマンだ……！」と気づいたのだった。

「僕は、僕は、京都産業大学の、石井一樹《いしいかずき》です！　名前だけでも覚えて帰ってください！」

そう言って、石井はファイヤーをビュンビュンに振り回しながらダンスを踊る。踊りまくる。そのダンスはシンプルなものからだんだん複雑な、難解なものになっていき、いわゆるコンテンポラリーダンスと融合したような趣になっていく。太田はかつて数合わせで参加させられた合コンに京産生がいて、「あっ、京都大学の山本です。京都大学の産業学部です」などと言って笑いを取り、そのままその場の空気を支配していったことを思い出した。ここで会ったが百年目、京産生に二連敗するわけにはいかない。太田はファイヤー石井のパフォーマンスを邪魔すべく、ファイヤーをかわしながらゲジゲジ拳の突きや蹴りを繰り出し、石井の動きを止めようとする。しかし石井はそのような妨害にも慣れているのか、決してファイヤーの回転を止めることなく、そして太田の妨害をかわす動きまでもエンターテインメントに昇華していく。

「クッお前……何者なんや⁉」

「僕は京都産業大学を愛する、そして設立者の荒木俊馬《あらきとしま》先生を心から敬愛するただの一学生ですよ」

「設立者まで意識してる学生……タダモンじゃないな」

「いえいえ、普通のことです。そういうあなたは……」

「京都大学の太田や。お前に恨みはないが、京都産業大学とは少しあってな。全力でやらせてもらうで」

「どうぞ、ご自由に」

ファイヤーをぶんぶん振り回したまま余裕の笑顔を見せる石井に、太田は次々に技を繰り出していく。しかしそれもやはり石井の身体には届かず、あるいはファイヤーによってうまく防御されてしまう。しかしゲジゲジ拳を身につけた太田も攻め疲れた様子は見せず、流れるように攻撃をつなげていく。その二人の動きはまるで完成された芸術作品のような美しさを放ち、他の学生たちを魅了していく。

「太田！ 太田！」「石井！ 石井！」

そのうちに太田派と石井派に分かれてコールまで起こり始めた。一人の女子学生は二人の戦いを画角に入れつつ、部屋の端に置いてあるグランドピアノの前に座って即興でバトル曲的なものを演奏し始めた。まるで何かに憑依されたかのように激しく鍵盤を叩き、バトルの状況に合わせて曲調を自由に変えていく彼女もまた、学生たちの熱い注目を浴びていた。

拮抗した状態が続くバトルは、太田の決死の攻撃により動きを見せる。太田はファイヤーを避けるのをやめ、あえて炎の部分に回し蹴りを入れたのだ。虚を突かれた石井は一瞬バランスを崩し、太田は炎の燃え移った右足でそのままファイヤースティックを蹴り上げた。それはごろごろと部屋の隅に転がっていき、炎をくすぶらせる。石井は「負けだ」という風に両手を軽く上げた。熱くなっていた太田は「もう勝ち負けじゃないやろ?」とでも言いたげな様子で燃える右靴を脱ぎながら、激しく美しいバトルを演じてくれた石井と抱き合ったのだった。

その動画は前後編に分けられて太田と石井のZpostにそれぞれアップされ、微妙な有名人数名に拡散されたことで、二人ともがぎりぎり時間内にフォロワー十万人を達成した。そしてピアノを弾いていた学生も、バトル以外に数曲のクラシック曲をアップし、十万人を達成したのだった。銀のトロフィーを受け取った太田がビルを出て駅に向かって歩き始めた時、ビルから複数の爆発音が聞こえた。おそらく相当数の学生たちの首が館内に転がっているのだろう。こんなことが正しいとは思えない。しかし、人間は本質的に、こうした勝負を避けることができないのだ。この就活に本気で参加したからには、そしてここまで勝ち進んだからには、もう途中退場はしない。死んでいった学生の分まで戦う、などという綺麗事を言うつもりはないが、太田はこの戦いを避けてしまえば、自分の今後の生き方にいよいよ誇りを持てなくなるような気がしていた。ここまでの経過から察するにおそらく、Z社の選考に敗れるということは死を意味するのだろう。だが、もう腹をくってやり切ろうと太田は思った。完全に狂った選考だとは思うが、もしかすると、太田はそれまでの人生の中でもっとも自分の生命が輝いているのではないかとも感じていた。もちろん、それが危険な感覚であることも認識しながら。

第六章　グループディスカッション

太田がインターンシップに参加してから三日後、小寺からも「生還した」という知らせが届いた。小寺はボクシングの有名な世界チャンピオンたちのモノマネ動画をアップしまくったらしい。ボクシングスタイルだけではなく各チャンピオンのしゃべり方なども真似ていて、日本人の何人かのものが似ているのはわかったが、色んな国のボクサーの英語やらスペイン語やらまで再現していて、太田にはよくわからなかった。しかし海外の人たちによくウケていて、あの神崎のエロい動画を拡散していたのと同じ五階級チャンピオン・ダグラス・ラウリーが拡散したことで十万フォロワーを達成したようだ。

それにしても、と太田は思った。いくらなんでも一日でZpostの十万フォロワーを達成するというのは、普通に考えれば無理な話だ。レディー・ビビやダグラス・ラウリーなど有名人の拡散がなければ、それほど簡単にはいかない。よく考えてみれば、合説にレディー・ビビを呼んでいたぐらいだから、Z社が有名人たちにこの選考がある日を伝えておき、ある程度クオリティの高い動画を拡散してくれと依頼していたのではないだろうか? 実際のところはわからないが、内情はどうあれ、太田のアカウントにフォロワーが十万人ついたことは間違いない。太田はこのアカウントをうまく使ってマネタイズすることができれば、この血で血を洗う就活を降りることができるのではないかと考えた。試しにテキストモードで軽く大喜利のようなことをつぶやいてみるが、まったくの無風である。自分には大喜利の才能がないのかもしれない。ならばと動画でゲジゲジ拳の型を撮影してアップしてみたが、それもほとんど視聴されなかった。十万人はどこいっちゃったの? と言いたくなったが、確かにあのファイヤーバトルを超えるものを一人で作ることは難しい。そうして動画のネタを考えている時間は苦痛だった。そもそも目立ちたがりではないし、長年人気が続いているZposterなんて稀だ。唯一思いついたのは大学受験のための講義を作って配信するという番組だが、そんなものはすでに有名な予備校講師や学歴系Zposterや高学歴芸人などが聞きやすくわかりやすい動画を無数に作っている。今からただの一般人がそんなレッドオーシャンに飛び込んだところでまず勝ち目はないだろう。

太田はため息をつきながら部屋に転がっている銀のトロフィーを拾い上げる。その台座の裏側にあるQRコードをスマホで読み込み、Z社のサイトを立ち上げる。そこにはこれまでと変わらない簡素な文字で〈グループディスカッションのお知らせ〉と書かれている。そして例によって、集合場所と日時しか書かれていない。太田はZ社の選考と並行して他のいくつかの会社にもエントリーシートを出していたが、すべて「お祈りメール」、不採用通知を食らっていた。おそらくつまらない経験だけで無理矢理作ったハリボテのような自己PRと、誰でも言えるような通り一遍の志望動機のせいだろうが、太田にはそこにオリジナリティを加える方法がなかなか見えなかった。ゲジゲジ拳の話は多少興味を惹くかもしれないが、九州大学の駒野のことを考えると、やはりエントリーシートや面接のネタとして使いたくはない。なぜか最難関のはずのZ社の選考のみ進んでいくというのは不思議な気がしたが、思い返してみれば、Z社は合同説明会の時からずっと志望動機や自己PRをこちらに聞いてくることがなかった。もしかすると、Z社はもはや学生が用意して磨き上げてくるような話を聞くつもりがないのかもしれない。そしてそのことが、通常の就活の準備ができていない太田にはプラスに働いているのかもしれない。OB訪問で出会った真島もそんなことを言っていた気がする。だが、Z社の選考に適応することは決して良いことではない、と太田は思っていた。Z社が欲している能力というものが何なのか、太田にはもうだいたいわかるような気がしていた。

グループディスカッションは二週間後、京都の四条烏丸《しじょうからすま》にある、異様な数のソーラーパネルに覆われたZ社所有のビルで行われるらしい。一般的には、グループディスカッションは司会や書記などの役割を決めてあるテーマについて話し合い、結論をまとめて発表する、という形式のものが多いだろう。その中でリーダーシップなり協調性なりを評価されることになるはずだが、テーマの予測がつかないので対策は難しい。

太田は一応キャリアサポートセンターで行われているグループディスカッションの練習に参加しておこうかとも考えたが、すでに一か月以上先まで予約で埋まっていた。自力で練習しようにも、そんなにたくさんの友達はいなかった。太田はとりあえず大学生協で、『心を強く持て!』というあの有名MMA団体の五階級チャンピオン、ダグラス・ラウリーのベストセラー本を買って読んだ。その中で、打撃を得意とするダグラス・ラウリーが当時世界最強の寝業師と言われていたマヌエル・パベスとのタイトルマッチに臨む際、「とにかく先手を必ず取ると決めていた」ということが明かされていた。「右ボディからの左ストレートで試合を始める。俺はセコンドにもそう伝えていた。『もし、俺が第一ラウンドの始めに右ボディを打たなかったら、それはビビってるってことだ。檄を飛ばして励ましてくれ』……」結果的にダグラス・ラウリーは見事に先手を取り、そこで試合をかなりの部分決定づけた。良くも悪くも人に影響されやすい太田は、それを読んで「よし、グループディスカッションでは絶対に先手を取るぞ」と決意した。そもそも自分の場合は普通にしていると自然にモブキャラになってしまうので、イチかバチかで司会や発表者に立候補した方が勝率も高まるだろう。何らかの目立つ役割を狙うということだけは決めておこう、当日は絶対にビビらず手を挙げるぞ……

グループディスカッションの日はすぐにやってきた。二週間、太田が何をやったかといえば、人気があると聞いて買った『東大生が書いた 議論する力を鍛えるディスカッションノート』という本をダラダラ読んだ以外には、手をすばやく挙げる練習を繰り返しただけだった。だが、挙手もまたゲジゲジ真拳仕込みの動きだったので、手を挙げるスピードだけならば誰にも負けないレベルに達したと太田自身感じていた。

四条烏丸のソーラーパネルだらけのビルは、周囲のビルに比べて異彩を放っていた。Z社は当初ソーラー事業を大々的に展開しており、それが世界的にヒットしたことをきっかけに急成長した会社である。そこから絶対的リーダーを決めない、カラーをひとつに決めない組織作りに力を入れ、熱意ある社員がチャレンジングな部門を次々に立ち上げていった結果、不動産や広告やメディア、そして自動車やIT産業へと進出していき、世界的な事業家やアラブのオイルダラーも株主に名を連ねるようになり、今やあらゆる分野の長として君臨している。いわば、この四条烏丸のビルはZ社の出発点とも言える場所なのだ。入り口には創業者の肖像画が飾られているという噂もあったが、太田がビルに入るとそこには創業者ではなく滝川シンジの、宗教画じみた肖像が飾られていた。入ってすぐの場所にある案内板には〈選考会場は二十七階です〉と書かれた紙が綺麗に貼り付けてある。

「おう」

後ろから声をかけられて振り返ると、そこには小寺の姿があった。

「何やねんあの肖像画、なんか気色悪いな」

「あいつ社長とか会長ちゃうやんな？」

「単なる人事の管理職やと思うけど、まあZ社といえば滝川ってイメージにはなってるな。もう目立ったもん勝ちの社会になってるから、けっこうな権力持ってるんかもしれんで。あのZposterの試験も滝川が考えたんちゃう？」

「なんかさあ、つくづくしょうもない社会よな。とにかく極端なことして目立って、それが金になったり地位になったりして勝てる社会って。貧しいと思わん？」

「確かにな。でも、この状況を今から変えていくのは相当難しいで。たぶん個人の意志とかのレベルじゃなくて、歴史の偶然みたいなもんでしか変わっていかへんのちゃうかな」

「そんなもんかなあ」

二人は話しながら長い通路を歩いて行き、両側に十機ほどのエレベーターのある広い空間でエレベーターを待っていた。すると一人、猫背の男がニヤニヤと気味の悪い笑顔を浮かべながら寄ってきて、「あっ、こんにちはです」と挨拶してきた。

「あ、こんにちは」

「どうも」

太田と小寺がやや戸惑いながら挨拶を返すと、その瞬間、「お二人は大学ってどちらですか？」と聞いてきた。太田が「あ、きょ……」と答えるより先に、小寺が「ハァ？　お前から先言えや」と半ギレで言った。確かに、初対面の人間にいきなり大学を聞いてくるなんて失礼な男だ。

「あ、すみません、そんなに気に障っちゃいました？　おいらは中央大学文学部の西村といいます。フフッ、そっちの人、なんか言うのが恥ずかしい大学とかなんですか？」

「別に恥ずかしくないわい！　同志社の小寺や！　お前な、初対面の相手にいきなり大学聞いてくる奴があるか？」

「でも、就職活動なんていつも大学名ぶら下げてやってるようなもんじゃないですか。どうせお互い会うのも一回こっきりだし、名前と顔だけじゃ覚えられないんで、追加情報として大学を聞いたまでなんですけどね」

「別にいちいち覚える必要ないやろ！」

「でも、今日はグループディスカッションですから。もし同じグループになった時に相手を覚えていた方がやりやすいかなと思って。おいら、何かおかしなこと言ってますかね？」

「知らん！　とりあえずお前とは同じグループになりたくないわ」

その時チーンと音が鳴って、エレベーターが到着した。三人で乗り込み、二十七階に着くまでの間の沈黙が重く、耐えきれなくなった太田は「あの、僕は太田と言います、京都大学です」と西村に言った。

「あ、そうなんすね。もう自己紹介のくだりは終わったのかと思ってました。やっぱり京都大学の人って、学歴言いたくてムズムズしちゃうもんなんすか？」

「はぁ？　別にムズムズして言うたんちゃうわ！　静かで気まずいなと思っただけや！」

「はあ、いろんな人がいるんすね。おいら沈黙とか全然気にならないタイプなんで」

太田がかつて立ち読みしたアンガーマネジメントの本に従って六秒間の間を取っているうちに、エレベーターは二十七階に着いた。

案内板の矢印にしたがって歩いていくと三つのドアがあり、そこに「A」「B」「C」と描かれた大きな札が貼られている。その手前に受付役らしき男性――OB訪問の時にもいたような黒服の男――が立っていて、太田が名を名乗ると名簿を確認しながら「A3」の札を渡し、同じアルファベットの部屋に入るように指示をした。続く小寺は「B2」の札を受け取り、そこで別れることとなった。太田は小寺と同じグループで潰し合いになることを恐れていたので、少しほっとしながらAの部屋に入った。

部屋はそこそこ広かったが、中央にぽつんと高価そうな正方形のテーブルが置かれていて、席に「A1」から「A4」までのカードが置かれている。太田がテーブルのA3の席につくと、すでに向かい側のA1席に着席していたのは青学のエロ美女・神崎だった。今日も選考だというのに胸がこぼれそうな派手なドレスで参戦しており、太田に気づくとニコリと笑って小さく手を振ってくれる。太田はそれだけでビビってしまい「あ、ども……」と首をすくめるような卑屈っぽい挨拶を返してしまう。後からすぐに中央大の西村が左側のA2に座り、それからほどなくして右側のA4にもう一人の男が座った。その男はゲジゲジ真拳の修行で一緒だった明治の丹羽だった。やはり気合いの入り方が違ったあの男、ここまで来たか……

指定時間になると、部屋の前方にあるスクリーンに資料らしきものを持った一人の男が映し出された。見るたびにうんざりするが、やはりまた滝川シンジである。

「えー、みなさんこんにちは、人事の滝川です。今日はグループディスカッションということで、ここまでたどり着かれたみなさんが非常に優秀だということはもう疑いようがありません。我々としてもみなさん全員を採用したい思いなのですが、やはりそこは定員というものがございます。今日悔しい思いをする方もおられると思いますが、何とかご理解いただきたいと思います。さて、今日はグループディスカッションということでですね、みなさんに話し合っていただきたいテーマはこちらです」

滝川がそう言うと、画面に文字が大きく表示された。

〈初期ＡＫＢ48でもっとも偉大だったのは誰か？〉

それを見た瞬間、太田は心の中で頭を抱えた。ＡＫＢ48といえば今も続いているグループだが、初期となると数十年前である。ただその時代を回顧する番組や本も出ており、なんとなくの雰囲気だけは知っていた。まずかつてはＡＫＢ総選挙というものが存在して盛り上がっており、そこでトップを取った人間——前田敦子、大島優子、指原莉乃、渡辺麻友、松井珠理奈——を中心に考えるのが筋というものだろうが、そんな普通の答えを出していては理屈が単純すぎる。

「というわけで、みなさんの間でそれぞれの役割を決めてテーマについて話し合い、最後にそれを発表してください。その様子を我々が評価させてもらいます。討論の時間は三十分。では、スタート！」

太田はその言葉と同時に、練習していた通りにすばやく手を挙げ、「京都大学の太田です。司会をやってもいいですか？」と聞いた。太田は心臓がバクバク鳴っているのを感じたが、ここは予定通り積極的にいくしかない。それに少し遅れてしまったというような顔で、丹羽が「明治大学の丹羽です。では、僕は書記をやりたいと思います」と言った。

するとと中央の西村が「いや、司会とか書記とか逃げでしょ」とニヤついた。

「こんなの完全に主観の問題なんで、本来は討論しても仕方ないことじゃないですか。斬新な意見を出すのも難しいですよね。太田さんや丹羽さんはそうやって役割を早々に確保して、何かやってる風に見せたいだけなんじゃないですか？」

太田は思わずカッとなったが、こんなところで熱くなってしまっては落選確定、西村の思う壺である。それに、確かに「何かやってる風」に見せたいという思いがあったことは間違いなかった。

「あ、すみません……一応、司会がいた方がいいかなと思ったので、早く役割を決めて討論に入ろうと思って焦ってしまいました」

太田が頭を下げると、青学の神崎が「いいじゃん、別に司会も書記も二人にやってもらったら」と言った。

「別に私たちの中で誰か一人しか通らないって決まってるわけじゃないでしょ？　グループディスカッションってさ。司会や書記がいるのは自然なことだし、やってもらったらいいと思う。みんなで合格するつもりで行こうよ」

神崎の発言に、西村は「ま、おいらはどっちでもいいですけどね。みんなが合格ってのは現実味がないと思いますけど」と半ば折れたようだった。太田は神崎が味方についてくれたようにも感じたが、それが単なる協調性のアピールである可能性も排除できない。就活とはなんと悲しいイベントなのだろうか、人を信じることをあらかじめ封殺されているような、何とも言えない嫌な感じがつねに胸に張り付いている。だが、ここで相手の内心を勘ぐっても仕方がない。とにかく司会として討論を成立させなければならない。

「それでは、ええと、三分ほどですね、それぞれ『初期AKB48でもっとも偉大だったのは誰か』について考えてもらって、その後理由と一緒に順に発表していってもらうということでどうでしょう?」

すると三人は「とりあえずそれでいいんじゃない?」「ま、おいらは何でもいいっす、こんなの討論自体が無駄なんで」「僕もそれでいいと思います」と口々に言った。

三分間のシンキングタイム、太田はとりあえず最有力なのは「前田敦子」であろうと思ったが、ここでストレートに前田敦子と答えることには抵抗があった。「大島優子」「指原莉乃」もまっすぐすぎるし、あるいは初代総監督を務めリーダーシップを発揮していたらしい「高橋みなみ」という線も考えたが、それもまたありきたりだ。かと言って、他のメンバーで理由を付けて推せるほど詳しく知っている人物はいなかった。太田はとりあえず数パターンの回答を考えておき、司会としてみんなを順に当てていって出てきた名前によって答えを変えようと考えた。

「はい、三分がたちました。それでは、丹羽さんから半時計回りにいきましょうか」

太田がそう言うと、丹羽は特に反抗することもなく「僕は指原莉乃だと思います」とハキハキ答えた。

「やはり総選挙で一位になった回数が最多の四回であるということ、負け犬キャラからのし上がったストーリー性、そしてその後のバラエティでの安定した活躍を見れば、ＡＫＢ48が残した最大の傑物は指原ということになるのではないでしょうか」

すると神崎がすぐに「私はゆきりん、柏木由紀かな」と言う。丹羽が立ち上がり、ホワイトボードに文字を書き始める。

「ゆきりんは総選挙の一位こそないものの、その後のＡＫＢ48を一番長く支えた人物でしょ？　なんていうか、短期間の爆発力を持ってる人って意外に多いんだけど、難しいのはそれを持続させることだと思うのね。指原は確かにテレビには出続けたけど、それは途中でＡＫＢを卒業した上で出てたわけで、ゆきりんみたいな、自らが選んだアイドルの舞台でプレイヤーとして長くやっていた存在にこそ、私は凄みがあると思うな」

「ありがとうございます、では西村さんはどうでしょうか」

「まあどうでもいいっすけど、選ぶとしたら前田敦子っすね。みんな無理矢理前田敦子を外そうとしてませんか？　ど真ん中にＰＫ蹴るのが怖いみたいな」

「理由はどうでしょう？」

「前田敦子がいなかったら、たぶん初期ＡＫＢが作っていた物語性とか、オジサン世代への訴求力っていうのは絶対ありませんでしたよ。彼女は優等生ではなくて、つねに毀誉褒貶に晒されていた。そこに面白みを感じてファンやアンチが大量に生まれて、その激しい争いが熱狂の渦を大きくしていったんじゃないかなと、おいらは思いますけどね。太田さんはどうすか？」

太田は少しだけ考え、「僕は大島優子です」と答えた。

「やっぱり初期の盛り上がりというのは前田敦子と大島優子の二人が引っ張って作ったものだと思うんですが、前田敦子に比べてあらゆる点で安定していてアンチも少なかったのが大島優子だと思うんです。アンチがいることこそスターの証だという意見もあるかと思いますが、前田敦子のワントップだったらＡＫＢのグループとしての基盤は決して安定しなかった。そこにライバル関係を持ち込んで盛り上げながら、グループを全体として成り立たせていたのが大島優子ではないでしょうか」

「いやいや、それはないっすね」

太田の発言後、西村はすぐに言った。

「因果関係が逆なんじゃないっすか？　前田敦子というのが最初の絶対的エースだったわけで、そのエースが何かファンを惹きつけるような不安定性を持っていた、その反面として大量のアンチも生み出してしまっていた、そのアンチの受け皿として機能していたのが、いわゆる『優等生』の大島優子でしょ？　つまり、大島優子は前田敦子のアンチが、前田敦子を倒せる人間として選んだことによって輝きを増していったように見えた、というだけで、前田敦子がいなければあの時代の彼女の存在感はかなり希薄なものになっていたんじゃないかと思いますよ。それにＡＫＢ総選挙というイベントが生まれてＡＫＢ人気は国民的なものになっていったと認識してますけど、そもそもなぜ総選挙が行われたかというと、運営が勝手に前田敦子をセンターに選んでいる、他の選抜メンバーもそうだ、自分の推しが入っていないのはおかしい、と怒ったファンというのかアンチというのか、そういう人たちがクレームを入れまくったせいで運営の業務がパンクした、というのがきっかけなんすよ。そして、その動きの中心にいたのはやはり最大のアンチを抱える前田敦子です。つまり、前田敦子が総選挙を作り、その後の歴史の始まりとなったわけです。これはすべてを自分たちで決めていた独裁政権が、選挙を行う民主主義政権になった流れに似てますよね。前田敦子は、ひとつの小さな国の歴史の礎《いしずえ》となっていたわけです。でも、その時の彼女はまだ二十歳ぐらいでしょう？　そんな一人の女の子に異常な数の誹謗中傷が飛んでいたわけで、普通なら心が壊れてしまってもおかしくない。いや、壊れてたのかもしれないんですけど、今じゃリアリティショーなんかで自殺者が大量に出ていますから、そんなことも考え合わせると、最悪の事態になっていてもおかしくなかった。総選挙は第一回の覇者が前田敦子、第二回が大島優子、第三回が前田敦子ですよね？ その第三回の総選挙で、あの有名な『私のことは嫌いでも、ＡＫＢのことは嫌いにならないでください』という言葉が出たんですが、これは並の人間に言える言葉ではない、ということはわかるでしょう。事実、この言葉はメディアでも大きな話題になって、多くの人間の知るところとなりました。ある場面ではまだ若い女の子がなぜこんなことを言わなければならないのか、あるいはなぜこんな高邁なことが言えるのかと大人たちを震撼させ、ある場面ではひたすらコメディのネタのように消化された。おいらとしては、彼女はその言葉によって完全にＡＫＢという王国の主たる資格を得たと理解してますね。はっきり言って、前田敦子がいなければＡＫＢというものは他の有象無象のアイドルと変わらない、少しだけ表に出ては消えていくだけの小さな現象にしかならなかったでしょう。でも、あの時代には総選挙がテレビで報じられて、中年男性はもちろんのこと、子供から大人までかなりの割合の人がＡＫＢを知っていて、中にはそれを真剣に宗教と並べて論じる人や、政治システムへの応用可能性を指摘する人まで現れました。当時、ＡＫＢの総選挙が野球の日本シリーズに匹敵する国民的イベントになっていくと予測した人もいたほどです。もちろん現在もAKBの存在は続いているのですが、総選挙が始まった初期の頃のような熱気はありません。一時の熱狂が大の大人の、それも学者のようなインテリ層の頭を狂わせたんですよ。そして前田敦子こそがその渦の中心で、彼女がいなければこの熱狂はなかった。大島優子も指原莉乃も柏木由紀も有力メンバーではありましたが、一時代の熱狂を生み出す中心になれる存在ではなかった。それがおいらの感想です」

西村が長々と自説をまくし立てたが、太田はその話に思わず聞き入っている自分に気づいた。なんとなく、この男の話はずっと聞いていられる……人格はいけすかないが、そう思わざるをえなかった。太田が何らかの反論を考えようと思っていると、神崎が「でも、前田敦子はすぐに卒業した」と指摘した。

「前田敦子は最初期からいたけど、第四回の総選挙からは出てないでしょ？　さっきも言ったけど、私はアイドルとして短期間爆発するっていうのは、思われてるほど難しいことじゃないと思ってる。確かに誰でもそうなれるわけじゃない、いくらプロデュース側が仕掛けてもうまくいかないことの方が多いのもわかってる。でも、私は前田敦子はいい感じのところでアイドルを卒業して、女優業にシフトチェンジして、そこから結婚して子育てしてっていう、離婚はしたかもしれないけど、正しそうな道にスッと戻っていったんだと思う。アイドルって、やっぱりずっとやっていくのはキツいって誰でも思うはずなんだよね。私も大学でアイドルの真似事してるからわかるんだけど、見た目なんてどんどん劣化していくし、どこかで道を変えなきゃいけないって時点があるはずなんだよ。でも、それを一番ギリギリまでやり遂げることができたのはゆきりんだと私は思うんだよね。そしてそうなったのは、アイドルとしての才能と努力の総量が一番大きかったからだと思う。スタイルも良くてグラビアに出たことも多かったし、握手会があった頃の対応もすごくよくて、パフォーマンスをすれば見る人を一瞬で魅了してしまう、細かなところまで行き届いたアイドル性を見せてくれる、私はリアルタイムで見たわけじゃないけど、実はAKBの中でソロでやっていく能力を一番持っていたのは、ゆきりんだったと思ってるんだよね。そして結局、ソロでもやれたはずのゆきりんがアイドルグループの一員としても一番長く活躍することができたってことなんじゃないかな」

「うーん、おいらは長さよりも爆発力が大事だと思いますけどねえ。もちろん、そこも正直討論しても仕方ないところではあるんすよ。アイドルは所詮期間限定の商売で、四十とか五十とか過ぎてやっていくのは苦しい面がある。ゆきりんだって長いといっても四十まででやったりしたわけじゃないでしょ？　男性は形を変えながらもアイドルを冠したまま何となくいけちゃったりしますけど、女性は正直厳しい。おいらはこの状況というか、あからさまな性差もどうかと思うんすけど、現実としてそれはずっと変わってないですよね。そういう中で、つまり長いといっても短い期間しか活躍できない中で、重視すべきは爆発力の方だとおいらは思っちゃいますけどね」

その時、ホワイトボードに字を書きまくっていた丹羽がペンを置いて語り出した。

「あの、神崎さんの言うように、柏木由紀が立派だという点には僕も同意します。彼女は二〇二四年に卒業するまで十七年もAKBに所属して、歌って踊り続けたわけですから、それはすごいことです。でも、たとえば前田敦子や大島優子が女優に転身したり、指原莉乃がバラエティタレントとして活路を見いだしたりして、アイドル以後の自分を模索して変化していったことも、同様に立派なことだと思うんですね。人間は変化していくことを恐れがちで、西村さんの言う通りアイドルはもともと寿命が短いってこともみんな何となく理解している、そんな中で、アイドル後の人生を真剣に考えて、自分の行くべき道を行ったということに、僕はそれほど批判的なスタンスは取れません。人間は変わっていかざるをえない、でも変わった後の人間の中には、そこまで歩んできた過去が必ず年輪を残している。僕たちだって、今はまだ若くて元気で勢いがあって、しかもまだ社会人でもないわけです。そんな状態で三十代や四十代のリアルな気持ちは正直わからないじゃないですか。でも少しずつ歳を取って、今のままじゃいけないという段階が来るというのは確かだと思うんです。そうした時に、過去にとらわれてそのままの道を突き進むというのは、逆に安易だと捉えることもできるんじゃないでしょうか」

「うーん、私はそうは思わない。なんていうのかな、基本的にダサいんだよね、みんな方向転換の仕方が。アイドルで保たなくなったから、保たなくなりそうだから次の段階に逃げてる感じがする。昔尖ってたみたいなヤンキーも似たようなもんだと思うんだけど、田舎のヤンキーなんて結局結婚して子供ができて丸くなって、昔のヤンチャな話が出たら『その話はやめろよ』なんて嬉しい顔で困ってるフリするじゃない？　とりあえずさ、あいうやつらには一回謝ってほしいんだよね。尖りたい時期にそのあおりを受けた周りの人たちに。尖ってた時期に傷つけられた人が必ずいるわけだからさ、だって誰も傷つけない尖りなんてないからね、だから子供とかパートナーの写真を待ち受けにしたりZpostにアップしたりしたいなら、昔傷つけた相手全員に土下座でもして、私は心を入れ替えました、あの時はすみませんでしたって言って、許しを得てからにしないとダメでしょ」

クックック、と西村が楽しそうに笑った。太田も丹羽も気づけば笑っていた。言われてみれば、太田もヤンキーにいじめに近いような扱いを受けたことがあった。私立高校に行ってからそいつらと会うことはなくなったが、ヤンキーどもの多くは地元でまだ仲良くしていて、ＢＢＱやフットサルの写真が時折アップされているし、人生の歩みの速い者は確かに子供の写真をアップしている。奴らが更生したのかどうかはわからないが、家族を持って幸せになるというなら、それまで無下にして幸福な時間を奪い取ってきた「弱者」たちに謝罪するか、あるいは徹底的に復讐される覚悟を持ってそうしなければならない。太田が議論をまとめに入る。

「ええと、どうでしょうか。私ももっとも長く、あの少女性を押し出したところから始まったAKBでアイドルを続けたという点で、このテーマの答えを柏木由紀さんにしてもいいかと思うのですが、いかがでしょう?」

「はい、異議ありません」

「おいらもいいっすよ。別に誰を選んだところで正解とかないんで」

「では、神崎さんの意見を採用して、チームとしての回答を『柏木由紀』としたいと思います。活発な討論をありがとうございました。もう時間ですが、発表はどうしましょうか? 発表したいという方はいらっしゃるでしょうか?」

太田がそう言ったが、誰も手を挙げようとはしなかった。すると中央の西村が、「おいら、このテーマの発表は神崎さんがふさわしいと思いますね」と言った。司会も書記もやっていない神崎か西村が発表を担当する流れだとは思ったが、西村の方が目立ちに来るかと思っていたので、太田は意外に感じた。

「はっきり言って、おいらも発表しないとこのグループディスカッション内容ではヤバイかなとは思ってるんですよ。でも、おいらは柏木由紀についてそんなに熱量を持って話せないですから。ここは神崎さんが出た方が、絶対良い発表になると思います」

「いいの？　あんたほんとにここで発表者取らなくて」

神崎がそう言うと、西村は「別においらでもいいんですけど。もしかして神崎さん、発表苦手なタイプですか？」と煽るように言った。しかし、それが優しさからの発言であることは全員にすぐに伝わった。

発表の時間になると、神崎はモニターに向かい、柏木由紀について熱弁をふるった。太田は、客観的に見てすばらしい発表だったと思った。準備時間はほとんどなかったが、まるでもう何十回とした話をするかのように滔々《とうとう》と、しかしはじめて話すかのように臨場感を持って、神崎は柏木由紀の魅力を余すことなく伝え切り、グループとしての発表をやり遂げた。その姿を見て太田は感動したが、選考として考えた場合、自分が神崎にやられたことは間違いないと思った。司会を務めはしたが、はっきり言って大して目立つことはできなかった。だが、それは神崎以外の他のメンバーにも言えることだ。

発表が終わってしばらくは待ち時間だった。かと言って雑談をするような雰囲気でもない。太田はメンバーに少しばかり絆を感じてはいたが、下手に雑談をしてその内容で落とされてはかなわないと考えていた。しかし西村だけは「うーん、ひまっすね」などと言いながら、持ってきたノートパソコンを勝手に出していじっている。

しばらくたつと、また前のモニターに滝川シンジが現れた。

「みなさん、大変お疲れ様でした。どのグループも大変有意義な議論をしておられたと思います。さて、少々お待たせしてしまいましたが、本日のグループディスカッションの結果をこのまま発表させていただきます」

太田は驚いて周りのメンバーを見た。神崎や丹羽は少なからず驚いているようだったが、西村だけは表情を変えなかった。前のモニターが他の二部屋の映像に切り替わり、滝川は声だけの存在となる。

「では一斉に、結果をご覧ください！」

その瞬間、モニターに映っている各部屋の、三名ずつの椅子の下の床が大きな音を立てて抜けた。落下していく学生たちの叫び声が部屋にしがみつくかのように響き渡る。その瞬間、太田と丹羽の二人が席をすばやく立って部屋の隅に寄った。モニターでBの部屋を確認すると、そこには小寺の姿が残っている。太田はそれを見て安心しながら、しかしどの椅子も落下しない自分の部屋のことを不思議に思っていた。おそらく一人抜けるとすれば神崎だが、自分も丹羽も西村も残ったままだ。時間差をつけて落とすつもりだったものの、自分と丹羽が席を離れたので予定が狂ったのかとも考えたが、他の部屋の様子を見た学生がこうして落下を回避する行動を取ることは意外でも何でもないはずだ。その時モニターが切り替わり、笑顔の中に苛立ちをにじませた滝川シンジの姿が映った。

「どうやら、あなたたちの中に妙な真似をした方がいらっしゃるようですね」

太田はその意味がわからず部屋のメンバーたちを見る。丹羽も神崎もよくわかっていないようだ。そんな中で、西村が手を頭の後ろで組みながら口を開いた。

「椅子をいきなり落下させる方がよっぽど妙だと思いますけどねえ」

「ほう、あなたでしたか。我が社のシステムをハッキングしましたね？」

「はい。もうちょっとちゃんと作った方がいいですよ。とりあえずシステム部門は何とかした方がいいです。はっきり言って、下手に人間に触らせるよりＡＩにプログラミングさせた方がましですね」

「ご忠告ありがとうございます。その言葉は本社に伝えておきましょう。しかし、あなたはルールを破りました。残念ですが、ここで落選ということになりますね」

「そのルールがどんなものか知らないんですけど、どこかに書いてありました？　こっちとしては、不採用になったら椅子ごとどこかに落とされるなんてことも聞いてないし、そっちの方が常識的に考えると『ルール違反』になると思うんですけどね。大体、これまでの選考もずいぶんアンフェアだったように思うんで、おいらもちょっとだけ好きにやらせてもらいました。落としたければどうぞ」

西村はモニターの滝川に向かってそう言い、ニヤリと笑った。滝川はモニターごしに西村をじっと見た。睨みつけるのとも違う、何か西村の奥の奥を見通そうとするような、どこに焦点が合っているのかわからない不思議な視線、そしておぞましさを感じる視線だった。それだけで、並ではない修羅場をいくつもくぐってきた人間だということが、太田には強く感じられた。太田は思わず目を逸らしてしまい、丹羽や神崎も同様の恐怖を感じ取っているのか、精神的にやや及び腰になっているのが見て取れた。しかし、当の西村は相変わらず細い目でニヤニヤしたままである。少したって滝川は元の表情に戻り、「いいでしょう、今回は我々の方に不備があったと言わざるをえません。一介の、と言っては失礼かもしれませんが、大学生にたやすく操作されてしまうシステムの脆弱性は、我が社の新たな課題として本部に報告しておきます。では、本日の選考はここまでです。気をつけてお帰りください」

瀧川がそう言うと画面が黒くなり、そこにQRコードが浮かび上がった。太田と丹羽と神崎はそれにスマホを向けて新たなページを開くが、西村はQRコードにも興味がない様子で、そのまま席を立って帰ろうとした。

「あんた、どうするつもりなの？」

神崎が聞くと、西村は「まだわかりません。なんか完全に興味なくなっちゃいましたね」と、あっけらかんとした調子で言った。

「これまでの選考の中でも、Z社のやり方について疑問が膨らんでいってはいたので。言ってみれば、学生を駒としてしか見ていないことが明らかなわけじゃないですか？　もちろんそれが単純に悪だなんてヌルい理想主義者みたいなことを言ってるわけじゃないですよ。この終わりなき資本主義社会において、この程度の選考を勝ち抜けない学生というのは、おそらくZ社の論理では『金にならない社員』とイコールなんでしょう。採用には莫大な金がかかりますから、会社は確実にリターンをもたらす学生を採用しなければならない。それは理屈としてわかりますし、おいらが経営者だったとしたら同じような思想を持つかもしれません。ただ、それをあからさまに打ち出すか、ちゃんと表向きには隠しておくかというところに、おいらは実は大きな違いを感じるんです」

「うーん、まあ組織の中で人間が駒になってしまう、というのはどうしても避けがたいことだと思いますし、経営者の観点からすれば仕方のないことなのかなと思いますけどね。それはたとえばもっと大きな組織、国家単位で考えてもやはり僕たちは統計の数字に還元されてしまう、つまり駒でしかありえないわけです。身の回りを家族や友人といった、自分を無二のものとして認めてくれる人たちで少しずつ固めていきながら、一歩そこから出てしまえば駒にすぎないという残酷な事実を引き受けた上で、駒としてどう独自性を出していくかっていうところを考えていく、それが社会人として生きるということなのかなと思います。社員が駒であるということを隠すか隠さないか、というところには、あんまり本質的な違いを感じないですけどね」

丹羽が西村に向かってそう言った。まるでグループディスカッションの続きでもやっているかのようだ。まさか、これもまだ選考の続きなのか？　と太田は疑ったが、周囲を見渡してもそうした様子はない。

「うーん、何て言いますかね……おいらは経営者じゃないんで、今のところ企業側の出してくる論理に心底納得することはできないんですよ。やっぱり会社っていうのは、いくらいろんな綺麗事をくっつけたとしても、結局は営利を追求することを目的とした組織に他なりません。会社において最優先されることは営利です。それは今の社会システムにおいては仕方のないことです。絶対につぶれないようにすること、そのために客から金を取る方法を考えること、それが会社の原理であって、その他の原理は本質的ではない。それを、Z社はこうして採用段階からあからさまな形で見せてきている。おいらもZ社のネームバリューや給料に釣られてこうして選考を受けてきたわけですが、やっぱりここまで来て、自分にここは合わないと確信しました。おいらは他にもいくつかの会社を受けていますが、Z社のようにいきなり本質をぶつけてくるのではなく、綺麗事を並べ立てて本質を覆い隠す会社の方が圧倒的に多いです。おいらは元々それを馬鹿にしていたんですが、正直なところ、綺麗事の大切さっていうのをだんだん感じるようになってきたんですよ。なんでもかんでも、本当のことをスパッと言ってしまう、表面に出してしまうということの色気のなさとでも言うんですかね。たとえばですけど、僕たちが何らかのドラマを観るとして、それはストーリーの筋とか結末だけを知るために観るわけじゃないでしょう。そこにある役者の肉体や演出、細かなセリフの言い回しなんかで、ドラマが名作になるか駄作になるかは大きく変わる。むしろ、その肉付けの方が重要なんじゃないか。それは本質という骨格への肉付けなんですけど、ドラマが進んでいくうちに、骨格より肉付けのほうが本質に転じている、ということが自然にあるとおいらは思ってるんですよね。つまり会社でも同じことで、本質を隠すための綺麗事がだんだんと本質の方へと侵食していって、いつの間にか少しずつ入れ替わっていく、という風なことが起こるんじゃないかと思うようになったってことです。おいらが他の会社に入るのか、はたまた一人で何かやるのかは、まだ決めていません。でもとにかく、今日をもってZ社の選考からは降りようと思います。まあ、今日のグループディスカッションはおかげさまでこれまでの選考より楽しかったですよ。

では、みなさんのご健闘を祈ります」

西村はそう言ってひとりで部屋を出て行こうとした。何か罠が仕掛けられている可能性もあると思った太田は「おい！」と声をかけたが、西村は振り返らないまま右手を軽く振り、そのまま出て行った。どうやら何も起こっていないようだ。あるいは、他に張り巡らされた罠すらも西村が解除してしまったのだろうか？　太田は神崎や丹羽と顔を見合わせ、そのままビルを出た。すると、そこに小寺が待っていた。

「あれ？　お前らのグループは全員勝ち抜けってことか？」

太田は「うーん、よくわからんけど、たぶん」と煮え切らない答えを返した。小寺の他にもう一人勝ち抜けていたのは女性だったと思うが、どんな学生だったかはよく確認できなかった。もうさっさと帰ってしまったようだ。神崎が「落ちていった人たち、どうなったんだろうね」とぼそりと言ったが、太田が「さあ……」とつぶやいただけで、後には沈黙が続いた。

「では、僕はこれで」

少し経って丹羽が歩き出す。いつもそうなのか、まるで走っているようなスピードだ。次に神崎も「じゃ、また会うことがあったらよろしく。元気でね」と言い残して去っていった。太田は小寺に「そのへんで茶でもしばくか？」と誘われ、二人で少し歩いてチェーンのカフェに入った。二人でブレンドコーヒーを頼んでテーブル席に座る。周りからは様々な年代の人たちの楽しげな会話が聞こえる。小寺はコーヒーを一口飲むと、「引き返すならここやな」と真剣な顔で言った。

「引き返す？」

「Z社の選考。あとどんだけ選考が残ってるんかわからんけど、はっきり言って内定までたどりつけへんかったらヤバイことになるのは目に見えてるやろ？　もう何人もの学生が犠牲になってるわけやし、しかもそれが報道すらされてない。確かにZ社に入ることはものすごい栄誉なんやろうけど、いくらなんでもめちゃくちゃすぎる。俺はもう、他の会社でも悪くないかなと思ってんねん」

「確かに……。でも、ここまで来たっていうのもあるし、そもそも俺、他の会社どこも一次すら通ってないねん」

「京大やのに？」

「京大やのに。せやからある意味、Z社しか可能性がないねん」

「お前ってホンマに変わってるというか、不思議な奴よな。でも、これまでそうやったみたいに、Z社の選考はこの先も多分命がけになるぞ。人生は長いねんし、留年でもして仕切り直すのも手や」

「そうやな……」

「まあお前がどうするかはお前が決めることやけどさ、俺はここまで命があったのが幸運やったと思って、別のルートに切り替えようと思ってる。確かにZ社とそれ以外では給料も社会的地位も全然違うけど、就活でいろいろ考えてるうちにさ、別にトップエリートになることだけが幸福じゃないって本心から思えてきたわ。このカフェだって見てみ？」

そう言われてカフェを見渡すと、若いカップルや子連れの家族、老夫婦や高校生たちが、それぞれに他愛もない話で盛り上がっている。その光景は、大げさでなく「楽園」と呼ぶにふさわしいもののように思えた。本当に楽園というものがあるなら、きっとこんな風に多種多様な人々が同じ空間に存在し、同じ空間を楽しんでいるという漠然とした共通性を持ちながら、「なんとなく」つながっている人たちの集合体になるのではないか、と思った。このカフェという空間単体では不十分かもしれないが、もう少し開かれた、公園や食事処、図書館のような機能を持つ公共施設をうまく作ることができたとしたら、それはどんなものになるだろうか？ 少し考えてみると、それにもっとも近いものは「学校」だったのかもしれない。大学以前の「学校」は今の状況から振り返ってみれば楽園だった。まだ将来の不安に怯えず、なんだかんだ親の加護を受けて、与えられたことをうまくやるだけで評価され、偶然集まったクラスメイトの中で友達ができ、あるいは恋人ができる者もいて——大人から見れば「不自由」だったその世界にこそ、期間限定とはいえ本物の「自由」があったのではないかという気もする。あれはどうして期間限定なのか？　それは親が不自由な社会で戦ってお金を稼ぐことで成り立っているからだ。もちろんそうでない家庭もあったが、普通に学校に通っているものたちの多くは、親の不自由を犠牲にして甘い蜜を吸っていた。あれほどまでに長い自由が終わり、高校生活を終えて社会に出た者もいれば、こうして自分のように大学に入った者もいるわけだが、大学時代というものは——少なくとも自分のような、社会で活躍する自分を想像できないような「社不（社会不適合者）」を自認するものにとっては——ひたひたと迫りくる不自由な社会の足音に怯えながら、自由と不自由のあわいで、如何ともしがたい社会の流れ、そして年齢が要請してくる「責任」の波に溺れそうになりながら過ごす、モラトリアムの見た目を装った地獄のような期間となる。青春のただ中にいる者がそれを青春と感じないように、地獄の中にいる者はそれを地獄と感じない。あるいは感じないよう自己を洗脳している。もしかすると青春の方も同じ事情で、それが期間限定のものであるという意識から逃れるために、それを青春と認めることを脳が拒絶しているのかもしれない。とにかくほぼすべての人間の人生には、「完全な時代」が用意されていない。すべての時代に何かが欠けているのだ。このカフェで楽しい時間を過ごす人たちのように、「完全な時代」をミニチュア化した時間を細切れに作っていく、というのがせいぜいの最適解ということになるだろう。カフェの人々もまた、解像度を上げれば、それぞれに何かが欠けた苦しい時間を過ごしているのかもしれないが……太田が取り留めもなくそんなことを考えていると、小寺が「な？　別にさ、Z社に入らんでもみんな愉快に暮らしてるやん」と言った。

「まあ……確かにな」

「ちょっと俺ら……っていうか俺はさ、就活ガチるあまり視野が狭くなっとったけど、Z社だけが会社じゃないってことをちゃんと認識し直さなあかんのかもしれへんな。これまで負けていった人らにはホンマに申し訳ないけど、今辞退すればこの後のヤバい選考に参加せんで済むやろ。他の会社やったら、ナンボきつい選考っていっても命まで取られることはないわ。俺は商社とか生保とか銀行とかも選考進んでるとこあるし、そっちに本命をシフトしようかと思ってる」

「まあ、そうやなあ。そのほうがええんかもしれん」

「なんか、俺がお前誘ったのにすまんな。俺もZ社がこんなんやとは思ってなくて……」

「いや、俺もお前がおらんかったら就活なんか出遅れたまま何もしてなかったと思うし、全然それは気にせんといてくれ。俺はこれからどうするかちょっと考えるわ」

「おう。ほな、俺この後帝国生命の面接あるから行ってくるわ」

「わかった、俺も出るわ」

カフェを出て面接に向かう小寺を見送り、太田は一人で帰りの電車に乗った。その間、目の前の就活のこと、そしてその先の人生のことを考えた。これまでダラダラ生きてきて、これから死ぬまでにあと何年あるのかわからないが、もしも生きる目的を言えと言われたら、「幸せになること」だと答えるだろう。幸せという曖昧な言葉が何を指すのか、それは人によって異なるだろうし、また同じ人の中でもどんどん変化していくに違いない。それは決して突き詰め切ることのできない性質の問題だから、暫定的な結論を持ってその時どきを進んでいくしかない。電車の中、吊り革につかまっている男に女が抱きついている。男は映画で主演でも務まりそうな、俳優のように整った顔つきで、首にタトゥーが入っているのが見える。身体つきもがっしりとしていて喧嘩も強そうだ。女の方も派手なメイクだが美人なのがわかる。太田は瞬間的にその男に殺意を覚える。こういう奴がそのへんにゴロゴロのさばっていて、自分のようにナヨナヨした人間を苦しめているのだ。太田はその男を殴り倒す自分の姿を想像した。ゲジゲジ拳を少しばかり使える今の自分なら、それも不可能ではないかもしれない。しかしそんなことは現実的にできないし、ルッキズムが表面的には糾弾されながらも決して潰《つい》える気配のない社会において、自分がこの目の前の男を、たとえばこの女の持つ異性の評価指標において上回ることは難しいだろう。太田は改めてこれまで漫然と過ごしてきた人生を振り返ってみて、自分が誰からも必要とされてこなかったということを、異性にとってという小さな面だけでなく、誰かの人生において重要な役割を担う人間だったことはなかったということを強く感じた。だが、自分がそうして何らかの目標を自ら立てることなく、そして本気で誰かの大切な存在になろうともせず過ごしてきたのは、やはりどこかで敗北を恐れていたから、あるいは敗北することがほとんど確実な現実から目を背けていたかったからなのだ。おそらく、自分が就活でそこそこの大企業に入ることに成功したところで、その内部の競争に敗れて出世できず給与も上がらない状況に追い込まれれば、一生この状況を打開することはできないだろう。すなわち今目の前にいる、得体の知れない自信に溢れた男に勝つこともできないということだ。だが、入社時点で将来の約束されたZ社、未来の子孫まで生活が保証されるらしいZ社の社員という称号を得ることができれば、世界は一変するのではないか？　これまでの人生で唯一手にした高い学歴を活かすことができ、そして幸運にもここまで勝ち進むことのできたZ社の選考、そこには命を懸ける価値があるのではないか？　自分にとって幸福とは何かという問いには、簡単に答えることができない。だが、このままうだつの上がらない生活を続けていったところで、幸福が見つかることはないだろう。もちろん、自分の生活を何とか自分で成り立たせることができるだけの金をもらい、それなりの趣味を見つけ、平凡な暮らしの中に幸福を見出す、という道もある。もしかすると、Z社が覇権を握っているこの社会では、多くの人間がそうならざるをえないのかもしれない。しかし、その幸福を本当に感じ取るためには、真の戦いの経験が必要なのではないだろうか？　自分はこれまで戦ってこなかった、あらゆることから逃げ続けてきた。こんな状態のまま平凡な暮らしの中に幸福を見つけるなどと言ってみたところで、ひたすら逃げ続けてきた自分を恥じる気持ちからは逃げられない。その恥が枷《かせ》となって、幸福を幸福でないものに変えてしまうだろう。ただ、もし死んでしまったらそこで終わりだ。本当にそんなリスクを冒してまで戦う価値があるのか？　死んだも同然の人生と、本当の死の間には決定的な差がある――

太田は電車の席にじっと座りながらそんなことをぐるぐる考えていた。ある小さな駅で、電車から降りていくあのカップルの男の足が、太田の靴に少し当たった。男はおそらくそれに気づかず、女の肩を抱いて歩き去っていった。その後ろ姿を見た時、太田は「次の選考に進もう」と決めた。それはまるで、脳に電撃が走るかのように、ほとんど人からスイッチを入れられたかのように決まったのだった。次の選考のページを改めて開くと、上部に〈面接試験〉と大きく書かれていて、その下にはやはりただ場所と日時が示されているだけだった。

第七章　面接試験

六月某日、太田は中之島にあるZ社の高層ビルの中にいた。細かく時間が分けられているのか、ここまで残っている人間が少ないのか、他の学生の姿は見当たらない。Z社の人間なのか単なるアルバイトなのかわからない男に小さな会議室へと案内され、太田はロの字型にこぢんまりと設置されたテーブルにポツンと座らされていた。他に誰かいれば「緊張しますね」などと軽い話でもできるのだが、なんとも落ち着かない。時間を持て余した太田は、一応作成していた自己PRや志望動機を書いた紙を机に広げ、目で字を追って覚え直していた。しかし、それを読めば読むほど、これまでの選考過程に対する怒りのようなものもこみ上げてくる。

十五分ほど待ったところで、館内放送が聞こえてきた。その声は、もううんざりするほど聞かされた滝川シンジのものだ。

「みなさん、我が社の面接へのご参加ありがとうございます。インターンシップのときも申し上げましたが、ここまで勝ち残ってきたみなさんが非常に優秀だということはわかっています。しかし、定められた採用枠というのはどうしても動かすことができません。この社会の中には、至るところにそうした『枠』が存在し、我々はよほど生まれつき恵まれた環境にいるのでない限り、そのどれかの『枠』の中に滑り込もうと必死にならなければならない。そうして自分の居場所を、自分の力で確保しなければならないのです。今回も心苦しいですが、ここで落選となってしまう方は出てきます。みなさんは自分の『枠』を手に入れるため、最善を尽くしていただきたいと思います。それでは。今回の面接試験について説明させていただきます」

滝川がそこまで話したところで、部屋の前方にあるモニターの画面が点き、そこに大きな文字でこう記されていた。

〈最後まで立っていられれば合格〉

太田はそれを見た時点で、嫌な予感しかしなかった。面接試験は普通座って受けるものだが、今回の面接はそういうありきたりなものではないということだろう。そして「立っていられれば合格」ということは、立っていられなくなるような何かが用意されているということだ。太田は覚悟を決めてきたつもりだったが、やはり自分の中に少しずつ恐怖心が生まれてくるのを感じた。滝川の声が続く。

「はい、見ていただいた通りルールは単純明快、最後まで立っていられればそれで合格です。今回、面接試験は三回受けていただきます。ひとつ目の部屋で合格すれば二つ目の部屋へ、二つ目の部屋で合格すれば三つ目の部屋へ進んでいただき、そこもクリアすれば、今回の面接試験は合格ということになります。それでは、かなり厳しい試験になるかと思いますが、みなさんの健闘を祈っております」

そうして館内放送は終わった。しばらくすると黒服の男が入ってきて、「太田様、まずはこちらをお持ちください」とボタンの付いた小さな機器を渡してきた。それが何なのか聞くより先に黒服は「では、こちらへどうぞ」と言って外の通路をどんどん歩いていく。嫌な予感がすごいが、もはやついていく他はない。そうして案内された部屋に入ると、奥に白い横長のテーブルがあり、面接官らしき若い男が座っている。その前に椅子は置かれていない。そしてテーブルの上に二つの赤いランプが置いてある。ある程度わかってはいたが、明らかに普通の面接ではない……それから少しして、反対側の入り口から一人の学生が入ってきた。その姿を見た瞬間、太田は心底うんざりした気分になった。慶應の風間だ。

「またお前かよ……もうええって」

「は？　お前どこかで会ったっけ？」

しらばっくれているのか本当に忘れているのか、風間の表情からは読み取れなかった。

二人が揃った時点で、面接官の男が説明を始めた。

「では、第一面接を始めさせていただきます。お二人にはこの場でクイズにお答えしていただきます。すでにボタンを渡されていると思いますが、出されたクイズの答えがわかり次第それを押してください。早押し形式でランプが点灯した方に回答権が与えられ、ミスした場合はお手つきとして一回休みとなります」

普通のクイズじゃないか、と太田は一瞬安堵したが、その後に男の言葉が続いた。

「このクイズ中は、それぞれの床がウォーキングマシンのようにスライドします。お手つきをしたり、相手に正解されてしまった場合、その速度がどんどん速くなっていきます。最後まで立っていられた方が勝ち残りとなります」

「……ということは、この試験は片方が必ず合格し、もう片方が必ず落ちるということですか？」

太田が聞くと、面接官は「基本的にはその理解で結構です」と言った。

「しかし、クイズの数には上限がありますので、その数の分だけのクイズが終わった時点で両者とも残っていた場合には、双方勝ち残りということになります」

太田はその時点で、この勝負はほぼ敗北に終わるだろうことを悟った。相手の風間は官房長官の息子、強力なコネ持ちなので、クイズの答えをあらかじめ知っている可能性が高い。おそらく全問正解されればとても立っていられないスピードになるだろう。勝てるとすれば、風間が面接をナメてクイズの答えをしっかり暗記できていないなど、相手に隙がある場合だ。そこをついて正解を稼ぎ、何とか二人とも耐えられるスピードに抑えることができれば、ぎりぎり勝ち残れる可能性もあるのではないか？　面接官の説明の間、風間は話を聞いているのかいないのか、終始眠たげな表情だった。前回に会った時同様、どう見ても勝利を確信してナメているようにしか見えない。それだけコネが強いということなのかもしれないが、冷静に考えてみれば、内定確実レベルのコネならばここまで律儀に通常の選考に参加する必要もないはずだ。Z社クラスの企業ともなれば、さすがに選考なしの一発コースは用意されていないのかもしれない。そうだ、やはりこいつはまだ内定確実というわけではない、つまりこちらの敗北も確実というわけではない……

太田が半ば自分に言い聞かせるようにそう考えていると、風間は「わかったっつーの。さっさと始めましょうよ」とダルそうに言った。太田はそこで笑顔を作りながら、「風間さんでしたよね？　あの、二人とも残るという方向で考えていただくことはできないでしょうか」と話しかけた。

「はぁ？　なんでお前と二人で残る必要があるんだよ」

「いや、どちらかが落ちるより、両方が通った方がいいかと思いまして……つまりこの床の動くスピードを両方同じになるように、問題に交互に答えるようにすれば、二人とも耐えられる可能性が高くなると思うんです」

「そんなめんどくせえことやるわけねーだろ。俺はさっさと終わらせて遊びに行きたいの」

「そこを何とか、お願いします！」

太田は風間に向かって土下座する。しかし風間は取り合う様子もない。

「ダリぃことすんなって。お前がかわいい女だったら考えてもいいけど、お前と協力して俺に何のメリットがあんだよ。さっさと立て」

太田は「わかりました」と言って立ち上がった。すると面接官が手元の資料を見ながら「では、クイズを始めます。床が動き始めますのでご注意ください」と言った。床がゆっくりと後方に向かって動き始める。速度としてはかなりゆっくりと歩いても前に進みすぎるぐらいで、とりあえず油断さえしなければこれで転ぶことはないというレベルだった。

「ではクイズです。第一問。原子番号九十二の……」

その時点で太田がボタンを押すと、面接官の太田側、向かって左側のランプが音を立てて点灯した。風間がやや驚きの表情を見せるのがわかった。原子番号九十二といえば元素記号Uのウランである。太田は文系だが、一時期ハマっていたゲームセンターのクイズゲーム対策で覚えたことがあった。

「ウラン！」

太田がそう叫ぶと、不正解のブザーが鳴った。「ええっ!?」思わず太田が声を上げる。

「太田さん、スピードアップです」

面接官の合図とともに、床のスピードが上がった。思っていたよりも速くなったので危うくつまずくところだった。早くも軽い駆け足程度になってしまい、かなり嫌な予感がしてくる。

「太田さんは一回お休みです。それでは改めて問題を読みます。原子番号九十二の元素はウランですが、ウランを発見した化学者は誰でしょう？」

風間は問題を最後まで聞いてからボタンを押し、「マルティン・ハインリヒ・クラプロート」と言った。するとピローンという正解音が鳴り、太田の床がさらにスピードアップする。まだジョギングよりも少し遅いぐらいだが、このままやられ続けるとさほど長くは保たなそうだ。そして、太田は説明の段階ではよく認識できていなかったが、お手つきをしてさらに相手に正解されると、床のスピードが一問で二段階上がってしまうのだということに気づいた。何ともつまらないミスを犯してしまった、と自らの勇み足を悔いたが、まだ負けが決まったわけではない。風間がこのクイズに答えられたのは答えを教えられているからなのか、元々本当に知っていたからなのかという点についても、まだ判断が難しいところだ……

「では、第二問です。日本人で唯一、陸上男子百メートル走の世界記録保持者だったのは誰でしょう？」

問題文が読み上げられ、ダメだ、知らない、と太田が思うと同時に、風間が回答ボタンを押して「吉岡隆徳」と答えた。正解音が鳴り、また太田の床のスピードが上がる。もうしっかりしたジョギングのペースだ。この問題の答えもまた、知っている人は知っているのかもしれない。まだ風間が答えをあらかじめ教えられているかどうかは判断できない。だが、もしはっきりと答えを教えられているなら――あるいはきちんと覚えてきているなら、問題文の途中で回答し、相手が回答する可能性をもっと確実に潰しに来てもいいのではないか？　太田はどういうスタンスを取るのが最善なのか迷っていた。面接官が少し間を置いて次の問題を出す。

「第三問です。世界でもっとも多くの人間を……」

そこで風間が回答ボタンを押した。太田は、やはり風間は事前に答えを教えてもらっているのだと思った。この時点で回答がわかるはずはないし、お手つきをするリスクを冒してまで攻める意味もない。風間は落ち着いた表情で「シャルル＝アンリ・サンソン」と答えた。その名前なら太田もクイズの勉強のおかげで知っていた。ルイ十六世やマリー・アントワネットを処刑した男だ。しかし次の瞬間に不正解のブザーが鳴り、太田は半ば驚いて風間の方を見る。すると風間は「はぁ!?」と声を荒げていた。

「何が違うんだよ！　お前ちゃんとやれよ！」

明らかに面接官に向けられた言葉だったが、面接官は特に動揺する様子もない。風間側の床のスピードが一段階速まる。

「風間さんは一回お休みです。では、問題をもう一度読み上げます。第三問です。世界でもっとも多くの人間を処刑した死刑執行人は誰でしょう？」

太田はそこでボタンを押し、「ヨハン・ライヒハート」と答えた。これはシャルル＝アンリ・サンソンのついでに覚えていたのだ。ドイツ最後の死刑執行人で、三千人以上を処刑したと言われている。すぐに正解音が鳴り、風間の床のスピードがもう一段階上がる。

風間はいつもの余裕の表情を失っている。太田は何か相手側の歯車が狂っているのだと思った。先ほどの反応からして、おそらく出題される問題を教えてもらっていることは間違いないだろうが、風間の対策不足なのかあるいはZ社側の意図なのか、彼を百パーセント勝たせるような形にはなっていない。もしかしたら自分にもまだチャンスがあるのかもしれない……

「第四問です。XくんはYちゃんに桜の木の下で告白し、振られてしまいました。しかし次の日、松の木の下で告白すると付き合うことができました。なぜでしょう？」

一瞬時が止まり、風間が「おい、なんなんだよそれ！　ふざけた問題出すなよ！」と叫んだが、面接官は特に表情を変えない。太田はその隙にボタンを押し、「気が変わったから」と答えた。しかし正解音は鳴らない。

「理由を説明してもらえますか？」

「あ、はい……桜の木から松の木に変わったということなので、木が変わった、つまりYさんの気が変わったということなのかなと考えました」

すると正解音が鳴り、また風間の床のスピードが上がった。これで太田と風間の床は同じスピードである。

「おい、てめえ……そんなゴミみてえな問題出してんじゃねえよ！　ちゃんとした問題を出せ！」

すると面接官は少し微笑み、「我々は『ちゃんとした問題』を出しているつもりです。あなたの中での『ちゃんと』には当てはまっていないのかもしれませんが、これは我々の採用試験です。降りたいなら降りていただいて構いませんが、どうなさいますか？」

「チッうるせえな！　お前は後でクビを飛ばしてやるから楽しみにしてろ。俺はさっさとこんな試験終わらせて遊びてえんだよ。次の問題を出せ！」

「それでは第五問です。ホーホケキョと鳴くのはウグイス。では……」

そこで風間がボタンを押す。マズい、と太田は思う。風間はそれまでよりも大きめの、やや苛立ちの感じられる声で「コノハズク」と答える。しかし、すぐに不正解のブザーが鳴った。風間の床のスピードが上がり、かなり速めのマラソンぐらいのペースになった。

「おい、なんでだよ！　ブッポウソウと鳴く鳥は、でコノハズクが答えだろ！」

「違います。風間さん、一回お休みです。それでは、もう一度問題を読み上げます。第五問、ホーホケキョと鳴くのはウグイス。では、チョットコイと鳴くのは？」

太田はすぐさまボタンを押し、「コジュケイ！」と答えた。これはどこかの小説で出てきて覚えていたのだ。正解音が鳴り、風間の床のスピードが上がる。もうほとんど中距離走ぐらいのスピードで、かなり体力的には厳しそうである。

「おいお前、ちゃんと俺が知ってる問題を出せよ！」

「それはいたしかねます」

「なんだお前、よっぽどクビになりてえのか？」

「いえ、これは弊社上層部の判断です。つい先ほど……正確には第二問が終わったタイミングですね、風間さんのお父様、風間修二様が女性問題で官房長官の職を更迭されたという報せが入ってきました。したがって、第三問目からは私の裁量で問題を変更させていただいております」

「おい！　お前ふざけっ……」

風間が怒りを露わにし、思い切り走って面接官に向かって行こうとしたその時、バランスを崩して転倒した。風間はそのまま床に流されて後ろの壁に衝突する。その時、ものすごい爆発音とともに大きな火花が散った。風間はその場に倒れたまま動かない。太田は慌てて、絶対に転ばないように注意しながら、「ちょ、ちょっと待ってください、どういうことですか⁉」と面接官に聞いた。

「後ろの壁には高圧電流が流れております。今、太田様の方の床をゆっくり止めますのでご注意ください」

太田はヒヤヒヤしながら、速度が落ちていく床に合わせて自分の走りを調節した。床が完全に止まると、面接官は「と、いうわけで、太田様が合格者となりました。おめでとうございます」とまるで感情のない人形のように言った。

「いや、ちょっと、それはありがたいんですけど、後ろに電流って言っておいてもらわないと……」

「それを伝えると学生のみなさんが平常心を保てなくなったり、途中で相手側のレーンに逃げ出したりして公平な選考がしにくくなるという弊社の判断で、事実を伏せております。ご了承ください」

「ご了承って……」

太田は絶句しながら、すっかり動かなくなった風間を見た。恐らくもう死んでいる。風間もその行動からして、後ろの壁に電流が流れているという事実は知らされていなかったのだろう。それにしても、父親が官房長官でなくなった瞬間にこんなにひどい掌返しをするなんて——まずコネによって風間を優遇しすぎていたところからしてそうなのだが——まともな会社とはとても言えない。そんなことはずっとわかっていたことだが、やはり人間を駒としか考えていない。会社自体がまるで独裁国家の戦時の軍隊を具現化したかのような、ケタ外れのブラック企業なのだ。

太田が風間の死体の方に歩み寄ろうとすると、黒服の男が「次の会場はこちらです」と部屋を出るよう促してきたので、諦めてそのままついていった。次はさきほどのクイズの部屋よりも大きな部屋で、やはり奥に面接官が控えている。面接官はカジュアルな黒のトレーナーを着て、やや長い黒髪をセンターで分け、大きめのサングラスをかけている。首には金のネックレスが光っており、およそ普通の面接官とはかけ離れた容貌である。

「こんにちは。私は笹倉といいます。ま、今日だけの付き合いになるかもわかんないんで、名前は忘れてもらっていいですけどね。ちょっと相手がまだみたいなんで、そこで立って待っててください。あ、座ったら負けですよ」

笹倉はぶっきらぼうにそう言うとスマホをいじり始め、誰かと電話し始めた。そのへんのフリーターみたいな身なりだが、話している内容にはなんだかコンサルの人たちが使いそうな横文字がたくさん含まれていて、もしかするとZ社の経営戦略に携わっている人間なのかとも思えた。少し経つと、向かいの入り口が開いて学生が入ってきた。その姿にもまた見覚えがあり、太田は心底うんざりした。

東大の清水だ。

「こんにちは、笹倉です。じゃ、二人揃ったので説明を始めます。別に説明ってほどのことでもないんですけど、まずこの部屋を格闘技のリングとか、いや違うな、相撲の土俵みたいなものと思ってください。ここで二人に戦ってもらいます」

「戦うって、物理的にですか!?」

思わず太田が聞くと、笹倉はペースを乱されたからか少しイラついた様子で「もちろん。物理的にやり合ってもらいます」と言った。

「……で、この部屋の中で倒れたり、膝をついたり手をついたりしたら負け。部屋から逃げ出しても負けです。ま、相撲とおんなじですね。あと、僕の前に穴の開いた箱が置いてありますよね？　この中にビリヤードの球が入ってるんで、その球を取ってください。その番号によって、決められた武器が与えられます。まあ、ルールっていってもそんだけです」

「ほう。武器って何があるんだ？」

東大の清水が聞く。太田はタメロなのが気になったが、おそらくこの試験にそんなことは関係ないのだろう。

「僕も聞かされてませんね。僕がやるのはどっちかが倒れたかどうか、その判定だけです。他には何もしません」

「あの、負けたらどうなるかって教えてもらえますか？」

太田が聞くと、笹倉は「それも聞かされてません」と素っ気なく答えた。

「じゃあ、ゴチャゴチャ言ってても仕方ないんで始めますか。箱の中の球を取ってください。中は見ないように、顔を後ろに向けて取ってください」

そして二人が取った球はそれぞれ2と7。すると、それぞれが入ってきたドアから黒服が白い布袋を投げてくる。太田が中身を取り出すと、それは大根だった。

「えっ、これが武器ですか⁉」

それを見た笹倉は「そうみたいっすね」と少し笑っている。そして清水の方の袋から出てきたのはクロスボウ、いわゆるボウガンだった。

「あっちはちゃんと使える武器じゃないですか！」

「そうっすね。でもこのサイズの部屋でどのぐらい有効に使えるかはわかんないんじゃないですか？　もうしゃべるのタルいんで始めます」

笹倉はそう言ってテーブルの下から簡易ゴングとハンマーを取り出し、すぐに叩いた。カーンという大きな音が響く。清水は躊躇なくボウガンを構えて太田に向ける。太田は清水に向かって行き、懐に入って先に倒そうかと思うが、倒せなかった場合に至近距離でボウガンを撃ち込まれれば、おそらく死は免れない。

太田は清水から距離を取り、大根を持ちながらゲジゲジ拳の構えを取った。清水は「なんだそれは、こけおどしか？」とせせら笑い、まっすぐ太田に向けてボウガンの矢を放った。太田はその瞬間、素早く身体を逸らして矢を大根で横からはたき落とす。それを見た清水は「ほう、形だけじゃないってわけか」と言いながら、次々に矢を放つ。太田は集中して避け続けるが、一本の矢が肩をかすめ、バランスを崩して危うく倒れそうになった。

「さて、いつまで避けられるかな？」

清水がまた躊躇なく矢を放ってくる。太田は思わず体を床に転がして避けそうになったが、床に体がついた時点で負けである。咄嗟に大根で矢を受けると、大根がそこからぽっきりと折れた。すると、大根の中から短刀の柄と刀身が現れた。

「なるほど、そいつも単なる外れではなかったか」

清水はそれまでとは動きを変え、やや警戒気味の体勢を取り始めた。太田は短刀を大根から引き抜いて構える。清水がまた矢を放ってくる。太田はそれをよく見て短刀で弾き、その瞬間に足を刺そうと狙って身体ごと突っ込んだが、ボウガンの本体で刃が防がれた。太田が続けざまにボウガンを持つ清水の手に蹴りを入れると、清水はボウガンを取り落とす。しかし次の瞬間に清水の蹴りも太田の手にヒットし、太田は短刀を落としてしまった。拾おうかとも思ったが、その瞬間には間違いなく隙ができるし、誤って床に手を触れてしまえば負けとなる。清水もボウガンを拾おうとはしなかった。

「武器はいらないのか？」

「そっちこそ」

清水と太田は相手の攻撃を警戒する構えを取りながら、慎重に距離を測る。

「俺はな、絶対にZ社に入る。この悪辣で残酷な会社が心の底から好きなんだよ。お前はどうだ？」

清水がそう言った。話しかけて気を逸らせる作戦だろうか？　太田は気を抜かないようにしながら、「俺はここが好きとは言えん……いや、むしろ嫌いかもしれん」とゆっくり答えた。

「なら、俺に席を譲れ。当たり前だが、どんな会社でも本当に入りたい奴が入るべきだ。そうだろう？」

「まあ、普通に考えたらそうなんやろうけどな……でもな、俺はこの会社の選考を戦い抜くって決めたんや。これは会社のブランドとか収入とかじゃなくて、俺個人の人生の問題や」

「お前の問題が何かは知らんが、ずいぶん卑小な理由だな。まあ俺も突き詰めれば似たようなものかもしれんが、もう少し広い視野で世の中を見ているつもりだ。今、社会では勝ち組負け組がはっきりと分かれ、その差が広がっている。世界全体を見渡せば格差は縮小の傾向にあるが、少なくともこの国においては格差拡大の方向に進んでいる。しかし、まだまだこの国の格差の在り方は甘いと俺は思う。俺はな、格差拡大の流れをもっと促進していきたいんだよ。勝ったやつが徹底的に勝ち、負けた奴は徹底的に負ける、そういう世界が心地よくて好きなんだ。たとえ自分が敗者側に回ろうとな。ひとつ例を挙げれば、俺は努力して、勝負に勝って、周りの奴らを蹴落として東大に入った。お前も似たようなものじゃないか？」

「……まあ、受験ではそうかもしれんな」

「そうなんだよ。だが、今の社会はせっせと負けた奴に言い訳する道を用意してやっている。俺はそういう逃げ道をできる限り塞いで、負けた奴を完全に黙らせたいんだ。だが、今はそうなっていない。受験に負けた人間やそこから逃げた人間は、俺が努力して東大に入ったことを、やれ環境に恵まれただの、努力できるだけの才能をもともと持っていただの、まるで俺自身の努力がなかったかのように語る。そういう輩がとにかく多すぎる。これは俺個人の問題ではないし、もちろん受験に限った話でもない。社会全体として、敗者が自らの怠惰の責任を外に押し付け、勝者の努力を無化する論理が一般化してしまっている」

「それはでも、ある面では正しいことやろ？　どうしても努力できるような環境にない人はいるし、競争が苦手な人も確実にいるわけで、言い訳じゃなくて事実としてそういう話をしてる人もいると思う」

「もちろん、ある面では正しいだろう。確かに家庭環境に恵まれなかった人もいれば、もともとどれほど努力しても東大や高い目標に届かないという人もいる。本当にそういう状況に置かれた人は、勝者を憎んだとしても仕方がないのかもしれない。だが実際に周りを見てみろ。自分は悪くないだのあいつは恵まれているだのゴチャゴチャ抜かしているマヌケどもの面をよく見てみろ。ハナから努力しようともしない怠惰な連中が、自分の責任で負けるべくして負けた愚かな連中がほとんどじゃないか？　そういう奴らは放っておいても、どこに行っても負けて負けて負け続けるだろう。だが、その負けを勝手に勝ちへと、あるいは無効試合へと変えてしまう。俺はそういう奴らを見るとムシャクシャしてくる……お前はフィッツジェラルドの『グレート・ギャツビー』を読んだか？」

「……いや、読んでないな」

「文学部ならそれぐらいは読んでおいてほしいところだな。あの作品の冒頭にこういう部分がある。〈「誰かのことを批判したくなったときには、こう考えるようにするんだよ」と父は言った。「世間のすべての人が、お前のように恵まれた条件を与えられたわけではないのだと」〉……確かに、そう考えることがスマートな振る舞いなんだろう。だが俺は、それは勝者が自らの、血の滲むような努力によって手に入れた成功を喜ぶ権利を抑圧していると思う。人間に優劣はない、とみんなが言わされ、表面的には触れられずにいるが、実際のところは誰もが知るように、優劣は厳然として存在する。価値の高い人間と低い人間が確実に存在してしまう。俺はそれを全員がはっきりと認め、自分の位置を正確に摑むことからしか、この国は次の段階に進めないと考えている。俺だって、陸上の百メートルで九秒台を出せるわけじゃないし、歴史に残るような名画を描けるわけじゃない。そんなことは俺がどれだけ努力を重ねても無理だろう。だから自分の適性のある場を探して、そこで努力して勝ってきたわけだ。その分析すらせず、日々を享楽的に過ごしながら勝者を貶《けな》している馬鹿どもに、俺ははっきりと敗北を認識してもらいたい。そして、敗北の最たるものが死だ。死は言い訳を許さない。俺は価値の低い人間は殺してもいいと本気で思っている。だから俺はZ社のこの選考方法が好きだし、Z社の体質も好きなんだ」

「いや……ちょっと言ってることが極端すぎるやろ。その、敗北の定義だって難しいし、価値が高いとか低いとか、どういう基準で決めるんかも難しいし。そもそも、死にたくない人間まで死に追いやる必要はないやろ」

「まず、物事はできる限り単純化して考えるべきだ。複雑な諸条件を考えようとした結果、社会にはゴミどものための、再生させたいのか堕落させたいのかどっちつかずの居場所が無数に用意された。それは権力側にしてみれば、自らを脅かさない程度の抵抗を許す『ガス抜き』の場として、むしろ権力側の装置として機能しているものだと言うかもしれない。だが、俺はそれも中途半端だと考えている。人間が本当に輝く時、真の力を発揮する時、それは死が背後にある時だ。負ければ終わりの勝負に挑んでいなければ、限界を超えることはできない。俺はそうした輝きを社会のあちこちに生み出したい。生きるか死ぬかのぎりぎりで命を燃やす人たちとともに、新たな時代を作っていきたい。そのためにZ社に入って出世し、大きな影響力を持った上で、俺はこの国を自分なりの理想郷へと作り変えるつもりだ」

清水がそう言ったところで、面接官の笹倉が「いや、早く勝負してくださいよ。こっちもそんな話聞いてても眠いんで」とあくびしながら言った。

「別にディスカッションとかじゃないんでこの試験。立ってた方が勝ちってだけなんで、さっさと判定させてほしいんですよね」

すると清水が「そうだな、少々喋りすぎた」と構えなおす。太田もそれに応じて腕を高く構えた。清水の言うことは極端すぎるが、少なくとも自分よりはZ社に入りたい理由がはっきりしている。入ってからやりたいことも明確なようだ。自分は一体、このZ社を通じた自分との戦いに勝利したとして、入社後に何をどうしようというのだろう?

清水が離れたところから速いローキックを繰り出すのをカットしながら、太田もまた蹴りを返すが、倒れれば負けのルールのため互いに警戒して距離が詰まらない。このままでは勝負が決まらない……何度かの蹴りの応酬の後で、清水が右手を開いて前に出してきた。そのまま太田の周りをゆったりとしたステップで回り始める。太田もその動きを注視しながらガードを上げるが、清水がすばやいステップインから左ストレートを放つ。それは太田のガードの間から顔面を捉える。咄嗟にスウェー気味に上体を反らしたので多少ダメージは軽減されたが、鼻から少し血が出る。太田はすぐに右を打ち返すが、大振りのパンチは清水に難なくかわされてしまう。そこからゲジゲジ拳の修行で培ったパンチとキックのコンビネーションも繰り出したが、清水はきっちり数センチ当たらないところへと身体を移動させる。そしてまた清水が左ストレートを打つ動きを見せたのでガードしようとしたが、それはフェイントだった。そのまま右の強烈なボディを食らわされ、続けざまに左フックを当てられてしまう。太田は思わず膝をつきそうになるが耐える。それをチャンスと見た清水が左右のパンチで猛攻を仕掛けてくる。何発ものパンチが顔やボディにヒットし、太田は身体がグラつくのを感じたが、ゲジゲジ拳の辛かった修行のことを、そして最後に散っていった駒野のことを思い出す。この時のためにあの命がけの修行があったのだ。清水は明らかに素人ではない。何らかの格闘技のバックボーンがあるのだろう。それも何年もの単位でやっている人間の動きだ。対するこちらはたった一週間の経験しかないわけだが、それでも本物の覚悟というのがどんなものかを知ることはできた。このままタダでこいつに負けるわけにはいかない……！

太田はダメージを回復させるためにイチかバチか清水の身体に組み付いたが、清水は太田をものすごい力で部屋の壁まで押し込み、そのまま殴りかかってきて倒そうとしてくる。

太田は壁際で粘り、清水が足を取ろうとしてきたところに膝蹴りを合わせる。それがかなり深く入ったのがわかった。清水は表情にこそ出さないが、少し身体を離す。そこから太田はパンチを次々に繰り出して逆襲を始める。かなり強い打撃がヒットするが、清水もそれに負けじとパンチを返してくる。やがてほとんど足を止めての殴り合いになる。太田はそれがだんだん楽しく感じられてくる。清水もまた、うっすら笑っているように見えた。そしてある一瞬、清水の動きがスローモーションに見えた。おそらく得意の左フックを出そうとしているのがはっきりとわかった。それに合わせて、太田は渾身の右ストレートを放つ。それが清水のアゴを思い切り捉え、清水は後ずさりながら耐えようとしたが、太田の追撃のハイキックを受けてそのまま崩れるように倒れた。すると、面接官の笹倉がゴングを三度連続で鳴らし、太田を指さして「ウィナ」とつぶやくように言った。

「はい、ではね、負けた清水さんは帰ってください」

「ハァ……ハァ……俺は……このまま帰るだけか？」

「まあ部屋の外で何があるかは知りませんが、僕は何の指示も受けてません。帰ってもらって結構です」

　すると、清水は部屋から出ようとフラフラ歩き出した、のかと思いきや、部屋に落ちている短刀を拾い上げた。太田はそれを見て「おい、お前何するつもりや？」ともう一度構えを取った。もしかすると、自暴自棄になってこちらを殺そうとしてくるかもしれない……しかし、清水は次の瞬間、短刀を自らの首に勢いよく突き立てた。清水はそのまま床に転がり、首からおびただしい量の血が噴き出す。笹倉は「チッ、汚ね」と言ってその血をよける。

「おい！　何してんねん！」

太田は清水に駆け寄ろうとしたが、清水は手で「来るな」というジェスチャーをした。それからやや虚ろになりかけた目で太田を見つめ、その手をサムズダウンの形にして太田に向けた。太田はそれに対し、同じサムズダウンで返した。それを見た清水はまた少し笑った気がした。だんだんと手が下がり、床にぽとりと転がる。

「はい、じゃあさっさと次行ってください。僕も暇じゃないんで」

笹倉がスマホをいじりながらそう言うと、部屋の入り口に黒服がやってきて「太田様、こちらへどうぞ」と言う。太田は自分のせいでまた一人の人間が命を失ってしまったことをどう捉えればいいのか迷ったまま、黒服の後ろについて歩いた。人間はこれほど直接的な形でなくても、ただ生きることで、動植物も含めてどこかの誰かを殺している。みんなそれを見ないようにしているだけだ。それはおそらく、はっきり見つめるには苦しすぎる事実だからで、みんななんとなくわかりながらも触れようとしない。そうしなければ生きていけないのだ。また、清水の言うように、人間は自らの敗北を敗北でないかのようにごまかすことも多い。それもおそらく、そうしなければ精神が壊れてしまうからだ。こうした残酷な現実を露悪的に強調して人々にわかりやすく突きつけ、あらゆる逃げ道や建前をなくすという社会の形成を推し進めた時、一体何が起きるだろうか？　とてもではないが、まともな社会になるとは思えない。すべての事実が暴露される場所があるとすれば、そこは人間の生きられる場所ではないだろう……

太田はそうして黒服に案内されたエレベーターに乗った。黒服は五十八階のボタンを押す。エレベーターからは外の景色が見えたが、途中で影のようなものがサッと通った。何かと思い下を見てみると、明らかに人間が落下している。それを見て、これはやはり、どの段階で不合格になってもタダでは済まないだろうと思った。

五十八階に着いてエレベーターを降りると、そこはいきなりガラス張りのだだっぴろいフロアで、一面に赤い絨毯が敷かれている。黒服はエレベーターから降りることなく、また戻っていく。部屋の奥に豪華な装飾の施された机が置いてあり、その向こうに眼鏡をかけた男が座っている。遠くから見ただけで、太田にはそれが誰かわかった。

滝川シンジである。

「太田様ですね？　よくぞここまでいらっしゃいました。まずはお疲れ様でした、と言わせていただきます」

「お前かよ……ここまでで何人死んだと思ってるんですか」

「知りませんね。そんなことよりも、ご自身の目の前の採用試験に集中した方がいいのではないですか？　どうぞ、そちらの八芒星《はちぼうせい》の中心までお進みください」

確かに、ここで滝川に何を言ったところで、誰かが助かるわけでも生き返るわけでもない。部屋の中央近くの絨毯には、滝川の言う通り八芒星が描かれている。太田は黙って歩みを進め、指示通りに星の真ん中で止まった。

「今回の試験はここで私滝川を相手に行っていただき、初めにお伝えした通り、最後まで立っていられれば合格です」

滝川はそう言ってパチンと指を鳴らした。すると太田の目の前とその向かい側に派手な長方形のテーブルが、そして真ん中に円形のテーブルが床からせり上がってくる。長方形のテーブルには見慣れないカードが最初から五枚セットされてあるが、相手からは手元が見えないよう、テーブル前に目隠しの板が立っている。右側には「SHOOTER」と書かれた、どうやらカードをセットできる場所がある。滝川が眼鏡を外し、胸ポケットに差しながら立ち上がった。そしてゆっくりと歩いて太田の向かい側のテーブルにつく。もはや嫌な予感しかしない。

「さて、これから私とあなたでカードゲームを行います。このゲームであなたが私に勝つことができれば、それはそのまま面接の突破を意味します。まあそれほど難しいゲームではありませんので、お互いリラックスして楽しみましょう」

「カードゲーム……一応聞きますが、イカサマはないですよね？」

「もちろんイカサマはありません。ただし面接官は私ですから、私に有利なルールにはなっております。そうした不利な状況下で、学生のみなさんがどう戦うかを見させていただきたい、というのがこの試験の趣旨です」

「……わかりました」

「では、ルールを説明します。ゲーム名は『MARCHカード』。MARCHとはもちろん明治、青山学院、立教、中央、法政を指します」

「えっ、よくわからないんですが」

「大丈夫ですよ、とてもシンプルなルールですから。この最初の五枚は基本的にはM、A、R、C、Hのカードです。この中でMは他のすべてのカードに勝ち、Hは他のすべてのカードに負けます。残りのA、R、Cは同じ強さです。ただし、CとHを同時に出した場合、それは中央大学法学部を表し、明治のMをも倒すことができます。ただし、楽しく学生生活を送る青学のAに負けます」

「なんなんですかそれ！　誰が考えたんですか！」

「さあ……数十年前から我が社に伝わるゲームなので、誰かはわかりませんがね。そうして私とあなたで引き分けを除いて五回戦い、先に三勝した方が勝ちとなります。CとHを合わせて使った場合、カードが足りなくなりますので、M、A、R、C、Hのいずれか一枚のカードがランダムで補塡されます。また、引き分けの場合にもカードが補塡されます。そのカードが何かはもちろん相手にはわかりません。また、他にジョーカーカードのJがあります。このJは上智のJで、明治のMにもCHの中央法にも優越します。ただし、法政のHが相手となった場合のみ、上智のJは指定校推薦とされて敗北します」

「うーん……ちょっと整理してもいいですか？」

「どうぞ。その前にあともうひとつ。学生であるあなたの初期カードはM、A、R、C、Hの五枚ですが、面接官の私のカードはM、A、J、C、Hの五枚となります。したがって、私がやや有利な状況からのスタートです」

「……わかりました。ちょっとだけ待ってください」


太田はルールを整理する。もっとも強いカードは上智のJだが、太田には与えられていない。引き分け時やCH使用時に補填されるカードにもJは含まれていないので、太田がJを手にすることはない。Jを刺せるのがHのみだから、相手がJを出してくるタイミングでHをぶつけることができれば、太田のビハインドはほぼなくなる。Jの次に強いカードはMかCH。特にCHを倒せるのはJを除けばAだけだから、相手のCHにはAをぶつけたい……確かに、少し考えてみれば覚えるべきことはそれほど多くないのかもしれない。戦略をしっかり練ることができれば、勝率を上げることのできるゲームだ。だが、滝川の方がこのゲームには習熟しているだろうし、イカサマの可能性もぬぐい切れない……

「どうでしょう、大体理解できましたか？」

「まあ、はい、大体は」

「それでは始めましょう。この部屋には私たち二人しかいませんが、監視カメラで撮影されていますので、イカサマをしようなどと考えてはいけませんよ。その時点で即失格となり

	勝ち	引き分け	負け
J	M, A, R, C, CH	J	H
M	A, R, C, H	M	CH, J
A	H, CH	A, R, C	M, J
R	H	A, R, C	M, CH, J
C	H	A, R, C	M, CH, J
H	J	H	M, A, R, C, CH
CH	M, R, C, H	CH	A, J

ます。失格、もしくは敗北した場合、床が高速回転しますので、そのまま立っていることはできません」

「なるほど……。まあイカサマなんてしませんよ」

「どうでしょうね。では、五枚の札のうち、勝負に使う札を向かって右側のシューターに一枚もしくは二枚セットし、手前の開示ボタンを押してください。お互いが開示ボタンを押した段階で、それぞれのカードのアルファベットが中央のテーブルに映し出されます。そうして勝敗が決まり、また次のゲームへと移行していくという流れです。では、最初のカードをセットしてください」

滝川はそう言うと、ほとんど時間をかけずにカードをセットしてボタンを押したようだった。滝川の手持ちはM、A、J、C、H。こちらはM、A、R、C、H。滝川にしてみれば強カードのJは最初に使いづらいような気もするが、裏をかいてJという可能性もある。そうだとすれば、こちらはHを出す以外に勝ち目はない。だが、ここでHを出せば、相手がJかHを出さない限り負けとなる。それに、CHの組み合わせも使えなくなってしまう。まずはAを出すのがちょうどいいか？　Aなら相手がいきなりCHを出してきた時にも勝てる。だが、Rをずっと残しておくのも後でネックになりそうだ……いや、相手の立場になって考えよう。こちらの出し手はそれぞれのアルファベット五パターンと、CH

を出すパターンの合計六パターン。滝川の勝率がもっとも高いのは当然Jを出した場合である。Jを出せばHを出されなかった場合のすべて、つまり大体83パーセントの確率で勝てる。次にMならば勝率は66パーセント、引き分け、負けがそれぞれ17パーセント。Aならば勝率33パーセント、引き分けが50パーセント、負けが17パーセント。RかCを単独で出せば勝率17パーセント、引き分け50パーセント、負け33パーセント。H単独なら勝率はゼロ、引き分け17パーセント、負け83パーセントとなる。したがって、Jを持っていない自分に対し、滝川はHを単独で出す意味がない。となると、滝川はどこかでCHを使う可能性が高い。そう考えれば、自分の持っているRとC単独に勝ちはほぼなく、出すとしても引き分け狙いということになる。滝川は後に強いカードを残すだろうか、弱いカードを残すだろうか？　それはわからない。さて、こちらの初手をどうするかだが、CHを出せばそこで補塡されるカードは相手には見えない。ならば、最初にこちらの切り札ともいえるCHを切ってしまえば、相手はその先が読みづらくなるのではないか？

太田はCとHをシューターにセットする。滝川の顔を見ると、余裕の表情で太田を見つめている、ように見えるが、しっかりとは目が合っていないようにも感じられる。強いて言えば眉毛かそのあたりをじっと見ているような、それでも少しは目が合っているような、そんな奇妙な感覚である。何か、こちらが相手の目を見返そうとすると酔ってしまいそうな気持ち悪さがある。太田は滝川から目を逸らす。

「セットできたら、開示ボタンを押してください」

太田が言われた通りにボタンを押すと、中央の丸テーブルの太田から見て右側に、「CH」の文字が浮かび上がる。そして同時に左側にも滝川の選んだカードのアルファベットが浮かび上がる。それを見た瞬間、太田の頭は真っ白になった。

A、青山学院大学。中央法の負けだ。

〈滝川様、一勝です〉

無機質な機械音声が流れる。滝川は「おっと、幸先のいいスタートが切れて嬉しいですね。しかし、勝負はまだまだわかりませんから」と微笑む。太田は負けの精神的ダメージが大きく、呆然としてしまっていた。CHはかなり強いカード、勝負手だったと言ってもいい。これで一勝した上で新しいカードを補填させるか、負けるにしても相手のJを使わせたいところだった。それなのに、Aでやられてしまうというのは最悪の展開だ。このゲームで滝川に完全敗北した場合、正直どうなるかわからない。おそらく命を落とすレベルの罰が待っているだろう。太田が唇をぎゅっと噛みしめていると、足りなくなった分のカードがテーブル内からせりあがってきて補填される。そのカードは「H」。太田は表情に出さないようにしたが、やはり「M」に来て欲しかったという気持ちはあった。だが、J

を刺せる分、RやCよりはましかもしれないと自分に言い聞かせた。

「では第二戦、行きましょうか」

滝川が言う。これで滝川のカードはM、J、C、Hの四枚。太田はM、A、H、Rの四枚。滝川はMで来るか、Jで来るか、CHで来るか？　そう考えた時、もはや太田側に滝川のMに勝てるカードが残されていないことに気づいた。ここでMを出して引き分けに持ち込むのも手だが、もしここでJを出された場合、Mは犬死にとなる……太田はいくつかの可能性を考えた上で、一枚のカードをセットし、ボタンを押した。その時点で、滝川はまだカードをセットしていなかった。まるで棋士のように集中した様子でうつむいて目を閉じ、右手の中指で自分の額をトントンと叩いている。しばらくして滝川はぱっと顔を上げ、手慣れた動きでカードをセットした。滝川が少し時間をかけてボタンを押す。

滝川側のテーブルに浮かび上がったアルファベットは「M」。

そして、太田側のアルファベットも「M」だった。

〈引き分けです。両者に新たなカードを補塡します〉

滝川と太田にカードが補塡される。滝川の表情はやはり変わらない。何が来たのか読み取ることは難しそうだ。太田の方に来たカードは「C」。これでCHの組み合わせをもう一度使えるようになったのはいいのだが、相手はまだJを持っているから、Hを単体で使える状態にしておきたいという気持ちもある。相手はいつJを切ってくるか？

〈では、第三戦です。カードをセットしてください〉

今度は滝川は迷わずカードをセットし、ボタンを押す。滝川のカードはJ、C、Hともう一枚。こちらはA、R、C、H。まず、相手がHを単体で出すメリットがないので、HにしかN勝てないRは使い物にならない。Aか、CHか？　ここでJを使ってくる可能性もあるが、こちらがHを持っていないことが明らかになる状態まで待つという戦略かもしれない。だが、その裏をかくということもありうる……太田は祈るような気持ちでカードをセットし、ボタンを押す。

太田側に浮かび上がったアルファベットは「A」。

滝川の方に浮かび上がったのは——

「CH」の文字だった。

〈太田様、一勝です〉の機械音声と共に、太田はテーブルの裏で小さくガッツポーズを取る。戦況を五分に戻すことに成功したのだ。

「おやおや、やり返されてしまいましたね」

しかし滝川はまだ余裕の表情だ。イカサマを疑いたくもなってくるが、一応今のところ怪しい動きもない。

〈滝川様にカードを一枚補塡します〉

機械音声と共に滝川の元にカードが補塡される。滝川はそこに目を落としたように見えたが、やはり表情は変わらない。これで、滝川が持っているカードはJが一枚と、何らかのカードが二枚。敵の出方はこれでほとんどわからなくなってしまった。対する太田はR、C、Hの三枚。太田はしばらく考えた末、カードをセットしてボタンを押す。ほどなくして、滝川もカードをセットし終える。

「では、いきます」

滝川が開示ボタンを押す。するとそこに浮かび上がったのは「M」。一方、太田の選んだカードは「R」だった。

〈滝川様、二勝です〉

「あと一勝で私の勝ちですね。まあ、リラックスして楽しんでください。こんなものは遊びですからね」

滝川がそう言う。滝川に補塡されたカードのうち少なくとも一枚がMだったということは偶然なのか、あるいは強いカードが送られるように設定されているのか？　明確にはわからないが、補塡カードはブラックボックスになっているので、面接官側に有利に設定されていることも十分考えられる。つまり、面接官側に最強カードMを補塡し続け、学生側にはMが出ないようにすることだってできるかもしれないのだ。それどころか、学生側の補填カードの順序を面接官側が事前に知っている可能性もある。自分が滝川の立場なら、おそらく許される範囲で手を尽くそうとするだろう。とにもかくにも、もう後がなくなってしまった……

太田は滝川が弱いカードを捨てにくるかと思い引き分け狙いでRを出したのだったが、もしかすると今滝川が持っているカードはJとMだという可能性もある。だとすれば、手持ちのCとHで勝つためには、滝川がMを出してくるところにCHをぶつけて勝ち、後は自陣の補填カードがHである場合に限られる。その可能性はわずか20パーセント。もし滝川が先にJを出すとすれば、こちらがHで勝つことはできるが、残ったCで勝てる相手はHだけ……あるいはA、R、Cが相手なら引き分けになり補填カードでの運任せの勝負となる。滝川が持っているカードはJと、一体何なのか？　滝川はうつむいて考えている。途中、滝川は胸ポケットに差していた眼鏡をかけ直し、じっとカードを見つめた。その時、眼鏡の端に一瞬、カードが映り込んだ。太田はそれを盗み見るようにして見た。「H」。映っているカードはHだった。滝川の持ち札はJとH。こちらがCとH。イカサマがないと仮定すれば、滝川はこちらが何を持っているか知らないはずだ。この状態ならこちらがHを持ってさえいなければ、滝川がJを出した時点で勝負は終わりとなる。だが幸運というのか、こちらにはHがある。JをHで倒すことができれば、残るカードはこちらがC、滝川がH。逆転勝ちだ。こちらのHに対し滝川がHを出してきたとすれば引き分け、そこで補塡されるカード次第ということになるが、Jに勝てるカードはHのみ。これも勝率20パーセントの苦しい戦いとなる。太田がじっと考えている時、滝川はかけていた眼鏡を再び外し、胸ポケットに戻した。その時、太田は覚悟を決めてカードをセットした。滝川もカードセットは終わっている。

「では、いきますか」

滝川がそう言い、太田も頷いた。二人が同時にボタンを押す。

すると、滝川の方のアルファベットは「M」。

太田の方のアルファベットは——

「CH」だった。

〈太田様、二勝です〉

その時、滝川が余裕の表情から一変、青ざめて部屋の奥の自分のデスクへと走り出した。

しかし、機械音声はそのまま〈太田様にカードを一枚補塡いたします〉と続ける。太田の手元に来たカードは「H」。滝川が持っているカードは未使用の「J」だから、このまま勝負すれば太田の勝ちが確定である。だが、滝川はデスクまで走っている途中に足がもつれて転んでしまった。機械音声が響く。

〈滝川様の身体が床に触れました。したがって、太田様の勝利となります〉

「クゥォーーーッ!!」

滝川はその瞬間、胸の眼鏡を床に叩き付け、踏みつけた。

「なぜだ、なぜ俺がMを持っていることがわかった!?」

「そうですね……あなたが眼鏡をかけてHの札を見せた時、なんとなくそれが『わざと』だという気がしたんです。あなたは見せるためだけのカードを手元に置いていた。そして、自分の手札がJとHであると思い込ませようとしたんです。僕の手持ちカードとしてはM、A、R、C、Hのうち重複ありで二枚、つまり二十五通りの組み合わせが考えられたわけですが、あなたは僕がCとHを持っていることを知っていたんじゃないですか？」

「クッ……」

「お互いに一度補填されたカードは、結局あなたがM二枚、私がHとCでした。おそらく補填カードについては、あなたには強いカードであるMが、学生側には弱いカードが出続ける設定になっていたのではないでしょうか。そして、あなたは学生側に補填されるカードの順番も知っていた。ただ、Z社の方針なのか知りませんが、このゲームはあなたが有利ではあっても確実に勝てるようにはできていない。補填カードの設定も目の前の台ではなく、あなたがもともと座っていたデスクでしか触れない仕様になっているのでしょう。だから私が二勝目を挙げた瞬間、設定を早く変更するためにデスクに向かって走り出した――違いますか？」

「……」

「もちろん確信とまではいきませんでしたが、今僕の手元にまたHが来たことは偶然でしょうか？　あなたの手札がJとHだと思い込ませれば、僕がCとHを持っている場合、あなたが先にHを出せば負けか引き分けしかない。負けの場合には最後にJ対Hで僕の三勝となる。引き分けの場合にはJ対Cであなたの勝ちになり二勝二敗、つまり補塡カード次第。そして、あなたがJを出した場合、僕がHを出せば勝ち、続く勝負はH対Cになり僕が三勝。逆にCやCHを出せば負けて終わり。したがって、その時点での僕の戦略としては、Hを単体で出すということが最上。そこをついてあなたは僕が知らないはずのMを出した……大体そんなところではないでしょうか」

「ハッハハハ！　なるほど、私の負けですね。少々あなたのことを見くびっていたようです。申し訳ございませんでした」

「別にあなたに見くびられようが構わないんですけど、これで今回の面接は合格ということでいいんですよね？」

「もちろんです。太田様には次の役員面接に進んでいただきます。これで内定まで後ひと息です。いやあ、とても悔しいですが、本当に楽しい戦いでした。今後の太田様のご活躍を期待しております」

「……滝川さん、ひとつ聞いていいですか？」

「はい、何でしょう」

「滝川さんは僕が参加した合同説明会で、大きな夢を持って仕事に魂を燃やせ、というようなことをおっしゃっていました。社員たちはファミリーだ、とも。それは僕には昭和ぐらいの古い価値観のように聞こえましたが、ある意味ひとつの理想形と考えることもできるものだと思います。でも、Z社の実際の選考が始まってみると非常に冷酷で、非倫理的で、滝川さんのおっしゃっていたような会社の在り方とはほど遠いスタンスだと感じました。滝川さんは本当のところ、どう考えていらっしゃるんですか？」

「そうですね……もはやどこで何を話したか覚えていませんが、もし私がそう言っていたなら、それは半分嘘で、半分本心といったところです。実際、人間は大きな夢を持ち、信頼できる仲間とともにそれを目指すことのできる人生を歩めるなら、おそらく大きな幸福を感じるでしょう。しかもその夢と仕事とが一致するなら、そんなに素晴らしいことはない。これは私の本心です。しかし一方で、そんなことは現実にはありえないとも思っている。まず第一に、真に信頼に足る人間はほとんど存在しない。いたとしても、状況や時の流れによってその関係性は必ず変化してしまいます。第二に、夢の問題です。一般に夢というものは、実現が困難で、かつ周囲がその価値を認めてくれるものを、現実世界の中に一応の自己を確立した人間が抱く、という形で成立します。しかし、それは本当にその人自身の夢と呼べるのでしょうか？　私には、みなさんの多くが語る夢というものが欺瞞にしか聞こえない。なぜなら、それは人間本来の複雑性を切断し、綺麗に整理された現実の場においてのみ有効なものを選ばされているからで、つまり、突き詰めれば無効なのです」

「……すみませんが、おっしゃっている意味がよくわかりません」

「正直なところ、私にもよくわかっていません」

滝川はそう言って笑った。それまでの演技然とした笑みとは異なる、自然で柔和な笑みに見えた。

「ただもうひとつ加えて言わせてもらうなら、このZ社の採用試験が他と大きく異なるのは、自己分析や志望動機を通常の形では求めないところです。学生さんのそんな〈作り話〉をいくら聞いても仕方がない、というのがその理由です。就職活動にあたってみなさんは自分を深く見つめ直すとよく言いますが、しょせんみなさんの自己分析といったものは、自分の理解の範疇を超えるところまで、自分が真の恐怖を覚えるところまではたどり着かない。それは何歳になってもそうかもしれません。結局、人間は自分という存在を自分の理解できるものへと矮小化し、狭い枠の中に押し込め、それを使い勝手のいい言葉によって説明し切ってしまう。そんなところに〈人間〉はいない、と私は断言しますね。我が社の採用の期間、学生たちはほとんどつねに不条理な闘争の中に放り込まれる。それは大変苦しいことには違いありませんが、ある意味ではこれほど楽なこともない。与えられたルールの中での他者との闘争の間、人間は自己の内面と対決する必要がない。ただひたすらに勝利を求めることだけが要求されるわけです。逆説的に聞こえるかもしれませんが、私は結局、思考を要求しないそうした闘争のさなかにしか〈人間〉は現れ出ないのだと確信し、Z社の採用設計に携わってきました。いわば、私は人間への不信感を拭うことができないまま、その不信感とともに生きてきたのです。もちろん、私もいい年をした社会人ですから、人前では聞こえのいい理想を語ることがほとんどですがね」

「僕は……僕はそこまで人間というものを疑ってはいません。何というか、うまく言葉にはできないんですが……たぶん人を信じるということをベースにして生きていく方が、人生は楽しいと思うんです」

「楽しいときましたか」

滝川は声を出して笑った。それもまた自然な、まるで親が小さな子の話を聞いて笑うような笑いだった。

「そうですね、その方が楽しいのかもしれません。思い返せば、私にはあまり楽しかったという記憶がありませんね」

「いえ、僕も今思ったことを話しているだけで、実際そうやって生きてこられたわけではないんですが……これからでも少しずつ考え方を変えていけば、いい方向に向かうかもしれないじゃないですか」

「まあ、あなたが思うようにやってみてください。私はしかし、そういう青くさい理想論を信じるには少々汚れすぎてしまったようです。では太田様、今回の試験は合格です。どうぞそちらのエレベーターからお帰りください」

その時、ちょうどエレベーターが到着し、黒服が十人ほどぞろぞろと出てきた。帰ろうとしている太田には目もくれず、まっすぐに滝川の方へと向かう。そうして滝川をみんなでかつぎ上げようとしたが、滝川は「触るな！」と一喝した。フロア中に響く、大きくて重たい声だった。黒服たちはそれでひるんだように見えた。太田が様子を見ていると、滝川は一人でガラス張りの壁面へと歩き、その一部をボタンを押して開けた。外から強い風が吹き込んでくるのがわかる。その風の勢いに滝川は少し押されるが、そのまま開いた窓の前に後ろ向きになって立った。太田は「ちょっと！　何やってるんですか！」と駆け寄るが、その途中で黒服二人に止められる。

「おやおや、あなたはもうこの試験を突破したのですから、早く帰って次の試験に備えてくださいね。ではまたいつか、どこかでお会いしましょう」

滝川はそう言って、ゆっくりと窓から飛び降りた。その様子を数人の黒服が見つめ、しばらくすると互いに頷き合い、どこかへ電話で連絡し始めた。太田はそれを見て、今目の前で戦っていた男がもういなくなってしまったということを頭では理解したが、感情の部分で納得できなかった。「こんなものは遊びですからね……」先ほどの滝川の声が思い出される。滝川にとっては、自分の命を懸けたカードゲームですら、本当に遊びの一種だったのかもしれない。そういう人間だからこそ、他者の命もまた軽く感じられていたのかもしれない。それはある意味では強さと呼ぶべきものなのだろう。しかし、自分にはとてもそれが正しいとは思えない……

「では、お帰りください」

ほどなくして、自分を押さえていた黒服にそう言われ解放されたが、そのままその場を動けずにいると、黒服たちが半ば蹴り出すようにして太田をエレベーターの中に押し込んだ。その際、黒服の一人が滝川の持っていたJのカードを投げ入れてきた。その裏にはまたQRコードが印刷されていた。

第八章　最終面談

面接試験の翌日、大学の講義はあったが、太田は部屋を出る気になれないでいた。夜もまともに眠れず疲労困憊だったことはもちろんだが、精神的なショックがあまりにも大きかった。何といっても、目の前で慶應の風間、東大の清水、そしてZ社のアイコンと言っても過言ではない滝川シンジまでもが命を落としてしまったのだ。それも、自分との勝負に敗れて。敗者が死亡するとは知らされていなかったとはいえ、これまでの選考や状況からその結末は十分に予想できたし、あの場で自分が手を抜けば、その誰もが死なずに済んだのかもしれなかった。だが逆に自分が死ぬわけにもいかない。あそこでわざと負けるという選択は自分にはとてもではないができなかった。自分は、自分の命を犠牲にしてまで他者を生かすことができるほど、優しい人間ではなかったのだ。もしこれが家族だったらどうだろう？　相手が愛する妻だったり子供だったりすれば、自分は命を捨ててでも相手を生かそうとしただろうか。した、と答えたいところだが、今の自分にはまだそれは断言できない。妻も子供もいない、恋人ができたこともない、そんな自分がいくら想像の上で命を捨てるような「美しい」決断をシミュレーションしたところで、その状況が現実に現れなければ、自分がどういう行動を取るのかはわからない。自分はこの人生で、自分の命よりも大切だと感じる他者と出会うことができるのだろうか？

それはまだまだ答えの出ない話だが、そもそも、たかが企業の就職試験でここまで極端な手法をとる必要はどう考えてもないはずだ。学生を駒のようにしか考えておらず、自社の発展に寄与しない人間の価値を認めない、という理屈は一応わかるが、滝川シンジなどはメディアへの露出も多かったようだし、そのぶんZ社への貢献も大きかっただろうに、採用試験のワンミス程度で解雇どころか殺してしまうなんて、会社の損失の方がはるかに大きいはずではないのか？

太田は部屋のカーテンを開ける。陽の光がまぶしい。静かな部屋から外を見ていると、何人かで笑いながら歩いている男女や犬の散歩をする老人などが、それぞれの人生を楽しんでいるように見える。いつもと変わらない光景だ。もちろん個々の深い事情はわからないが、太田はそうした平凡な、平和な日常こそがもっとも尊く、また守られるべきものなのではないかと強く感じた。平凡は、平和は退屈かもしれない。人間は刺激のない日々に耐えきれないのかもしれない。仲間を作り、敵を作り、熱狂を生み出し、はっきりと白黒をつける、そういう明快さの中に快楽を見出さざるをえない生き物なのかもしれない。自分はそうではない、と言いたいところだが、それも自分がそういう立場にないというだけで、本当のところはわからない。だが、Z社の方針や、Z社が主導して構築してきたこの社会体制というものが、好きか嫌いかと問われればはっきり「嫌い」と言える。では、このZ社的方向性へのアンチテーゼを掲げているような企業や団体はあるのかといえば、いくつも存在はするのだが、そのどれもが実質的な力を――少なくともZ社に互するレベルの力を――持ってはいない。東大の清水も言っていたが、それらの組織の言説や活動は、Z社を攻撃しているように見えるが、現実にはZ社の想定内の抵抗姿勢を見せる程度のことしかできていない。むしろZ社が「反対意見を封殺していない」と言うための体《てい》の良い証拠として、Z社に利益を与えてさえいるように見える。あるいは、そうした反対派の組織も、実はZ社が裏で糸を引いているということも考えられる。

太田は、面接合格後にもらったJのカードのQRコードをスマホで読み込む。これまでと変わらないその古めかしいページには、確かに「最終面談」という文字が書かれている。最終――これまで無茶苦茶な試験を繰り返してきて、それがどういった段階の試験なのかわからずにいたが、ついに最終段階にまでたどり着いたのだ。おそらく、多くの優秀な学生の中で自分が勝ち抜いて最終に残っているということは、Z社にとってエラーのようなものだろう。Z社を志望する客観的な理由をほとんど説明できないような、それどころかZ社の在り方に反感を抱いてさえいるような人間が最終まで残れているのは、皮肉なことだが、やはり自己PRや志望動機をまともに聞こうとしないというZ社の選考スタイルのために違いなかった。そのぶん大きな危険を伴った選考をくぐり抜けてきたわけだが、ここまでたどりつけたのは運によるところがかなり大きいということも、太田自身よく理解していた。しかし、その運もまたZ社が選考の一要素にあえて加えている部分なのかもしれない。結局、客観的な数字で簡単に優劣をつけられるような生やさしい世界は、受験まで終わりなのだから……

最終面談もかなり危険なものになるだろうとは思ったが、ここまできて選考を辞退するつもりはもうなかった。Z社の厳しい選考を最後まで戦い抜き、これまで何事にも真剣に向き合ってこなかった自分の弱さを克服する——そういった個人的危機の乗り越えという意義ももちろんあったが、最初はほとんど頭になかった「Z社に入ってやりたいこと」というのが、おぼろげながら見えてきた気もしていた。最終面談は一週間後、過去には万博も行われた夢洲《ゆめしま》にあるZ社所有ビル「グリフォンタワー」で行われる。内容については何も書かれていないため、これから特に打てる対策もない。太田はまだほとんど進んでいない卒業論文を書き進めて気を紛らせながら、運命の日を待った。

＊

その一週間の記憶はあまりない。覚えているのは鴨川で小寺と久しぶりに会って、軽く酒を飲みながら大手生保への内定が決まったことを祝ったことぐらいだ。小寺は一般的な就活へと舵を切り、「普通」の生活を送ろうとしている。Z社という異様な会社が牛耳る異様な社会であることを知りながら、その中でなんとか危険に巻き込まれず「普通」に生きていく――それはおそらく正しい判断だろう。小寺も太田の身を案じて改めて選考辞退を勧めてきた。そもそも最初に二人で行った合同説明会で、小寺がZ社のまき散らした出席カードをゲットしたことからZ社の選考が始まった。そのせいで太田が危険に晒されることに小寺は責任を感じているようだった。だが太田は、ここまで来たからには最後まで試験を受ける、これは自分自身の判断だ、と小寺にはっきり伝えた。小寺はそれ以上、太田を引き留めようとはしなかった。就活前、鴨川ののどかな風景に苛立っていた気持ちはもうなくなっていた。その日、いつだったかバイオリンを練習していた高校生がいて、またバッハのカノンを弾いていたが、別人のように上達していた。当然のことだが、誰にも等しく時は流れているのだ。

夢洲駅を降り、グリフォンタワーまでは徒歩で五分もなかった。正面玄関の前には黒服たちが列を二つ作り、そこを歩く太田に向かって順に礼をしてきた。まだ内定したわけでもないのに、まるで社長でも迎えているかのような仰々しさだ。タワーの中に入ると、「ようこそいらっしゃいました」と一人の女性がにこやかに話しかけてくる。その顔を見た時、太田は思わず目を疑った。京大のキャリアサポートセンターでアドバイザーをしていた榊はるかだったのである。

「えっ、あの、榊さんですよね⁉」

「ん？　どこかで会ったかな？」

「いや、あの、京大のキャリアサポートセンターで面談してもらった太田ですよ、太田亮介！　紹介してもらったお寺の修行ツアー、マジで最悪だったんですから……あの後榊さん、どこ行っちゃったんですか？」

「ああ、そういえば京大でもそんなことを何回かやったかもね。私はZ社の人間なんだけど、うちの社員はたまに有名大学のキャリアセンターに出張して、面白そうな学生がいたらその時ちょうど空いてる研修に送り込んでるの。私は担当じゃないけど、暇つぶしに現場に出ることもあるんだよね。なんとなく太田くんのこと思い出してきたけど、紹介したのが餓狼山ツアーだったのは、たぶんあそこのツアーが不人気だったからじゃないかな」

「不人気って……勘弁してくださいよ、こっちは命がけでやったんですから！」

「それは当たり前でしょ？　命がけなのはどの研修も同じこと」

そう言う榊の目は、和やかに笑ってはいるが鋭い光を宿している。太田は気圧されてしまい、すぐに言い返すことができなかった。

「ま、確かに餓狼山の研修は大変だったと思うけど、太田くんすごいじゃん。Z社の選考でここまで残れる人はほとんどいないよ」

「いや……あの、少ないっていうか、おかしいですよここは！　こんな人を人とも思わない選考ばっかり……」

「そんなこと言っていいの？　ここで話してることも撮られてるけど」

榊が笑いながら指さした方向を見ると、確かに小さなカメラが設置されている。他にもいたるところにカメラがある。すべてを選考の材料にしようとしているのか、あるいは妙なことをしないように見張っているのか？

「あんまり信じたくないですけど、榊さんはZ社の人間なんですよね？　なんでそんなことバラすんですか？」

「うん？　別にそんなつまんない嘘ついても仕方ないでしょ。ま、せっかくだし歩きながら話そうか」

榊が前をすたすたと歩いていくのに、太田は後ろからついていく。ロックのかかったドアが現れるたび、榊がカードをかざして開けていく。途中で榊にスマホを渡すよう言われ、太田はそれに従う。

「太田くんはさ、Z社の選考をおかしいと思ってるんだよね？　なのにどうして最終までずっと受け続けてるの？　途中で辞退することもできたはずだけど」

太田は上部に設置されているカメラの方をちらりと見る。

「……これはもう試験が始まってるんですか？」

「さあね。でも、ここまでの選考でもうわかってると思うけど、何度も練習して磨き上げたような自己PRとか志望動機とか、そういうのは求められてないんだよね。こっちだって嘘はすぐわかるし、演技もわかる。欲しいのは本当のことだけ。嘘ついたり本音隠したりして就職したって仕方ないよ……って言っても、太田くんはそんなに自分を作ってる感じしないね」

「まあ、そんなに器用じゃないですから……単に対策不足とか、レベルが低いって言われたらそれまでですけど」

ビルのかなり奥に進んだところに大きなエレベーターが現れ、榊に促されて太田もそれに乗る。まるで大病院の巨大なベッドがそのまま入りそうな大きさで、太田は小学生の頃に盲腸の手術をした時のことを思い出した。あの時、近くの病室に糖尿病のおじさんがいて、これから足を切断すると言っていた。あのおじさんはまだ生きているだろうか？

榊は最上階のボタンを押して言った。

「まあ、不器用でもいいんじゃない？　こっちも正直言っちゃうけど、そこらの就活なんて全部茶番みたいなもんだよね。面接だって求められる人柄を演じきれるかどうかのおままごとみたいな勝負になってて、ほんとに馬鹿みたい。だからさ、最近よその会社では大学でアイドルサークルとか、お笑いサークルとかに入ってる人が強くなってきてるらしいよ。やっぱり演じることにも慣れてるし、人前での度胸とかも養われてるからだと思うんだけど。でも、私はそういう能力も枝葉のもので、あんまり重要じゃないと思うんだよね。だって、人間の本性なんて、命の危機に晒されない限りわからないでしょ？　むしろそこでどんな行動を取るかだけが、その人間の真の価値を表すんじゃないかな」

「……言いたいことはわかりますけど、確かにそうなのかもしれないですけど……やっぱりそれは極端すぎますよ。極端な方法をとることって簡単なんだと思うんです。単純に考えれば考えるほど、何もかもが極端に、0か100かになっていくような気がしませんか？　Z社みたいな採用の仕方が、本当に他の企業よりも正しいと言えるんでしょうか」

上昇していくエレベーターの中で、太田はボタンの前に立っている榊の後ろ姿に向かって問いかける。

「はっきり言って、こんな非人道的なことを平気でやれる会社が国を牛耳ってるっていう事実に、これまで気づいてなかった自分が情けないです。何も現実が見えていなかった、隠された現実を見ようともしなかったことを後悔しています。おそらくこの会社だけではなくて、あらゆる場所や場面において、とてつもなく残酷なことが行われている。もしかすると、自分と関わりのない者、仲間ではない者を、自分と同じ人間として感じることが難しくなってきている時代なのかもしれせん。もちろんそれはこの国だけの問題でもないだろうし、さんざん愚かなものだと言われ続けてきた戦争だって、一向になくなる気配はありません。僕の周りにいる人たちは、僕の目に見える人たちは、誰もが戦争反対だと言っています。戦争に賛成してる人なんて見たことがない。それでも戦争はなくならない。それはたぶん、人間という生き物の性質がもともと戦争に向いているからなんです。つまり、勝敗を決めるものに興奮し、どんなに残虐なことでも少しばかりそれを肯定する回路を作ってやればやってのけてしまう、その程度の理性しか持てないというのが、人間の限界なんです。Z社はそのことをわかった上で選考を設計していますよね？」

「さあね、私は知らないけど」

「知らないってことはないでしょう。榊さんに勧められたゲジゲジ拳の修行でも、結局一人の女の子が命を落としました。そのことを師範も、そこに参加していた学生もほとんど何とも思っていなかった。弱い人間が命を落とす、そのことを当然だとか仕方ないとか、きっとそういう風に考えていたんでしょう。あの山の空気の中では、それもまた自然なことだったのかもしれません。でも、僕は勘違いしていました。あの山の環境は特殊なわけではなく、今の社会そのものだったんです。僕はこんな社会の枠組みを肯定して、その中で争い続けていくということが正しいとは思えない」

「なるほどね、太田くんの意見はわかるよ。というか、普通はそう考えるかもね。普通の人間が普通に考えればたどりつく理想、って感じかな。でも身も蓋もないことを言うとさ、結局どうにもならないんだよね。人間はまったく変わってこなかった。いろんな節目で変わる変わると言われて、結局何も変わらないままだった。それなら、変わらないという前提で社会を構築するしかない」

「そんなことでいいんですか？　この流れに疑問を持って、抵抗していくことが……」

「疑問を持って、抵抗して、それでどうなるの？」

榊が太田の言葉を遮って言った。

「『世の中に疑問を持とう』とか『弱者のために声を上げよう』とか『何か行動を起こそ

う』とか、人間ってそういうのが好きでしょ？　でもね、それでどうなるの？　疑問を持って、声を上げてどうなるの？　どういう行動を取れば求める結果に繋がるのか、みんなちゃんと考えてるのかな？　このままじゃダメだとか、社会を変えなきゃいけないとか、威勢のいいことはいくらでも言えるし、ずっとそんなことばっかり言ってる人もいる。そんなのは偽りのファイティングポーズなんだよね。安全圏からファイティングポーズを取っているように見せかけることで、自分をブランディングして商売してるような、そんな輩だらけでしょ。私が聞きたいのはそのご大層な理想を掲げて声を上げた、その後にどうするのかってことなの。その後、結局はほとんど誰も何もしないいんだよね。何かするにしても、自分の身に危険が及ぶほどのことはしない。特にもう安定した地位にある人はね。自分にほとんど攻撃の及ばない高みから、ずる賢く世の中の流れを読んで、自分は『正義』の側にいるってアピールをして、結局決定的なことは何もしない。あなたたち学生はもっと純粋だから、本気で『世界を変えたい』って言ってる人だっているのかもしれないね。でもどう変えるの？　どういう世界に変わることがいいことなの？　そのためにどういう戦略を取ってどういう手順を踏んでいくの？　今高い地位にいる権力者たちはね、あなたたちのお遊びみたいな反抗になんて何も感じないよ。あなたはそんなポーズとしての『反抗』を越えて、社会に革命でも起こせるって言うの？」

「革命……」

「あっ、ごめん。何か喋りすぎちゃったかな。既存の社会を批判する人って、みんな判を押したように同じようなことばっかり言うからイライラしてきちゃうんだよね。綺麗事綺麗事で、自分が傷つくようなことは何もしない。世の中は非情な競争に満ちてるし、戦争はなくならない。その通り。それを急にではなくても、ゆるやかに変えていく方法を探すべき。はい、その通り。でも太田くんが言ったように、競争や戦争が人間の本質なんだよ。本質っていうのは一切変えることができないほど強固なものだと私は思ってる。だって、変えられるならとっくに変わってるはずでしょ？　気が狂うような競争や殺し合いに突如として参加させられることもある、そうして理不尽な目にあって死ぬこともある。人間はそうやって命を無駄に奪われてしまう可能性を受け入れた上で、普通の顔をして日常を過ごさなきゃならない。それが私の考えであって、おそらくZ社の考えでもある……個人的な話をさせてもらうけど、私の妹は家の近所を散歩してる途中で、レイプされて殺されたんだよね」

「えっ……」

「レイプされて殺されたの。その犯人はまだ捕まってない。こんなひどいことがあるのかって思うし、許せないって思う。でもね、こんなことはそこらじゅうで毎日起こってるし、人間が人間である限り『普通のこと』なんじゃないかとも思うんだよね。あなたは今ひどいって思ったかもしれない、かわいそうって思ったかもしれない。でも、仮にあなたがある国の暴君で、女性をレイプしても何の罪にも問われないという時、本当にあなた自身の倫理観だけで、あなた自身を律することができるのかな？」

「それは……正直なところ、わかりません」

「わからないって言えるだけあなたはましだね。この世界はさ、『そんなひどいことを自分がするわけありません』なんて真顔で嘘をつける奴らばっかりなんだよ。ほんとに頭に来るんだよね。でも私はね、もうこれこそが人間の作った社会の完成形で、人間自体も根本的に変わることはないと思ってる。この不変の社会で歯車として生きながら、誰も何もしてくれない、助けてくれないってことをはっきり自覚しながら、腹が立つ奴を勝手にブチ殺していくしかないんだって。だから私にしてみれば、Z社がやってることはそのまま人間社会全体がやってることなんだよね。個別にかわいそうだなって思うケースはもちろんあるし、私は私の妹に起きたことを許せない。でもそれはただ、私という個体が偶然出会ったり知ったものに関してそう思ってるだけで、私の知らないところでも人間は悪を行っている。でもそれを止めることはできないし、そのことに本当に憤ることもできない。遠くの悪には憤るふりをすることしかできないんだよ。それはその人がひたすら自分のために行っている独善的行為にすぎない。私はそういう偽善が大嫌い」

太田は榊の言葉に違和感を抱いたが、それをうまく言葉にまとめることができない。

「榊さんのおっしゃることもわかるんですが、僕は、何というか……榊さんと同じようには考えていません。でも、それならどう考えてるのかって聞かれると、まだ答えられないというのが本当のところです。でも、とにかく、榊さんみたいな考えには多分ならないし、それが正しいとも思えないです」

「そっか。まあ私と同じ考え方になってほしいわけじゃないんだけど、余計なこといっぱい喋っちゃったね。さあ、着いたよ」

エレベーターが止まる。榊が先に降り、太田はその後についていく。導かれた部屋の中の右の壁には大きな絵画が飾られている。絵の右側には何人もの銃殺隊が立っており、長い銃で左側に立つ男を撃ち殺している。これもクイズの特訓をする中で覚えたのだが、エドゥアール・マネの作品『皇帝マクシミリアンの処刑』である。部屋の奥にはどう見ても高級そうな、黒檀の芸術品のような長机があり、その両端に一人ずつ、眼鏡をかけた総白髪の六十代ぐらいの男と、頭の半分ほどが金髪のプリン状態になった長髪の四十代ぐらいの男が座っている。そして真ん中にアンティーク調のブラウンの革張りの椅子がある。太田は机の手前で立ち止まったが、榊はそのまま進んで行き、机の向こう側に回り込んで中央の椅子に座った。

「……どういうことですか？」

「どうって、こういうこと。私がZ社のCEO。この二人は役員ね。最終面談はこのメンバーで行います」

太田は状況をすぐには呑み込めず、混乱のあまり言葉が出てこなかった。

「といっても、もう大体聞きたいことは聞けたから私はいいかな。二人からは何か聞きたいことある？」

するとプリン頭の長髪の男がニコニコ笑って、「これまでの人生は楽しかったですか？」と聞いてきた。太田は少し考え、「楽しかったと思います」と答えた。

「でも……それは条件付きというか、期限付きの楽しさだったんだと思います。僕はつい最近まで、それほど悪くない人生を送ってきたと思っていました。確かにすごく充実していたというわけではありませんでしたが、とても苦しくて耐えられないということもありませんでした。それは今考えれば、とてつもなく幸福な時代を過ごしていたんだと思います。でも、その幸福は社会で戦う両親や、虐げられている人たちの犠牲によって成り立っているということを、頭ではわかっていても、実感としてはわかっていなかった。僕はそういう幸福な幻想の中にいることができる環境に恵まれ、そしてそれを普通のこととして受け取っていたんです。でも、そんな幻想ももう効力を失いました。ここからは現実と向き合う必要があるのだと感じています」

するとと長髪の男は急に無表情になり「あ、そう」と言った。

「ところで、オアシスとブラーはどっちが好き？」

太田は有名な洋楽をそこそこ聴いていたので、何十年も前、二〇〇〇年にもならない頃にイギリスで流行したという「ブリットポップ」を聴く流れの中で、その両者は代表的なバンドとして押さえていた。

「ブラーです。なぜかと言いますと……」

太田が理由を述べようとすると、長髪の男はまたニコニコした表情に戻り、「オーケーオーケー。ブラーってことさえわかればいい。うん。オーケーオーケー」と言って太田の言葉を遮った。おそらくこの男はブラーが好きなのだろう。

もう一方、総白髪の男は落ち着いた口調で、「こちら、向かって右側の絵をあなたは知っていますか？」と聞いてきた。太田は「はい、マネの『皇帝マクシミリアンの処刑』ですよね」と答える。

「その通りです。このマクシミリアンという人物についてはご存知ですか？」

「はい。マクシミリアンはもともとオーストリア皇帝の弟だったのですが、ナポレオン三世によってメキシコ皇帝に……」

そこまで話すと、総白髪の男は右の掌を太田に向け、「それ以上話さなくていい」というジェスチャーをした。この男たちは一体何がしたいのか？ まったく意図が見えてこない。すると榊が「じゃ、もういいかな。入ってきて」と言って手をパンと叩いた。すると部屋の扉が開き、一人の女性が入ってくる。

太田はまたも驚きを隠すことができなかった。それはどこからどう見ても、ゲジゲジ拳の修行の最後、崖から落ちてしまった九州大学の駒野だったのである。

「駒野さん!? 無事だったんですか!?」

「はい、あの後、実は途中に生えてた木に引っかかって。そのまま動けずにいたんですけど、しばらくしてZ社の人たちが見つけてくれたんです」

「そ、そうだったんですね。とにかく生きててよかったです。本当にもう死んじゃったと思ってましたから……」

そこで榊が「普通は死ぬんだけどね」と口を挟んだ。

「あの試験で崖から落ちて生き残ったのは、その駒野さんだけ。過去の歴史を含めてもね。それだけの強運を持ってるっていうのはなんだか面白いからさ、こっちで救助して、Z社の試験も最終前の面接まではシードにしたの。で、そのまま面接もきっちり勝ち切ってくれたってこと。そこで、この最終試験は、太田くんと駒野さんの二人で受けてもらいます」

それを聞いて太田はまた嫌な予感がした。前回の面接のように、一対一でのやり合いになれば敗者がどうなってしまうかわからない。駒野と争うことは避けたかった。

「……これは、二人とも内定という結果もありうるんですか？」

太田が聞くと、榊は「ない」と即答した。

「そんなつまんないことしないよ。どちらかが勝ち、どちらかが負ける。だから世の中が面白い。それが人類普遍の真理なの。そうじゃなきゃこんな世の中になってないと思わない？　Z社はさ、人類のその傾向性は今後永久に修正されないという確信に立って、諸々のプロジェクトを進めてるの。この試験も、どちらかが必ず落ちる。あともうわかってると思うけど、落ちた方には死んでもらうよ」

太田はそれを聞いて落胆した。駒野を死に追いやりたくはない。しかし、ここまできてZ社を諦め、しかも人生を終えるということも納得できる結末ではなかった。

「はい、じゃあ本題ね。最終試験のルールもこれまたシンプルです。今から私たち役員はこの部屋を出ます。中の様子は一切監視しません。話の内容も聞きません。二人っきりになって、どちらを内定者にするのか話し合ってください。そして内定者に決まった方が

『皇帝マクシミリアンの処刑』の皇帝側に立ち、落ちる方が反対側に立って、今から渡すボタンを二人で押してください。制限時間は三時間です。三時間が経過したら、二人がボタンを押していなくても私たちが部屋の中に入り、処刑を執行させてもらいます」

「内定者が皇帝側ですね？」

「そう。ルールはそれだけ」

榊は二人に向けてピンク色のおもちゃのようなボタンを投げ渡す。それを受け取りながら、太田はまだ何とかなる道はないかと考えていた。

「あの……ここまで勝ち抜いてきた人間を本当に殺すんですか？　助かりたいからとか個人的な理由は抜きにして言いますけど、普通に会社として考えてももったいないと思いますよ。ここまでの採用試験で、Z社が必要と考える能力を備えた人間を上げてきてるわけですよね？　最終まで辿り着いた人間は契約社員でも何でもいいから入社させて、その働き次第で正社員にするとか、そういう形の方がよくないですか？」

太田がそう言うと、長髪の役員が「ごちゃごちゃうるせえばい！」と怒り出し、椅子の後ろからライフルを取り出して太田を撃った。大きな音が鳴ったので太田は死んだと思ったが、それは空砲だった。

「チッ、ほんまはすぐにでも殺しちゃりたいけど、勝手に殺したらこっちもどうなるかわからんけん。さっさと始めてくれんかね！」

太田は全身に汗が滲んでくるのを感じる。

「じゃ、そういうことで。三時間もあれば話し合いには十分でしょ？　それを過ぎても二人が指定の位置にいなかった場合、二人とも処刑されちゃうから。ちゃんと時間までに結論を出してね」

榊はそう言って他の役員たちと部屋を出て行った。太田は残された駒野と目を見合わせた。一体何が正解なのかわからない。駒野は何も話そうとしない。その顔は相変わらず美しく、思わず目が泳いでしまう。

「いや……どうしましょうかね」と太田が言うと、駒野は「私、絶対にZ社に入りたいんです」と小さくも力強い声で言った。

「私はあの時、ほんとに死んだと思ったんです。足が滑って落ちた時、ああ、こんなところで人生終わるんだって。何もいいことなかったなって、すごく悲しくて……実は、もう半分くらい死んでもいいかなって思いながらあの修行に参加してたんです。それまでの人生もつらいことばっかりだったし、家はすっごい貧乏なままだし、病気の親とか弟、妹を助けたいって思いはほんとにあったけど、正直それも苦しかった。このままだとどうせこれからも何も変わらない、ならやれることはやってやろうっていう気持ちで、あの試験にも挑戦しました。でもあの時、足を滑らせた時、私は本当は生きたいんだってはっきりわかったんです。そんな単純なことに、私は実際に死に追いやられるまで気づくことができませんでした。その後偶然助かって、恥ずかしい話、涙が出るほどうれしかったんです。自分がまだ生きてるってことが、ただ生きてるってことがどれだけすばらしいことか、やっとわかったって感じでした。それから、私は絶対に生き抜いてみせるって、この人生を有意義なものにして、周りの人たちも幸せにしてみせるって決めたんです」

そう語る駒野は、確かにあの修行の時とは少し違う、弱々しさの中に一本の強い芯が通った表情をしているように見えた。太田は自分自身、どうしても生きて成し遂げたいと思えるような目標がおぼろげながら見えてきてはいたが、実際には何がどう転ぶかわからないし、駒野の命を奪ってまでここで絶対に勝たねばならないか、と考えると迷いが生じた。たとえば自分と駒野を二人並べて、どちらを生かしますか、とメディアでアンケートでも取れば、容姿だけの問題でなくほとんどが駒野を選ぶだろう。太田自身ですらそう思ってしまいかねない、それだけの魅力が駒野には備わっていた。

「……あの、駒野さんはここで生き残ったら何がしたいですか？」

「世界征服」

太田がそのあまりにも直截《ちょくせつ》的な言葉に動揺していると、駒野は笑った。

「そんな顔しないでくださいよ。別に物騒な話じゃなくて、世界をひとつにしたいなって。あの、ジョン・レノンの『イマジン』って馬鹿みたいな曲じゃないですか？　そんなのできっこないみたいな理想ばっかり並べ立てて。世界平和、世界をひとつに……そんなことを言いながら、当の本人が四人組のバンドですら仲良くやっていけなかったわけで、ほんとコントみたいな話だなって思うんですけど。でも私は、その歌が歌われること自体には意味があると思ってて……もしやれるなら、そういう高い理想に向かって走り続けたい、その途中で倒れたとしても悔いはないって、そう思ったんです」

「まあ、そりゃ平和がいいなんてことはその通りだと思うんですけど……僕の個人的な感覚では、Z社って世界平和から一番遠い会社って言ってもいいぐらい野蛮な会社だと思うんです。その目的のためにここに入るっていうのはちょっと、違う感じがするんですけど」

「確かに、ここの社風はめちゃくちゃかもしれません。でも、圧倒的な力がここにはある。私はむしろ、Z社が体現しているような激しい競争を是とする方向に社会を、そして世界をどんどん推し進めていった先に、いつかすべてがひっくり返る日が来るっていう気がするんです。みんなが親しい仲間として過ごしている、絶対的な平和の日が。もちろん、そんな日は来ないかもしれない、人間はこれから何千年も変わらず愚かなままかもしれない。

でも、私は一度は失ってしまったこの命を燃やして、自分にやれることをやり尽くしてみたいと思ってるんです」

嘘を言っている目ではない、と太田は思った。しかし、何かが引っかかる。あの、山で修行していた時の駒野なら、おそらくすぐにでも相手に勝ちを譲っていただろう。自分が勝つことによって相手が死ぬということに耐えられない、それが駒野だった。もちろん短い間に受けた印象にすぎないが、太田はその変化が気になった。

「……なんだか駒野さん、雰囲気変わりましたね」

「変わらない人間なんていないんですか？」

太田はその切り返しの早さにも、以前の駒野にはない冷徹さを感じた。冷徹さというよりも、思慮のなさと言ったほうがいいだろうか？　何にでも「正しい答え」らしきものを持ち、ある程度論理的にそれを説明できる能力というのは、人をひとまず知性的に見せるが、本当の知性とはそのようなものではない、と太田は考えていた。普通、人が本当に問題として考えるべきことには、簡単に与えられる答えはない。それをあたかも最善の答えがあるかのように語る人間は、物事の複雑さを切り捨て、過度にシンプルな論理を用いているにすぎない。そうしなければうまく生きていけないという面もあるにせよ、かつて接した駒野は「そちら側」の人間ではなかった。今の駒野からは、太田が少なからず好意を持っていた彼女の、人としての繊細さや優しさがすっぽり抜け落ちてしまっているように思えた。駒野はシードとはいえ最終前の面接を受けたというから、そこで相手を三人ほど死に追いやっているはずだ。やはりそうした常軌を逸した争いの中で人格が歪んでしまったのだろうか？　考えてみれば、自分自身も何人もの相手を——直接的にではないにせよ——死に追いやっているわけで、そうした命の重さをまともに考えれば、頭が変になってしまってもおかしくはない。奪った命の重さを受け止めきれず病んでしまったり、逆にきわめて軽く考えようとしたりして、どちらにせよ元のままではいられなくなるのがむしろ普通なのかもしれない。自分はどうしてまだ狂わずにいられるのだろう？　自分の責任では誰の命も奪っていないから、自ら人を殺すことを選択したわけではないからだろうか？もしかすると、戦争を起こした国の政府の役人などもこんな感覚なのだろうか。それとも、自分では気づかないうちに、すでに元の自分ではなくなってしまっているのだろうか。

「……まあ、いないかもしれないですね」

「もしずっと変わらずにいられる人がいたら、その人は幸福なんだと思いますよ。変わらなくても生きていける、そういう環境か才能に恵まれた人ってことだから」

　駒野はそう言って、「とりあえず座りましょうか」と太田を誘った。さきほど榊をはじめとするZ社の役員たちが座っていた椅子を少し動かし、後ろ向きに回転させて並んで座る。外には美しい海が見える。まるで薄汚れた人間とは無縁であるかのような、どこまでも綺麗に透き通った海。

「太田さんも、やっぱり生き残りたいですか」

「……ええ、生き残りたいです」

「私を殺してでもですか」

「いや……それはしたくないです。だからなんとか二人とも生き残れる方法を探したいと思ってるんですけど」

「そんなの、綺麗事にしか聞こえません。ここまできて人に良く思われたいとか、まだそんな余裕があるんですか？」

「余裕なんかないですよ！　でも、何か方法があるかもしれないじゃないですか。最初から可能性を捨てるんですか？」

「じゃあ、その方法が見つかったらそうしましょう。でも、見つからなかったら私を勝たせてください。私は世界を平和にしたい。そして家族を守って幸せにしたいんです」

迷いなくそう語る駒野を見て、やはり嫌な感じがした。あの修行の時の駒野のままだったら、ここで譲ってもいいほどの人間的な魅力と可能性を感じたかもしれないが、今の駒野が本当に何か社会に善をなすとは思えない。

「……いや、ダメですね。駒野さん、やっぱり変わっちゃいましたよ。今の駒野さんにすんなり席を譲る気にはなれません」

「そんなこと言って、最初から譲る気なんてないでしょ？　自分の命より大事なものなんてないんだし」

「まあ……どうなんですかね。自分の命より大事なものを見つけることが、幸福なのかなと思ったりもしますけど。恋人ができて結婚して家族を持ったりとか……」

「いきなり何の話ですか。まあそれはそうかもしれないですね。でも私、恋人もできたことないしわからないです」

「いや、僕もないんで、わからないですけどね」

そう言った時、駒野が少し笑った。その笑顔の奥に、まだあの時の駒野が残っているような気がした。一体どうするべきか……二人が生き残る方法は果たしてまだ用意されているのだろうか？

マネの『皇帝マクシミリアンの処刑』……元ネタはゴヤの『マドリード、1808年5月3日』という、同じ状況を描いた作品だ。マクシミリアンはもともとハプスブルク家の皇族だが、フランスが占領したメキシコへ皇帝として送り込まれ、やがて現地の人々の反乱に遭ってメキシコ軍に処刑された。マクシミリアンは、ゴヤの作品では史実通りフランスに抵抗したファレスのメキシコ軍に撃たれているが、マネの作品では現実と異なり、彼を見殺しにしたフランス軍の服を着た兵士に撃たれている。マネの作品は無機質に見えるが、そうした社会批判的な意図も込められたものになっている。

こうした絵画の背景を考えると――つまりゴヤではなくマネの絵が使われていることに意味があると考えると、榊の言葉を単純にそのまま受け取っていいものかどうか、少し怪しく思えてくる。

「もしかすると」と太田は言った。

「さっき内定者を皇帝側にって榊さんは言ってましたけど、それはこの絵に描かれているマクシミリアン皇帝のことではなくて……こっちのフランス軍の服を着た兵士たち、そのバックにいるナポレオン三世を指しているってことはないですかね？」

すると駒野は椅子から振り返り、絵をじっと見た。

「……確かにこれ、メキシコ軍の服じゃないかも」

「そうなんです。そこに何か意味があるのかもしれない……」

「……し、ないかもしれない」

駒野はそう言って、ふっとため息をついた。

「ここの試験ってもっとシンプルなんじゃないですか？　これまでだって、変な引っかけじみた試験はなかったように思うんです。でもまあ、わかんないですよね。何考えてもわかんない。ほんと嫌になってきちゃったなあ。まだ時間もありますし、一旦考えるのやめません？」

「うーん、とりあえずそうしましょうか」

「そうしましょ。どうせどっちか死んじゃうわけだし。いくら考えても両方助かる道はないと思う。そんな人たちじゃないから」

駒野のその意見には、太田も残念ながら強く反論できなかった。ここまでほとんど一貫して白黒はっきりさせてきた、あるいはそうしようとしてきたZ社が、最後だけ救済の道を用意している可能性はきわめて低い。二人が生き残る道を探すというのは、おそらく存在しない蜃気楼《しんきろう》を追いかけるような話だろう。

「あーあ、今日で死んじゃうかもしれないわけかあ」

駒野は頭の後ろで手を組みながら、気だるそうにそう言った。

「まあ、そうですね……でも僕はこれまで試験を受けてきて、今日もそれなりに覚悟はしてきました。駒野さんもそうじゃないですか？」

「まあ、そうなんだけど……いざとなるとやっぱり怖くて。このまま死ぬと思うと、なんだか悔しくて、残念で……正直胸が破れそうです。太田さんは怖くないんですか？」

「もちろん怖いです。でも、ここで死ぬならそれまでかなっていう、変なあきらめもあって……なんか、ここの就活に参加してるうちに頭がおかしくなってきたのかもしれません」

「確かに、私もたぶんおかしくなってますね。少なくとも普通ではなくなってると思います……太田さん、もう最後かもしれないんで、変なこと言ってもいいですか？」

「はい」

「私と抱き合ってくれませんか？」

駒野はやや恥じらいながらもはっきりとそう言った。抱き合う、という言葉の中に性的なニュアンスが含まれていることが、鈍い太田にもわかった。

「……はい？」

「あの……私たちって二人とも、恋人できたことがないわけじゃないですか。だからお互い、そういうこともしたことがないわけですよね」

「まあ、僕は確実にしてないですが……」

「私もしてないんです。でも、このまま死ぬのは嫌。太田さんはいいんですか？」

この最終面談に参加した時点で、そんなこと——つまり恋人の不在に代表されるような、自分の人生がずっと冴えなくて、これといった華々しい出来事に恵まれないまま進んできたこと——はすっかり頭から抜け落ちていた。

「いや、そう言われてみるとよくはないかもしれないですけど……でももう仕方ないでしょう」

「私は絶対に嫌。絶対このまま死にたくないんです。この部屋にはカメラもないって言ってましたし、私の最後のお願いだと思って聞いてくれませんか⁉」

駒野の声が鬼気迫るものになり、太田はうろたえる。もちろん、悪い話ではない。というか、普通に考えれば嬉しい話なのだが、本当にこんな状況で、こんなところで……？

悩んでいる太田に、駒野が身体を寄せてきてキスをした。太田は驚いたが、その甘美な誘惑に一気に頭を持っていかれそうになる。太田は思わず駒野を抱きしめた。自分に比べれば小さな身体、恵まれない環境に生まれ、これまでたくさんの苦難を乗り越えてきて、やっとここにある身体……そう思うと、駒野のことが愛しくて仕方なくなってきた。駒野が立ち上がってその場でスカートを脱ぎ始め、下着をゆっくりと下ろして片方ずつ足を抜く。白いブラウスで大切なところは隠れているが、太田はそれまで抑圧されていた自身の欲望が蘇ってくるのを感じる。

「いや、でも……」

かろうじて理性を残しながら対応する太田だったが、駒野が目の前に来て、スーツの上着を脱がせる。そしてシャツのボタンをひとつずつ外していく。太田は「駒野さん、やめましょう」と言いながら、強く抵抗はしない。確かに、もう死ぬかもしれないという時に、恥も何もない。駒野さんの言う通り、多くの人が人生を棒に振るほど夢中になってきた快楽を知らずに死んでいくのも、とても寂しいことなのかもしれない……太田は駒野に椅子から引きずり下ろされる。駒野が太田の上に乗ってキスをし、太田もそれに応える。そのまま駒野が太田の首筋に舌を這わせた時、身体じゅうに大きな衝撃が走った。そして、ほどなく太田は気を失ってしまった。

*

太田が意識を取り戻すと、目の前には服を着た駒野が立っている。そしてその手には――すぐには認識できなかったが――スタンガンらしきものが握られている。

「あっ、目が覚めたみたいですね。これ市販のを改造して強くしたやつだから、もう死んじゃったかと思いました。まあ、別にそれでもよかったんですけど」

太田が自分の身体を見ると、さきほどまで座っていた椅子に強力なテープでぐるぐる巻きにされ、『皇帝マクシミリアンの処刑』のフランス軍側に椅子ごとガッチリ固定されている。両腕は後ろに回されどうやら結束バンドとテープで動けないようにされており、足も地面につかないよう曲げて固定されているため、力を入れてもうんともすんとも言わない。椅子の脚もテープでフロアに強く貼り付けられている。

「……何ですか、これは」

「何があるかわからないから、色々と鞄の中に準備してきてたんですよね。太田さんごめんなさい、騙すようなことしちゃって。でも私は、どうしてもここで負けるわけにいかない。それだけはわかってほしいんです」

太田は時計を見る。残り時間はもう十五分を切っている。一体どれだけの時間気絶していたのだろうか？　あの時、駒野に気を許して油断したことが間違いだったのか……しかし不思議なことに、駒野に対して怒りは湧いてこなかった。さきほど絵画に込められた意味を多少考えてはみたが、駒野の言う通り、ここはストレートにこの絵画上での皇帝、つまりマクシミリアン側にいる人間の勝ちになると考えるのが自然だろう。このまま普通にいけば、自分は十五分後に処刑――恐らくはこの絵画に倣って射殺される。そして駒野はZ社に内定し、彼女の理想に向けて走り出すことになるだろう。駒野の言うやり方は自分にはうまくいくように思えないが、かと言ってどうなることを「うまくいった」と表現すべきなのか、その明確な答えを出すこともできない。人類はこれまでずっと、正解の用意されていない世界の中を、それでも正解を考え続けながら生き続けてきた。これからもきっとそうだろう。誰かが仮の正解を打ち立てて、支持を集めてはそれが解体される、その繰り返しが歴史というもので、そこに何か価値があるのかと問われれば、ないのかもしれない。個人の生きる意味もないといえばないし、社会が存続する意味も、ないといえばない。世界が存在する意味も同じだ。そんな中で何を価値とし、何を意味とするか、それは自分自身で考え抜かなければならないことで、誰かに与えられた答えに喜んで飛びつくような真似をしたところで、そこには何もない。

就活——少なくとも一般的な就活というのは、すでに用意された現行の社会システムに、いかに適応できるかを示すゲームだ。そしてその後に続く仕事もまた、システムにうまく乗りながら自らの価値を示していくゲームだと言っていいだろう。今ある仕組みに適応できること、それは結局のところ社会の中でしか生きることのできない人間が、社会の一員として認められるための必須条件になっている。そこから脱落した人間は、ある程度のセーフティネットが用意されているとはいえ、基本的には見殺しにされる。社会人失格の烙印を押された人間はまともに相手にしてもらえない。難しい大学の受験をクリアすること、大企業の採用試験をクリアすること、勤め先で目に見える成果を残すこと、ミスなく出世して高い年収を得ること、あるいは恋人がいること、結婚していること、子供がいること、子供が社会人として巣立つこと、孫ができること——無数の位相において、「社会人レベル」が測定され、それに応じてある人間が評価されていく。そうした古くさい価値観などすでに無効化されている、人間の価値はそんなことで測られるものではない、という者もたくさんいるし、自分自身もそう考えたいが、どうも世の中はそうなっていない。これまでもまったくそうならなかったし、これからもそうはならないだろう、という諦めのような予感が強くある。戦争は馬鹿げたことだと誰もがわかっているのに、決して戦争がなくならないように、誰もが馬鹿げていると思っていることですら、本当になくすことはきわめて難しい。戦争をなくせ、虐殺をなくせ、みんながそう思っている。しかしなくならない。それはどんな国にも、組織にも、個人にも、「敵」が生まれるからだ。敵のいない生き物はいない。戦争をなくせ、虐殺をなくせ、何の躊躇もなくそう言えるとすれば、それはその人間がその戦争の論理、虐殺の本当の論理の外にいるからだ。その論理は内側の人間には圧倒的な現実として影響を与えるが、外側の人間にはまったく非合理的なものにしか見えず、非難以外の行為はありえないように見える。しかし戦争に限らず、世の中の多くの事象は複雑な成り立ちをしている。何万年もの間なくならなかったような悲劇を、簡単になくしてしまうことはできない。それが人間の本質に根ざしているものである限り……そういう意味では、もはやこんな世の中になってしまったという現実が動かせない中で、駒野の言うような方法で「世界征服」を突き詰め、強権的な形で永遠の平和を実現するという方向性も追求してみる価値があるのだろうか？　しかし、どうしてもそれはおかしい、うまくいかないという直感を捨て切ることができない。その過程で流される血は、この小さな島国の、大学生だけの参加するちっぽけな就活の比ではないだろう。だが結局、世界全体から見ればちっぽけなこのゲームで自分は敗北し、殺されることになる。もうこれ以上じっくり物事を考えることも、仮の理想を打ち立ててそれに向かって汗を流すこともできない。

「駒野さん」

太田は駒野に向かって、静かな声で呼びかけた。

「何？」

駒野は普通よりやや高い声でそう応えた。そこには自分の勝利を確信した喜びだけでなく、多少の緊張感も感じ取れた。制限時間まであと十分。

「僕はここで死ぬことになるでしょう。もちろん覚悟はしていたことですし、この最終試験を受ける決断をしたことに後悔もなければ、駒野さんを恨む気持ちもありません」

「はぁ？　嘘つかないでくださいよ。もう死ぬって時に、まだ良い人ぶるんですか？　ていうかこういう時、人間って逆に良い人ぶっちゃうものなんですかね？　わかんないですけど、私のことは存分に恨んでもらって結構ですよ。それだけのことをしたってわかってますから」

「いや、駒野さんが悪いわけじゃないですよ。Z社が悪いんです。駒野さんのこの行為は、駒野さん自身の選択じゃないと思ってください。Z社にそうさせられた、そうせざるをえない状況に追い込まれたんです。僕は駒野さんに殺されるんじゃない、Z社に殺されるんです」

「綺麗事言わないでください！　私は私の意志で、自分が生き残るために太田さんを殺した、そのことは背負って生きていきますよ。これまでだって、私に負けた人たちは消えていきました。私は人殺しとして生きていくんです。人殺しとして!!」

駒野は叫ぶようにしてそう言った。目には涙を浮かべているように見える。太田はその姿に、やはり以前の駒野の名残を感じた。

「駒野さんがそう思ったとしても、僕はそうは思ってません。でも、学生をこんな風にオモチャにする会社っておかしいと思いませんか？　僕はZ社をまともな会社だと思っていないし、Z社を中心として作られているこの社会もまともだとは思っていません。これまでそのことに気づかず、何も考えずに生きてきたことも恥ずかしく思ってますし、後悔してます。Z社に入ったら、駒野さんの信じるやり方で社会を良い方向に導いてください。

それが僕からのお願いです。僕と駒野さんでは考え方が違うと思いますけど、僕は駒野さんのことを人として信じてますから」

「何言ってるんですか！　太田さんは私に騙されて死ぬんですよ⁉　私の何を信じられるって言うんですか⁉」

「うーん、そうですね……駒野さんはどれぐらい覚えてるかわからないですけど、あの日、山で修行してた夜、一緒にお酒飲んで話したじゃないですか。あの時間、何かすごく素敵な時間だったなって思って。あんなに幸せな気持ちになれたことって、僕の人生ではあんまりなかったんです。それはやっぱり、駒野さんの人柄に僕が惹かれたからだと思うんですよね。答えになってないかもしれないですけど、僕にはあの時の駒野さんと今の駒野さんが、完全に切り離されているようには見えない。絶対に何か、人に対する根本的な優しさを持った人だと思うんです……まあ、そんなところです」

太田がそう言ったところで、ピピピピピというタイマーの音が鳴った。三時間が経ったのだ。すぐに部屋のドアが開き、榊と二人の役員がずかずか入ってくる。榊が太田と駒野を見て菩薩のように微笑みながら言う。

「はい、時間になりました。では、不採用の方を処刑させていただきます」

榊がそう言って腕を組む。すると長髪の方の役員が肩にかけていた銃身の長いライフルを手に取り、「バイビー☆」と言って太田に銃口を向けた。これで終わりだ。やはりこんな試験に参加しなければよかったのかもしれない、もっと普通の企業に入って、普通に過ごせばよかったのかもしれない。だが、これは自分で決断したことだ。はじめて自分の意志で、勇気を持って決断をしたことだ。後悔するのはよそう……そう思い目を閉じた瞬間、大きな銃声が鳴り響いた。太田は死んだと思ったが、意識は途切れない。痛みも感じない。本当に死ぬ時というのはこんなものなのだろうか……？　だが、身体にもまだ力が入る。ドサリという鈍い音が聞こえる。太田が目を開けると、目の前に駒野が倒れている。その周りには血が飛び散っている。太田は驚きのあまり声が出ない。

「えっ……えっ……？　アハ……えっ？」

駒野にはまだ息がある。太田は混乱したまま、「ちょっと待ってください、どういうことですか!?」と叫んだ。すると榊は「見たまんまだけど」と眉ひとつ動かさずに言った。

「皇帝マクシミリアンはベニート・フアレス率いるメキシコ軍に敗れ、側近と共に銃殺された。それが史実。でもこれを描いたマネは、マクシミリアンはフランスに見捨てられて死んだと考えて、兵隊をフランス兵にしてる。まあそれは知ってるかな？　私は、内定者に決まった方が皇帝側に立つようにと言いました。この絵において本当に皇帝側と呼べるのはマクシミリアンではなく、このフランス兵に象徴されるナポレオン三世の方です。私たちZ社の人間はつねに権力の側に立つ。ずいぶん昔、どこかの作家が海外の文学賞をもらって『壁と卵』のスピーチをしたっていうよね？　もしここに硬い大きな壁があり、そこにぶつかって割れる卵があったとしたら、私は常に卵の側に立つ――。でも、果たしてそんなことに意味があるかな？　卵の側に立つ、そりゃ人気商売してる人間なら、当然そう言うしかないよね？　そんな一見は勇気ある発言と感じられる言葉も、結局は『壁』に言わされているに過ぎない。私は、Z社は、壁を硬く硬くする側に立ち続ける。つまり、勝利する皇帝の側に立ち続けるということ。太田くん、内定おめでとう」

「いや、すぐに救急車呼んでください！　まだ助かるかもしれない！　駒野さん！　大丈夫です！　まだ助かりますよ！　早く救急車か、あんたら病院とか持ってるやろ！　さっさとせえや!!」

「いいえ、駒野さんは不採用となりました。今この瞬間から、我が社と彼女とは一切無関係です。太田くんはもっと喜んでくれないと、こっちも何だか採用しがいがないんだけど」

「ふざけんなって！　駒野さん！　もうちょっと頑張ってください！　ちょ、お前ら、内定したんやからこの椅子外せよ!!　さっさとしろや!!」

「それは私たちがやったことじゃないでしょ？　駒野さんがやったことなんだから、私たちがあなたに命令されてすべきことは何もない」

「頼む！　何とか助けたってくれ！　駒野さんも最終まで来たんやんか!!　別に二人内定でもええやんけ!!」

太田が大声で叫んでいると、倒れている駒野が少し顔を上げて「太田くん、もう……いいよ……」とか細い声で言った。

「私は太田くんを騙して殺そうとした……そのバチが当たったんだよ……人間、悪いことできないね……しかも、結局は太田くんが言ってた通り……逆が正解だった……ハハ……私ってほんとバカみたい……」

そこまで話した駒野は咳をして血を吐いた。

「喋らんほうがいい!!」

「もういいの……最後だから……私も太田くんとお酒飲んだの……すごく楽しかった……ごめんね……いい思い出汚しちゃって……」

「そんなことないですって！　今もいい思い出ですよ、最高の思い出です!!」

「ならよかった……これからがんばってね……応援してる……あと、ひとつだけ嘘ついてたんだけどさ……ほんとのこと言ってもいい？」

「はい……はい！　何ですか!?」

「実はさ……私、恋人いたことあるんだよね……へへ……」

駒野はそう言って、とても楽しそうに笑った。それから少しずつ目を閉じ、そのまま床にゆっくりと顔が落ちていく。太田が大声で叫ぶが、駒野はもう動かない。榊と役員らは太田の座らされている椅子の足を面倒くさそうに床から引きはがし、椅子ごとエレベーターに乗せた。榊と太田は二人だけになり、一階へと降りていく。その間に榊が太田のテープや結束バンドを手際よく外していく。太田は泣いている。

「ま、そんなに悲しまないでよ。これまでだってみんなやられてきたんだから、駒野さんだけ特別扱いしたら不公平でしょ？　たとえばこれがむさ苦しい男でも、太田くんは泣ける？　かわいいから泣いてるんだったら、それルッキズムだからね。ていうか、ただでさえ崖から落ちたのに生きてたっていう特別枠でいくつか選考をスキップしたんだから。さて、これから太田くんと私たちはZ社の仲間です。ファミリーです。ここまでよくがんばったね」

ちょうどエレベーターのドアが開く。榊は穏やかな笑顔で右手を差し出してきた。太田はその手を握ることなく、無言でエレベーターを降りてエントランスに向かって歩き始める。

「内定式は十月一日。またここに来てね」

太田の背中に向かって榊が言った。そして、太田が榊に渡していたスマホが床を滑ってくる。太田はスマホを拾ってそのまま歩き続け、グリフォンタワーのエントランスから出る。少し落ち着いて見てみると、周囲にはかつて行われた大阪万博の名残がある。当時作られたらしい巨大な木製リングが、まだ移設も取り壊しもされずに残っている。Z社が運営するカジノもすぐそばにあるが、昼だからかまるで廃屋のように静かだ。海や空は信じられないぐらいに美しく澄んでいて、この人間の世界で起きていることなんて本当は嘘なのではないかという気すらしてくる。太田はグリフォンタワーの方を一度も振り返ることなく、夢洲駅で電車に乗り込んだ。

エピローグ

四月、入社式を終えた太田は新入社員研修を受け、人事部に配属された。研修もまた採用と同様に普通のものとは言えず、研修が終わる頃には百五十人いた同期が三十人を切っていた。就活で出会った人たちは、その中にはいなかった。

人事部での太田の仕事は給与計算や研修の企画、異動や採用の計画などがメインだったが、危険な研修や採用の見直しをいくら訴えても、先輩社員や上司は聞く耳を持たなかった。一年目からしっかり意見を聞いてもらえるような大企業は——表向きには風通しがいいなどと謳っていても——なかなかないのだろうが、やはりZ社ではほとんど全員が死を賭した採用試験を通過してきているからか、その慣習をなくしてしまうということに心理的な抵抗があるように見えた。おそらくZ社の実態が広く伝われば、さすがにこのような暴力的な社会の支配は強く非難されるはずだ……太田はそう考えたが、人間はすでに慣れた、ほとんど慣れ親しんだといってもいい体制やその中での生活に、本気で抵抗しようと思えるものなのだろうか？　自分は何人もの人間が目の前で死ぬのを見た。だが、Ｚ社と直接的に関わらず生きている人たちにとって、その現実はしょせん他人の現実に過ぎない。

太田は会社に大きな疑問を抱えながら、日々の仕事をこなしていった。通常業務の量が膨大にあるのに加え、部署を横断したプロジェクトがいくつも走っているため、異様な残業量に休日出勤も重なり、身体はつねに疲弊していた。しかし、そのぶんのお金は入ってくる。最初のボーナスは驚くような金額で、世話になった親にプレゼントを買った。父親には財布、母親にはバッグ。何を買っていいのかわからなかったので、もしかすると百貨店の店員にカモにされたのかもしれなかったが、両親の喜びようを見るとそれでも良かったのだと思った。そして、得られる限りの情報をたどってＳＮＳで駒野の母親と思われる投稿を発見し、そのアカウントにいくらかお金を振り込んだ。少しでも生活の足しにしてほしかった。

「おう、元気にやっとるか」

ある日、昼食を終えて休憩用の小さなソファに座ってコーヒーを飲んでいると、一人の男が声をかけてきた。顔を上げて見ると、それはＯＢ訪問の時に会った投資部門の真島だった。

「自分、受かったんやな。正直あの後選考降りるかと思ってたからビックリやわ」

「あ、おかげさまで……あの時は本当にありがとうございました。いろいろ悩みはしたんですけど、最後まで受けようって決めて。それが良かったか悪かったかは、まだよくわからないんですけど」

「まあ、そんなもん簡単に答えは出えへんわ。あのOB訪問も駆り出されてダルかったけど、自分が会った学生が入ってきたら意外と嬉しいもんやな」

「そう言っていただけるとありがたいです」

「でも、華やかに見える会社やけど、やることはしょうもない事務やら会議やらばっかやろ？　仕事の進め方も完全にトップダウンやし、ハラスメントも横行してるし。まあ不満も多いと思うけど給料はええし、そのうちだんだんここでの生き方っていうんかな、うまいやり方っていうのも見えてくると思うしな」

「……でも真島さんは、こんなところで十年も働いてる自分が嫌になってきた、みたいなことをおっしゃってましたよね」

「うん？　自分、俺みたいなヒラの言ったことよう覚えてんなあ。記憶力かなりええんちゃう？」

「そりゃ覚えてますよ、OB訪問でちゃんと話したのは真島さん一人ですから。あとあの時、『ここの選考は最悪』とも言ってましたよね」

「ほんまによう覚えとるなあ」

真島はそう言って頭をポリポリと掻いた。その周りにフケがぱらぱらと落ちる。

「僕もやっぱり、どう考えてもおかしいと思うんです。少し働いた今もそう思ってます。真島さん、あの時まだ話の途中でしたよね？　あの続きが聞きたいです」

「まあ……そんな大層なことやないねんけど、なんちゅうんかな……実は俺も昔はこの会社のめちゃくちゃなやり方に腹立って、最初の頃に会社を改革したろうと思ったことがあったんや。いろんな若手社員に声かけて、団体作って上と交渉みたいなことしてな。一応、上役を交渉のテーブルにつかせるとこまではいったんやけど、結局は簡単につぶされた。今思えば俺らも勢いだけで、失敗して当然やったんやけどな。ほんで、その時俺に同調した社員はみんな出世コースから外されてしもたんや。若気の至りで悪いことしたなぁ思てる」

真島はそう言って悲しそうな顔をした。すべてをあきらめて物分かりのよくなった大人が過去を悔いる時、誰もがしそうな紋切り型の表情だ。太田はそれに苛立ちを感じた。

「いや、それって悪いことじゃないですよね。若気の至りじゃなくて、やるべきだって信じたことをやろうとしたわけですから。それに、僕にはその感覚が間違っていたとも思えません。真島さんの改革が成功していた方が、今のZ社は良くなってたんじゃないですか？　そうしたら、社会全体も変わって……」

「そんな単純な話でもないやろ」

真島はそれまでとは違う冷たい声になって言った。

「タラレバの話しても仕方ないけどな、もしZ社が普通の会社みたいになってたとしたら、今ほどの影響力を保ててたかどうかわからん。他の会社に競争で負けて潰れてたかもしれんし、そうでなくてももっと小さい会社になってたかもしれん。今のこの国にはZ社っていう絶対的存在があることで保たれてる秩序が確実にあるから、もしそれが消えたら社会のバランスは今よりもっと悪化するかもしれん。そもそも会社っていうのは、存在する限り資本と権力の増大を目指すのが当然やし、そのためにはある種の極端さみたいなものが必要になる。野球とかのスポーツでも何でもそうやんか、わけわからんぐらい厳しい練習を何年も続けて、やっとプロの一流どころで戦えるかどうかやろ？　自分はそのへんどう思う？」

「……いや、僕はそれでもこんな……人の命を軽視する会社はダメだと思います。この会社は人間の欲望を抑制するどころか増大させて、理性や倫理を切り捨てています。僕だって偉そうなことは言えませんけど、人間が人間であるという本当のしるしは、理性や倫理の方にこそあるんじゃないですか？　こんな非人道的な会社によって保たれる秩序があるとしても、そんなのは本当の秩序とは呼べないと思います」

太田がそう言うと、真島は静かに太田の目を見つめた。しばらく沈黙が続いた後、真島は「ＯＫ」と小さな声で呟いた。

「え？　何ですか？」

「ま、長なったしそろそろ煙草吸いに行くわ」

真島は欠伸をしながらそう言って、喫煙室に向かった。太田がまだ残っているコーヒーを飲みながらその背中をぼんやり見ていると、真島が太田に向かって、振り向きもせず何か小さな物を投げてきた。慌ててキャッチすると、それは大容量のＵＳＢメモリだった。

＊

太田が入社して二年が経った春のことだった。Zpostで Z社の採用や研修の実態を撮影した残酷な映像が大量に流れ、それらが爆発的に拡散された。通常ならZ社の検閲をクリアしたものしか投稿できない仕様だったが、検閲の機能が停止し、それがまったく復旧できない事態に陥ったのである。無惨に殺されていく人々の姿は大衆の間にセンセーショナルな反応を引き起こした。それに追随するように、Z社の元社員や現役社員、就活生からの告発動画が無数に現れた。そのような状況になってもまだ、Z社に完全に牛耳られているマスメディアは何も報じなかったが、個人が好きに動画やテキストを発信できるZpostの中でそのインパクトは瞬く間に拡大していった。会社の内部からZpostのサービスを停止しようとしてもなぜかエラーで弾かれ、原因を究明して停止したと思っても、ほとんど数分で再開されてしまうのだった。

「どういうことなんだ!!」

太田が経理課に書類を持っていく途中、あの最終面談にいた長髪の役員が情報システム部門の責任者を問い詰めているのを太田は偶然見かけた。

「大変申し訳ございません!!」

責任者はただただ頭を床に擦り付けて土下座するばかり。役員は責任者を蹴ったり踏みつけたりしたが、当然それでどうにかなるものではない。太田は思わず止めに入った。

「そんなことしてもどうにもなりませんよ！　やめましょう！」

すると役員は太田に頭突きを食らわせた後に殴り飛ばした。

「せからしか!!　クッソ、どうなっとるばい!!」

役員は床に転がった太田のことを気に留めることもなく、いそいそとどこか別のところへ向かって行った。その後ろ姿を見ながら、そして殴られた頬をさすりながら、太田は微笑みを浮かべていた。ちょうどスマホに着信がある。

「どうっすか、そっちの方は」

「ああ、問題ないです。やっぱりさすがですね」

「はっきり言って、おいら一人でこんなにかき乱せるようなシステム、まともな体をなしてないですよね。ちなみに社内の電話内容も盗聴できるようになってたみたいですが、潰しときました。さすが、疫病やらなんやらに慌てて何億もかけて、使えない謎のクソアプリ作る国ですよ」

声の主はグループディスカッションで一緒になった西村である。太田はあの時西村が軽々とシステムに干渉していたことを思い出して連絡を取り、Z社の情報統制システムをハッキングし無力化してもらうよう依頼したのだ。

「ほんとにお金いらないんですか？　僕もZ社の端くれなんで、いくらかまとまった額は払えますよ」

「いえいえ、いらないっす。ほとんど何の労力もかかってないんで。それに、Z社がこのまま存続するとは思えないんで、転職活動にお金取っといた方がいいっすよ」

「それもそうですね。まあ、いずれ何かの形でお礼しますよ」

「はーい、期待せず待っときまーす」

太田が電話を切り、経理課に寄ってから人事部の席に帰ると、全員が電話対応に追われている。自動音声である程度さばいてはいるが、それでもまったく防ぎ切れない。

「太田くんも頼むわ、忙しいと思うけどとりあえず日中は電話対応優先で」

課長代理がそう言って奥の小会議室にそそくさと引っ込む。自分は対応する気がないのだ。かかってくる電話はZpostでZ社の実態を見た人による、人道的観点からの怒りの電話ばかりだった。太田はその声を「真摯に受け止め」続けた。それが終わると、残業で普段の仕事に取りかかる。太田が一人で残っていると、コーヒーを片手に持った真島が前の廊下を通りかかる。真島は太田に向かってサムアップしてくる。太田はそれにサムアップで返す。太田が西村の助けを借りて流出させたのは、真島がくれたUSBに記録されていた、Z社の採用や研修の様子を集めた映像だった。

騒ぎは一向におさまる気配を見せず、異常事態が一か月以上続いた。事実上Z社の傘下にあるメディア——あらゆるテレビや新聞、雑誌等——はやはりこの状況をいつまでたっても報じなかったが、Z社への批判の声はひたすら膨らむ一方だった。Z社の採用や研修で友人や恋人を失ったという人たちの切実な訴えや、愛する子を失った親の悲痛な叫び、そして今も採用試験や社内で受けた傷により精神的な苦しみに苛まれ続けている元学生や元社員、そうした人々が堰を切ったように声を上げ始めていた。その中には十年も二十年も前の体験も含まれており、「そんなに昔の話を持ち出すな」という意見も見られたが、人間の抱える傷に時効はない。Z社に対して裁判を起こす者も多く現れ、Z社の圧力に屈しない少数の人権派弁護士らが「被害者の会」を立ち上げて動き始めもした。Z社に対して賠償を求める者や、解散に向けて株主らが動き出すべきだと主張する者、あるいは非人道的な活動をただちにやめて真っ当な会社としてやり直すべきだと訴える者など、批判者たちの求める着地点は様々だったが、みなが「打倒Z社」の旗印のもとで強固に連帯し始めていた。

当然ながら通常業務も滞ることを避けられず、Z社全体がじりじりと疲弊し続けているのを社員たちも感じていた。そんな状況のまま、六月に入ったある日のことだった。午前の業務が始まり二時間が経過した頃、グリフォンタワーの周辺から騒々しいシュプレヒコールが響き始めた。その言葉は建物内部からは聞き取りづらかったが、「殺人企業Z社を許すな！」とか、「民衆の声に耳を傾けろ！」とか、だいたいはそんな言葉のようである。ちょうど働いていた社員たちがガラス張りの壁面から下を見下ろすと、とんでもない数の群衆がグリフォンタワーの周りを取り囲んでいる。それは誰もが身の危険を感じるほどの大群だった。

「今どきデモかよ」「あんなことしても何もならへんのになあ」と冷笑的な声が社内で聞

かれたが、それは自らの内に湧き上がる恐怖を抑えつけるため、自分自身に言い聞かせるようにして発せられた言葉だった。

外の人々の熱量はほとんど狂気の域に達していた。これは並のデモではない、なあなあの集いではない、このままいけばタダでは済まない……そう社員たちが感じ取るのに、それほど時間はかからなかった。ほとんど暴徒と化した人々は、拡声器を持って思いの丈を叫んだり、大きな石を投げつけたり、工事に使うような道具でビルの壁やガラスを破壊したりし始めた。これほどあからさまな暴力行為をともなうデモは、長らくこの国ではなかったことだ。社員たちは困惑し始める。逃げるべきか、とどまるべきか？　外に出れば袋叩きにされるかもしれない、しかし中にいれば、このまま押し入ってくる群衆に何をされるかわからない……

非常時におけるマニュアルは文書上は綺麗に整備されており、フロアごとにリーダーが配置されていた。こうした事態も想定して、Z社の地下にはトンネルが掘られており、五キロ程度先のユニバーサル・スタジオ・ジャパンまで逃げられるようになっていたのだ。この場合、リーダーたちが指示して社員たちを順にトンネルへ案内すべきところだったが、その指揮系統は機能しなかった。みんな自分の役割など忘れ、我先にとトンネルへなだれ込んでいったからである。しかし、もちろんトンネルの存在を知る太田にはそれも想定済みだった。トンネル出口には、太田への協力を申し出てくれた小寺率いる大集団が待ち構えている。

社内が混乱を極めているうちに、まるで雷鳴のように響いた誰かの号令によって、万博に使われた巨大木製リングに大量の火炎瓶が投げつけられた。発火にはそれほど時間がかからない。炎が勢いよく広がっていき、やがてリング全体が轟轟と燃え上がる。その様を見た太田は、いよいよ自らの引き起こしたこの騒乱の真の大きさを感じた。

本当にこれでよかったのか？　自分の信じる正義は、本当に社会に対して良い結果をもたらす正義だったのか？　そんな自問自答がまた始まる。しかし、絶対にあのままで良いわけはなかった。これはより良い未来に向けた改革への第一歩だ。人によってはそうでないと言うかもしれない。しかし、本当に全員にとって良い方向に働くような絶対的正義というものは存在しない。結局自分は、社会のため、世界のためと言いながら、自分の信念の問題、つまりきわめて個人的な問題を大きな問題と接続しようとした、ひどく自己中心的な人間に過ぎないのかもしれない。少なくとも、その指摘を明確に否定することはできないだろう。だがそれでも、この腐敗し切った社会だけは許すことができない。それが少なからず個人的な問題から生まれた怨嗟に発するものだとしても、これがよりよい社会へと通じる道だという確信は、大きくなったり小さくなったりしながらも、太田の中につねに残り続けていた。

群衆が建物の中に入り込んでくるのは時間の問題と考えた社員たちが、押し合い圧《へ》し合いしながら地下道から次々に逃げ出していく。太田はその流れに逆らって、一人役員室に向かう。扉を開けると、中では榊がコーヒーを飲みながら外の景色を見下ろしていた。

「榊さん、もう限界です！　一緒に逃げましょう！　ここにいては危険です！」

その声は、最終面談にいた総白髪の男のものだった。他にも見たことのない役員たちが緊急用エレベーターに乗り込みながら榊を誘うが、榊は素っ気なく手を振る。

「私はいい。後で行くから」

榊は暴徒と化した人々を、まるで天国の美しい景色でも前にしているかのようにうっとりと眺めていた。そして外を向いたまま——太田に背を向けたまま言った。

「こういうこともあるんだね」

「……まあ、そうみたいですね」

「これさあ、太田くんがやったんでしょ？」

「いえ、僕はほとんど何もしてません。ただ、隠されていた現実をみんなに知ってもらおうとしただけです」

「ふうん、それで世の中が良くなると思ったの？」

「僕は……はい、そう思いました。社会を支配しているこの会社の実態を、どれだけ倫理観の欠如した会社なのかということを、まずは隠さずに知ってもらう。そのことで、世論は大きく動くだろうと考えました」

「うん、世論が動いてこうなったよね。それからどうなるの？」

「……それはまだわかりません。この会社がダメになるのか、それともしぶとく生き残ってまた元の体制を目指していくのか。でも、この世界で普通に暮らす人たちが、今のZ社の実態をどう感じるのかということを、一度可視化する必要があったと思います。この会社にはもう自浄作用というものがありません。それは短い間ですが、働いていてはっきりわかりました」

「でもさ、それで本当にクリーンな社会が作り直せるのかな？　太田くんの中にそのビジョンはあるの？」

「それは……明確にはありません。でも、人間って本当はこんな、非人道的な闘争ばかりに引き寄せられていく生き物ではないと思うんです。理想論かもしれないですけど……人間には理性が備わっているわけですから、本能的には闘争を好むとしても、それを止めるブレーキが個々の中にあるはずですよね？　クリーンで優しい社会を望む理性というものが、きっと本能に近いようなレベルで、それぞれの中にちゃんと存在していると思うんです。僕は今のような、むき出しの欲望と大きな権力で駆動していく社会は嫌いです」

「結局てめーの好き嫌いかよ」

榊はそう言って楽しそうに笑った。

「はい、好き嫌いです」

太田がそう答えた時、グリフォンタワーの入り口が破られ、群衆がそこからなだれ込んでくるのが見えた。

「榊さん、どうしますか？　僕と一緒に行けば助かります。僕の顔は一応みんなに知ってもらってますからね」

「お言葉はありがたいけど、お断り。私はここに残る」

「……どうなるかわかりませんよ」

「そうだね……どうなるんだろうね。あのさ、私は恐怖や暴力こそが人間を動かす最大の力であって、人間の本質的な原理なんだと思ってるの。それがいかに理不尽なものであってもね。太田くんがどれだけ理想を語っても、悪いけどもう私の心は動かない。太田くんが一番敵視する種類の力を自在に使ってきた私が、それで数えきれない人たちを蹴落として今の地位を築いた私が、いざそれを相手から向けられた時、自分だけ逃げ出すという選択肢はないよ」

「だから、そういうプライドがもうおかしいって言ってるんです。いいじゃないですか、別に今までの自分とこれからの自分が矛盾してたって。人間ってそういうもんじゃないんですか？」

「私はそうは思わない。ま、太田くんがこれからどんな社会変革をしてくれるのか楽しみにしてるよ。まさかZ社だけをめちゃくちゃにして終わりってことはないよね」

「それは……これからみんなで考えていくところです」

「壊すだけなら誰でもできる。やるなら次の光を見せてよね」

「できる限りやってみますよ。少なくとも、今よりは良い社会が作れると僕は信じてます」

「ふうん。まあがんばってね」

人々の攻撃の勢いは弱まる気配がない。グリフォンタワーのところどころで大きな衝撃音が聞こえ、時折建物が揺れる。

「そろそろ行きます。榊さん……」

太田はもう一度、一緒に行かないかと呼びかけようと思ったが、榊の迷いのない顔を見て言葉が出なくなった。

「……また、会えたら会いましょう」

「ふふ、私と会っても何も出ないよ？」

榊は微笑んでいる。思い返せば榊はいつもこんな表情で、本当のところで何を考えているのかわからない。

「榊さん、僕にはあなたの本心がわかりません。結局ずっとわかってないんです。本当に考えていることを教えてくれませんか？　榊さんの本当のことを」

すると榊は「本当のことねえ」とつぶやき、太田の目をまっすぐに見た。表情こそ微笑んだままだが、太田はまるでナイフを首に突き立てられるような恐ろしさをそこに感じた。

「本当のことなんてない。真実なんてない。正義なんてない。人間の本音なんて全部立場と状況で変わる偽物。正解はどこにもない。あるのは勝手な真実、勝手な正義、勝手な解釈だけ。勝者や敗者も、その時どきに支配的なルールの中で決まるだけ。本当の勝者や敗者なんていない。それでも、人間は確実なものを求める。それが仮のものだとうっすらわかっていても、自らの不安に耐えきれず、絶対的価値の虚構にすがる。人間はそういう弱くてちっぽけな存在で、信じられる虚構なしに生きていくことができない」

榊はそう言うと、「なんちゃって」とふざけた顔をした。

「ま、太田くんの考える素敵な社会、応援してるよ。そろそろ行きなよ、未来のリーダーさん」

太田はもう一度何か言葉をかけようと思ったが、背を向けて外の反乱の様子を眺める榊はそれを望んでいないように見えた。太田は役員室を後にし、静かにエレベーターに乗り込む。

これから一体どんな行動を取るのが正しいことなのか、それは自分にもわからない。きっと誰にもわからないだろう。榊の言ったことは、おそらく間違ってはいない。もちろん、この不安定な世の中に絶対的なものはない。昨日正義とされたものが明日には悪になる。時代が用意した仮のルールで名声をほしいままにした者が、次の時代には消えていく。人間はあらゆるものを「仮」としたまま生きていくしかない。だが、それでもなお、人間としての正しさ、人間としての善の在り方を更新し続けていく姿勢が、少しでもましな世界を作っていくのではないだろうか？　完璧な世界はありえなくとも、今の腐敗した世界をましな世界へと改革する挑戦を決してやめないこと、諦めないこと——それこそ、自分がこの就職活動の経験によって得た「仮の正解」だ。

エレベーターの外、燃え上がった木製リングが崩れ落ちるのが見えた。それはあたかも、旧時代の終焉を告げる象徴のように感じられた。しかし、ものがひとつ壊れたぐらいで、あるいは会社がひとつ潰れたぐらいで、時代は何も変わらないということは、太田にもわかっていた。時代は、政治や経済や文化的流行によって変わるのではない。それらは小さくない影響力を持つファクターではあるが、あくまでもファクターに過ぎず決定的なものではない。時代とは、個々の精神の集合体として編み上げられるものだ。ある「場」に存在する人々の精神の在り方がほんの少しずつ変容することによって、個人間の、そして組織間の関係の網が様相を微妙に変えていく。その小さな波のような動きがゆっくりと連動していき、いつの間にかすべての存在様式が決定的に変わっていたということに、人々がずっと後から気づく——時代とはそんな、一人の青春時代が終わるような形でしか変化しえないものなのではないだろうか？

今回のセンセーショナルな「事件」も長くは経たないうちに忘れ去られ、第二第三のZ社が現れるかもしれない。Z社自体も、まだまだ息を吹き返す可能性はある。今は巨大な権力による理不尽な暴力に対して怒っている人々の意識も、すぐ元に戻ってしまうかもしれない。その時、一体何ができるのかはわからない。しかし、自分はできる限りの力で、過去の不自由な時代への逆行を止めたいと思う。西村はこれから、自分や小寺をはじめとする、あの採用に参加した同世代の生き残りや、自分のもともとの仲間たちに声をかけて一緒に会社を興してくれるつもりでいるようだ。すでにZpostに代わるプラットフォームの開発も進んでいる。西村の調べによれば、ＯＢ訪問にいた一条は商社で、一緒にグループディスカッションも受けた丹羽はコンサルで活躍しているらしい。神崎はすでにアイドルとして名が売れていた。それぞれが選んだそれぞれの人生が動き出している中で、誰がこちらに賛同し、協力してくれるのかはわからない。まだ何も決まっていないが、創業理念は「自由」。笑ってしまうほど普通で、笑ってしまうほど行き当たりばったりだが、もともと自分には何もなかった。奇しくもこのZ社との闘いを通じて、何もなかった自分に、今や自分だけのためでないそれなりの考えが生まれ、信念が生まれ、理想が生まれたのだ。これから予想もしなかったような困難にぶつかったり、とんでもない失敗をしでかしたりするだろう。しかし、今はとにかく自分の信じた道をがむしゃらに突き進んでいこうと思う。人間にできることは、実はそれぐらいしかないのだから。

〈了〉

本作品は書き下ろしです。本作品はフィクションであり、登場する人物・団体・地名等は、実在するものとは一切関係ありません。

佐川恭一（さがわ・きょういち）

滋賀県出身、京都大学文学部卒業。２０１２年『終わりなき不在』でデビュー。２０１９年『踊る阿呆』で第２回阿波しらさぎ文学賞受賞。著書に『無能男』『ダムヤーク』『舞踏会』『シン・サークルクラッシャー麻紀』『清朝時代にタイムスリップしたので科挙ガチってみた』『ゼッタイ！芥川賞受賞宣言～新感覚文豪ゲームブック～』など。

就活闘争20XX

2024年3月31日　第1版第1刷発行

著　者　佐川恭一
発行人　森山裕之
発行所　株式会社太田出版
〒160-8571
東京都新宿区愛住町22　第3山田ビル4F
Tel：03-3359-6262
ホームページ　http://www.ohtabooks.com
振替口座　00120-6-162166（株）太田出版

編　集　山本大樹
装　丁　鯉沼恵一（ピュープ）
印刷・製本　株式会社シナノ

ISBN978-4-7783-1924-3　C0093